TG40 - Der Regen

Jörg Börner

Jörg Börner

TG40 – Der Regen

Dystopie

2. Auflage

Impressum

Bibliografische Information der Deutschen Nationalbibliothek:
Die Deutsche Nationalbibliothek verzeichnet diese Publikation in der Deutschen Nationalbibliografie; detaillierte bibliografische Daten sind im Internet über http://dnb.dnb.de abrufbar.

© 2020 Börner Jörg

Covergestaltung: Constanze Kramer
www.coverboutique.de
Bildnachweise:
©projectnature, ©ChenPG, ©athapet, ©Nastia
– stock.adobe.com
©ajn - depositphotos.com
©Amanda Carden - shutterstock.com

Herstellung und Verlag: BoD – Books on Demand, Norderstedt

ISBN: 978-3-7526-7477-4

Vorwort

Die im Buch vorkommenden Personen und Namen sind frei erfunden. Etwaige, zufällige Überschneidungen mit wirklichen Personen sind durch den Autor nicht beabsichtigt.

Die beschriebene Landschaft, insbesondere das Ostallgäu, Füssen, der Forggensee existieren tatsächlich. Hier hat sich der Autor die künstlerische Freiheit genommen, einige Änderungen und Anpassung zur Wirklichkeit vorzunehmen.

Allgäu, Anfang August

Die Konturen der regungslos unter einem kleinen Mauervorsprung sitzenden Gestalt waren nur aus kurzer Entfernung zu erkennen. Die Dunkelheit, die Trümmerlandschaft und der massenhaft zu Boden stürzende Regen, der noch dazu von wilden Sturmböen peitschenartig durcheinandergewirbelt wurde, sorgten für eine perfekte Tarnung. Robert, so hieß der Mann, hatte bereits knapp zwei Stunden Wache überstanden und sehnte seine Ablösung herbei. Er musste an seinen Freund Paul denken, der zur gleichen Zeit den anderen Posten besetzt hatte. Dort war es aber weitaus ungemütlicher als hier. Er hatte hier immerhin die Möglichkeit, sich unter diesem Mauervorsprung ein wenig vor dem Regen zu schützen. Trotzdem kroch die Nässe und Kälte unaufhaltsam in seinen Körper. Immer wenn er hier draußen einsam seinen Dienst versah, kam augenblicklich die Erinnerung über die letzten gnadenlosen Wochen in ihm hoch. Irgendwann im Frühsommer hatte es angefangen. Zunächst ganz unscheinbar. Länger anhaltender Regen ist im Allgäu am Nordrand der Alpen nichts Ungewöhnliches. Aber dieser Regen war anders. Er steigerte sich in der Intensität nahezu täglich, die kurzen Unterbrechungen wurden immer weniger bis er zu einem endlosen Dauerschwall zugenommen hatte, der sich lediglich in der Regenmenge ständig neu definierte. In der dritten Woche kamen dazu Winde auf, wie sie die Gegend noch nie gesehen hatte. Ein Sturmwind nach dem anderen, ein Orkan nach dem anderen zogen mit verheerender Wirkung über das Land. Die Windstärken bewegten sich nach einigen weiteren Tagen durchgehend an der oberen Messskala. Bäume, ja ganze Wälder wurden binnen kurzer Zeit entwurzelt. Von den Steilhängen ergossen sich immer größer werdende Schlammlawinen in die Täler und verschütteten Straßen und Bahnlinien. In der vierten Woche brach die komplette Infrastruktur zusammen. Mit Entsetzen mussten die Menschen feststellen, dass es sich bei dieser Sintflut nicht um ein lokales Ereignis handelte. Aus ganz Deutschland, Europa und weiten Teilen der Welt wurden die gleichen Geschehnisse gemeldet. Die Meteorologen und Klimaforscher übertrafen sich zwar in Erklärungsversuchen und Prognosen über die Ursache, waren aber ebenso überrascht und konnten dem Treiben der Natur im Grunde auch nur hilflos zusehen. Es entstanden überall kleinere Inseln und Zufluchtsorte, in die sich viele Menschen zunächst retten konnten. Einige Zeit funktionierten noch Fernsehen und Radio. Das Telefon- und Handynetz stand nur noch in wenigen Gegenden in einem kleineren Umkreis zu Verfügung. Die Behörden verloren binnen kurzer Zeit jegliche Kommunikationsmöglichkeiten. Hilfe konnte niemand mehr organisieren, da weder zivile Rettungsdienste noch Armee in der Lage waren, Hilfe aus der Luft, zu Lande oder über Wasser zu bringen. Die verheerenden Umstände verhinderten jegliche Fortbewegung, mit welchem Hilfsmittel auch immer. Innerhalb kürzester Zeit sahen sich die Menschen auf sich alleine gestellt. Anfangs stand man sich noch durch nachbarschaftliche Hilfe gegenseitig bei. In ihrer zunehmenden Angst wurden die Menschen jedoch gnadenlos untereinander. Im Kampf um das nackte Überleben wurden erstaunlich schnell die primitivsten Regeln des Zusammenlebens über Bord geworfen. Mit Entsetzen dachte Robert an diese schlimmen Tage zurück. Er erkannte einige seiner Mitmenschen nicht mehr. Und doch gab es einen Ort, an dem durch das beherzte Eingreifen eines Mannes das Gegenteil geschah. Dieser Mann war sein Freund Paul. Er trommelte im entscheidenden Moment die Menschen in seiner Nachbarschaft zusammen und organisierte eine kleine Gemeinschaft von fest Entschlossenen, die in dieser Hölle begannen, ihr Überleben selbst zu organisieren. Das war der Beginn der Mission „TG40" gewesen. Sie hatten einen entscheidenden Vorteil. Ihre kleine Wohnsiedlung lag etwas außerhalb des Ortes, war erst vor ein paar Jahren im Rahmen eines Förderprogramms der Stadt entstanden und befand sich auf einer kleinen Anhöhe, umringt von weiteren kleinen Hügeln und einem Wäldchen. Einige Familien wollten ihre gerade erst errichteten Häuser nicht verlassen und waren in Gegensatz zu den meisten Anwohnern hiergeblieben. Seitdem hatten die 40 Familien und Gruppen gemeinsam dafür gearbeitet, die zweigeschossige Tiefgarage unter ihren Reihenhäusern notdürftig bewohnbar zu machen, denn ihre Häuser waren es zum großen Teil nicht mehr. Zuerst hatte der Sturm sämtliche Dächer abgedeckt, danach hatten Wind und Regen dafür gesorgt, dass das Innere in kurzer Zeit unbewohnbar wurde. So mussten sich die Einwohner in ihre Keller zurückziehen. Paul war es zu verdanken, dass die Menschen zusammenhielten und mit vereinten Kräften ihr Zuhause völlig neu einrichteten. Die meisten Familien hatten Kinder. Es waren aber auch ein paar ältere Rentnerpaare dabei, die ihren Ruhestand hier hatten genießen wollen. Einige wenige Personen hatten die Umstände der letzten Wochen hier stranden lassen. Sie hatten Aufnahme in der Notgemeinschaft gefunden. Robert und Paul waren ehemalige Nachbarn. Robert hatte seine Frau während der ersten Chaostage verloren. Sie wollte unbedingt noch einiges in der bereits überschwemmten Stadt besorgen und war nicht wieder zurückgekommen. Robert hatte tagelang verzweifelt nach ihr gesucht. Er musste seine Suche aber irgendwann aufgeben, da der Aufenthalt in der Stadt nicht mehr möglich war. Einerseits war der Zugang nur noch Mittels Boot möglich, andererseits machten die reißenden Fluten, die sich aus dem Gebirge heraus in die Stadt ergossen und Unmengen an Holz, Geröll und Gegenständen mitbrachten ein Durchkommen unmöglich und extrem gefährlich. Aus den verlassenen Häusern in der ehemaligen Innenstadt war kein Lebenszeichen mehr zu entdecken. Robert konnte die Gedanken an seine verloren gegangene Frau kaum ertragen. Die meiste Zeit konnte er sie durch die Schufterei beim Ausbau der Tiefgarage verdrängen. Nur in Stunden wie dieser, bei der Wache, wenn er allein war, überfiel ihn die Traurigkeit wieder. Er dachte an Erkan, den türkischen Familienvater, der spontan und ohne viele Worte vom Gelände seines ehemaligen Arbeitgebers einen Bulldozer organisiert hatte und tagelang, bis der Diesel ausging, um die Häuserruinen und die Tiefgarage herum einen Wall aus übereinander gestapelten Autos errichtete und diesen mit Erde zuschüttete. Das war nur in der Anfangszeit noch möglich, später war das sie umgebende Chaos zu groß gewesen. Immerhin hatten sie es so geschafft, ihre Siedlung nach Außen gut zu tarnen. Die vorbeiziehenden Flüchtlingsströme vermuteten auf diesem abseits gelegenen Hügel keine Häuser mehr, da die Reste der Reihenhäuser nicht zu sehen waren. Auch marodierende Gruppen schenkten diesem Hügel keine Aufmerksamkeit. Die Bewohner der „TG40", so hatten sie ihr neues Zuhause zunächst spöttisch genannt, waren auf der Hut und hatten ständig Beobachtungsposten im Einsatz. Man hatte sich notdürftig mit provisorischen Waffen, in der Regel Messer oder Knüppel, ausgerüstet. Zum Glück mussten sie diese bisher nicht einsetzen. Paul war auch so weitsichtig gewesen, ein paar Trupps loszuschicken und Vorräte aller Art zusammenzutragen, bevor sie sich aus ihrer Deckung nicht mehr heraustrauten. Im unteren Abschnitt der zweigeschossigen Tiefgarage stapelten sich nun Kisten, Fässer, Werkzeug, Holz und andere Vorräte. Es gab noch keinen Überblick über diese Reserven. Man war bisher ausschließlich damit beschäftigt gewesen, die Unterkunft einigermaßen bewohnbar zu machen und dafür zu sorgen, dass kein Wasser eindrang. Robert hörte ein Rascheln im Hintergrund. Seine Ablösung nahte. Er freute sich auf trockene Kleidung, seine provisorische Liege und einen heißen Tee. Danach würde er todmüde in einen tiefen Schlaf sinken.

÷

Am anderen Wachposten der Tiefgarage ging es Paul ähnlich. Er dachte allerdings an die morgigen Aufgaben. Die Leute vertrauten ihm, seit er die Dinge in die Hand genommen hatte. Aber es war an der Zeit, ein paar Sachen grundsätzlich zu klären.

÷

Doktor Claudia Weber saß am Rand ihrer Liege in ihrem Keller des ehemaligen Reihenhauses und betrachtete nachdenklich ihre beiden schlafenden Kinder. Chiara, die Kleine, war gerade mal 6 Jahre alt und wäre im September in die Schule gekommen. Nicolas, der Achtjährige, hätte bereits die dritte Klasse beginnen müssen. Gab es für die beiden eine Zukunft? Und wenn ja, auf was mussten sie vorbereitet werden? Die Ereignisse waren so plötzlich über sie hereingebrochen, dass zum Nachdenken bisher keine Zeit geblieben war. Liebevoll zog sie die Decke über den Kindern zurecht, die eng umschlungen in einen tiefen Schlaf versunken waren und sich noch gar keinen Gedanken über die Umstände machten. Für sie war das alles bisher ein großes Abenteuer. So hatten es Frank, ihr Mann, und sie den Kindern bisher erzählt. Irgendwann würden die Kinder merken, dass es wohl kein Zurück zur alten Geborgenheit geben würde. Claudia hatte die letzten Jahre im städtischen Krankenhaus als Oberärztin gearbeitet und nebenher noch eine kleine Privatpraxis betrieben. Zusammen mit dem alten Chefarzt hatte sie lange im Krankenhaus die Stellung gehalten und versucht, jedem zu helfen, der es nötig hatte. Doch es wurden täglich mehr und das Personal war nach und nach verschwunden. In dieser Situation konnte man es keinem verdenken, wenn sie ab einem gewissen Zeitpunkt an sich und ihre Familien dachten. Verbissen hatten die beiden zusammen mit einer Handvoll Krankenschwestern Hilfe geleistet, so lange es ging. Dann kam der Zeitpunkt, wo selbst die Patienten ausblieben. Die Stadt war nahezu menschenleer geworden. Ihr alter Chef stand müde und ausgepumpt vor ihr und drückte ihr einen Karton mit Medikamenten und Utensilien in die Arme. „Hier Kollegin, das werden sie noch brauchen können. Mehr ist nicht übriggeblieben. Gehen sie zu ihrer Familie und kümmern sie sich um ihre Kinder. Ich wünsche ihnen alles Glück dieser Welt. Für uns ist hier mit dem heutigen Tag Schluss." Traurig umarmte er sie, wandte sich ab und machte sich daran, den Raum zu verlassen. „Und was machen sie?" stammelte sie ihm hinterher. Doch er drehte sich nicht mehr um, winkte nur kurz mit der Hand und verschwand ohne ein weiteres Wort um die Ecke. Sie zog ihren schon lange nicht mehr weißen Arztkittel aus, packte ihn oben

auf den Karton und machte sich auf den beschwerlichen
Weg nach Hause. Sie musste bereits sehr viele und mü-
hevolle Umwege machen, um die unpassierbaren Straßen und Wege zu umgehen. Unterwegs traf sie nur
noch sehr wenige Menschen. Meist waren es eher
dunkle Gestalten, die ihr hinterher blickten und zu überlegen schienen, ob sich ein Überfall lohnen würde. Immerhin musste sie etwas Nützliches im Karton bei sich
tragen. Ihr war überhaupt nicht wohl und sie beschleunigte ihre Schritte, sich immer wieder umblickend.
Wenn ihr jemand entgegenkam, drückte sie sich schnell
in eine Hausecke und wartete, bis die Person vorbeige-
gangen war. Unterwegs kam sie an ihrer ehemaligen
Praxis vorbei. Hier stand schon alles meterhoch unter
Wasser und es stank fürchterlich nach Fäkalien. Ihre Sachen hatte sie bereits vor zwei Wochen gerettet und in
die Wohnung, beziehungsweise das, was davon noch
übriggeblieben war, gebracht. Nun saß sie hier in der
Tiefgarage und überdachte die Lage. Sie hatten sich hier
unten notdürftig eingerichtet. Zwei nebeneinanderste-
hende Liegen für sich und ihren Mann, das Etagenbett
der Kinder, Küchentisch und Stühle, ein großer Schrank
und ein paar Regale waren ihr ganzes Inventar. Ihr Hei-
ligtum war ein durch einen bis zum Boden herab rei-
chenden Vorhang am hinteren Ende des Raumes abge-
teiltes Lager. Hier hatte sie alle geretteten Medikamente, Verbandszeug und medizinischen Instrumente
gelagert. Die beiden Kinder hatten es sich angewöhnt,
im unteren Bett zusammen zu schlafen. Das war ganz

praktisch, so konnten sie auch den oberen Teil des Doppelstockbettes als Stauraum nutzen. Vorn, gleich neben dem Eingang, eigentlich der Ausgang zur Tiefgarage, hatten sie auf einer kleinen Kommode die Kochgelegenheit, bestehend aus einem kleinen Campingkocher aufgebaut. Auf dem Tisch stand eine kleine, rußende Öllampe, im Moment die einzige Lichtquelle. Ab und an zündeten sie noch ein paar Kerzen zusätzlich an. Der Kellerraum war ungefähr 50 Quadratmeter groß und hatte kein wirkliches Fenster. Den kleinen Lichtschacht hatten sie komplett zugeschüttet und abgedichtet. So war es hier wenigsten zuverlässig trocken. Aber die dauerhafte Finsternis würde schon bald ganz schön auf das Gemüt gehen. Immerhin hatten sie noch einen kleinen Vorraum, die ehemalige Schleuse in die Tiefgarage. Nur ein paar Schritte und sie befanden sich im oberen Teil der Garage, wo sie sich mit den Nachbarn und Gleichgesinnten trafen. Hier dämmerte zumindest an zwei Stellen ein wenig Licht durch die wie durch ein Wunder noch intakten Oberlichter. Man hatte die robusten Fenster mit Metallgittern verstärkt, die dafür sorgen sollten, dass kein umherfliegender Gegenstand die Lichtdurchlässe zerstören konnte. So spielte sich das Tagesgeschäft der Menschen zumeist in der oberen Etage der Tiefgarage ab, bevor man sich abends in seine eigenen Keller zurückzog. Die Tür ging leicht quietschend auf, ihr Mann Frank kam herein. Claudia schenkte ihm ein müdes Lächeln. Er nickte nur kurz und ließ sich erschöpft auf seine Liege fallen. Eine Weile schwiegen beide, dann meinte Frank „Draußen hängt ein Zettel am Aushang.

Paul hat für morgen Vormittag eine Versammlung einberufen. Es sollen möglichst alle kommen, auch die Kinder. Er will das weitere Vorgehen mit uns besprechen." Claudia nickte. „Gut". Dann schwiegen beide wieder vor sich hin. „Kennst du den Paul eigentlich näher? Ich weiß gar nicht so recht, was er vor der Katastrophe so gemacht hat. Er wohnte zwar nicht so weit von uns weg, aber ich habe eigentlich nie so richtigen Kontakt zu ihm gehabt." Frank antwortete „Ich weiß nur, dass er irgendwo in der Stadtverwaltung gearbeitet hat. Auf alle Fälle Hut ab, dass er hier alles in die Hand genommen hat. Wir haben ihm viel zu verdanken." „Sehe ich auch so" pflichtete ihm Claudia bei und legte ihre Hand auf seine. Eine Weile saßen sie so in Gedanken versunken da. Dann drehten sie den Docht der Öllampe herunter und legten sich hin. Schlafen konnten sie noch lange nicht.

÷

Fünfzig Meter entfernt drückte ein junges Mädchen ihr Gesicht in ein Kissen und weinte bitterlich. Die siebzehnjährige Annika war in ihrer Unterkunft alleine, ihre Eltern waren zur Nachtwache eingeteilt. Seit Tagen lag sie auf ihrem Bett und war für niemanden anzusprechen. Immer, wenn ihre Eltern versucht hatten, genau das zu tun, hatte sie sich nur stumm auf die andere Seite gedreht. Annika hatte innerhalb kurzer Zeit ihre gesamten Träume begraben müssen. Sie hatte gerade das Abitur ganz passabel geschafft und sich in den heißesten Typen ihrer Klasse verliebt. Alexander war extrem gut gebaut, ein Sportlertyp, etwas zurückhaltend, blond und blaue Augen. Die Mädchen der Schule schielten zu ihm, aber er hatte für keine ein Auge, obwohl er sich wohl nicht viel hätte bemühen müssen. Irgendwie hatte sie es dann doch irgendwann geschafft, Alex für sich zu interessieren. Sie hatte so allerlei Tricks anwenden müssen, wie es nur Mädchen in ihrem Alter draufhaben. Aber es war ihr gelungen. Für sie hatte gerade die schönste Zeit ihres Lebens begonnen. Abitur in der Tasche, einen heißen Typen an der Angel, Abi-Fahrt vor sich und ein Jahr lang Zeit zu überlegen, was sie nach der Schule studieren wollte. Davor möglichst noch eine Auszeit um die Welt anzuschauen, natürlich zusammen mit Alex. Auch wenn dieser davon noch nicht so überzeugt gewesen war, sie hätte ihn schon noch überredet. Jedenfalls hatte sie es genossen, wenn sie und Alex Hand in Hand über den Schulhof schlenderten oder auf Partys als Pärchen auftauchten. Sie hatte sich unsäglich wohl in seiner Nähe gefühlt, seine etwas zaghaften Küsse genossen und sich gewünscht, er würde doch ein klein wenig mehr zur Sache kommen. Aber da hätte sie ihm sicher noch auf die Sprünge geholfen. Und nun das. Die Katastrophe hatte alle Pläne und Träume gnadenlos zu Nichte gemacht. Jetzt saß sie hier in diesem Kellerloch fest. Zusammen mit ihren Erzeugern in einem Raum eingesperrt. Und das Schlimmste, Alex war weit weg oder vielleicht schon nicht mehr am Leben. Sie hatten es verpasst, im entscheidenden Moment zusammenzukommen. Jeder war in den hektischen Tagen in seiner Familie eingebunden. Und dann war er auf einmal weg und sie konnte ihn nicht mehr erreichen. Wo auch immer er hin war, er hatte keine Nachricht hinterlassen oder hinterlassen können. Vielleicht war er auch schon tot. Sie hatte in den letzten Wochen so viele Tote sehen müssen. Ihre heile Welt war komplett in sich zusammengebrochen. Sie wollte nicht mehr weiterleben, wozu auch. Wenn ihre Zukunft darin bestehen sollte, in diesem Loch täglich um das Überleben zu kämpfen, wollte sie lieber gleich sterben. Sie entdeckte die in einer Ecke an ihrem Netz arbeitende Spinne. Vermutlich gab es hier noch viel mehr Ungeziefer. Sie hasste das alles. Ein neuerlicher Weinkrampf durchzuckte ihren jungen Körper.

÷

Am nächsten Morgen versammelten sich die Bewohner der Tiefgarage nach und nach auf dem kleinen Platz, den man in der Mitte bewusst freigelassen hatte. Viele provisorische Unterstände und Lager waren entlang der Wände im Karree entstanden. Alles auf die Schnelle und ziemlich planlos. Zumindest hatte jeder erst mal ein Dach über dem Kopf und einen trockenen Platz zum Schlafen. Paul hatte sich zwei Kisten übereinandergestapelt und wartete geduldig. Er sah in die Gesichter der

Menschen, die ihm offenbar vertrauten. Da vorn stand Martin mit seiner Familie. Daneben der Italiener Luigi, seine Frau und die drei Kinder. Er entdeckte Dr. Claudia Weber mit ihrem Mann und den beiden Kindern Nicolas und Chiara. Im Hintergrund, wie üblich zurückhaltend, sah er Erkan. Dessen Tochter Fatma drückte sich eng an ihren Papa. Auch sein Freund Robert war bereits anwesend. Mehrere Männer, die in den letzten Tagen zusammen schwer geschuftet hatten, um die Tiefgarage abzudichten und das Wasser fern zu halten, standen in einer Ecke zusammen und unterhielten sich leise. Die meisten Kinder waren noch müde und ruhig. Paul suchte den Blickkontakt zu seinem Freund Robert. Dieser nickte ihm aufmunternd zu. Als Paul das Gefühl hatte, dass alle Mitbewohner versammelt waren stieg er beherzt auf das provisorische Podest, schwieg einen kurzen Moment, bis sich das Gemurmel der Anwesenden gelegt hatte und begann mit zunächst etwas unsicherer Stimme zu sprechen. „Liebe Mitbewohner, liebe Nachbarn. Wie ihr alle wisst, befinden wir uns in einer beschissenen Situation. Keiner von uns kann sagen, ob wir jemals aus dieser Misere herauskommen werden. Wie die letzten Wochen gezeigt haben, ist keine Hilfe von außen zu erwarten. Ja, wir wissen nicht einmal, ob da draußen noch irgendwo vernünftige Strukturen vorhanden sind oder ob es weitere Eingeschlossene wie uns gibt. Wir haben in den letzten Wochen geschuftet und so dafür gesorgt, dass wir zumindest diese erste Phase überstehen konnten. Vielen von unseren Bekannten,

Verwandten und Freunden war das leider nicht vergönnt. Dass wir hier noch in relativer Sicherheit zusammenfinden können ist unserem gemeinsamen Handeln zu verdanken. Wir haben genügend Beispiele erlebt, was passiert, wenn jeder nur noch für sich selbst kämpfen muss. Deshalb finde ich, hat unser Zusammenhalt einen extrem hohen Stellenwert und ist genau genommen auch unsere einzige Chance, die nächste Zeit weiter zu überstehen. Ich habe versucht, die zunächst wesentlichen Dinge ein wenig zu organisieren und bin euch dankbar, dass ihr mir beigestanden habt." Er macht eine kurze Pause und blickte in die Gesichter der Menschen. Diese schwiegen zunächst. Aber dann rief eine Stimme aus dem Hintergrund „He, Paul, sei nicht so bescheiden. Du hast uns zusammengeführt und fürs erste gerettet. Das vergessen wir dir nie!" „Ja stimmt genau" pflichtete eine Frau in der ersten Reihe bei. Zustimmendes Gemurmel von allen Seiten. Dann fing irgendjemand zu klatschen an. Nach und nach fielen die anderen Mitbewohner ein und der rhythmische Beifall wurde immer lauter. Paul senkte verlegen den Kopf und hob beschwichtigend die Hände. Aber umso lauter wurden das Klatschen und die zustimmenden Rufe. Schließlich konnte er weitersprechen. Mit leicht angekratzter Stimme, aber fest entschlossen. „Danke, danke. Aber vergesst nicht, alles was wir bisher geschafft haben, war nur durch unser gemeinschaftliches Handeln möglich. Alle haben ihren Anteil daran. Bisher habe ich versucht, unsere Gruppe ein wenig zu organisieren. Ich denke aber, dass es an der Zeit ist, für die anstehenden Aufgaben eine gewisse Struktur in unsere Gemeinschaft zu bringen. Es gibt sehr viele Dinge, die wir dringend anpacken müssen. Dafür sollten wir unsere Kräfte gut einteilen und festlegen, was alles und in welcher Reihenfolge zu tun ist. Ich allein kann nicht an alles denken und will auch nicht die Verantwortung für unser weiteres Zusammenleben alleine übernehmen. Deshalb schlage ich zwei Dinge vor: Erstens, wir wählen einen Rat, Vorstand, Regierung, Verwaltung oder wie auch immer ihr es nennen wollt. Und zweitens, erstellen wir einen Plan mit den dringlichsten und den weiteren Aufgaben, die unbedingt zu erledigen sind. Ich bitte um eure Meinung dazu." Die Umstehenden begannen zu diskutieren, zunächst mit dem jeweiligen Nachbarn, danach in kleinen Grüppchen. Bis ein lauter, schriller Pfiff den Lärmpegel abrupt unterbrach. Eine resolute Frau verschaffte sich Gehör. „Hallo Leute, so wird das nix. Einer nach dem anderen. Jeder kann seine Meinung äußern. Bitte schön die Hand heben, wer sprechen möchte. Haben wir doch alle schon mal in der Schule gelernt." „Und du bist die Oberlehrerin!" kam unvermittelt eine spöttische Stimme aus der Männergruppe. Ein lautes Lachen folgte. Die Stimmung wurde etwas gelöster. Einer nach dem anderen meldete sich und machte Vorschläge. Nach einiger Zeit hatte man sich darauf verständigt, die Gemeinschaft wie einen Verein zu führen. Am Nachmittag würde man sich wieder treffen, und Vorschläge machen. Im Anschluss sollte eine offene Wahl stattfinden.

In weiterer Folge sollte der Vorstand die nächsten Aktionen und Arbeiten besprechen. Nachdem sich die Versammlung aufgelöst hatte, nutzten die Kinder die Gelegenheit, endlich ihrem Bewegungsdrang nachzugeben und herumzutoben. Die Erwachsenen gingen mit einem guten Gefühl in ihre Verschläge oder Kellerräume und diskutierten über die Versammlung. Irgendwie war allen ein wenig leichter zumute.

÷

Am Abend des gleichen Tages saß eine Gruppe von drei Männern und zwei Frauen um den Klapptisch in Pauls Kellerwohnung. Links neben Paul hatte Dr. Claudia Weber auf einem Hocker Platz genommen. Sie war von den Bewohnern als medizinische Verantwortliche bestimmt worden. Daneben machte es sich Richard in einem alten Rohrsessel gemütlich. Der etwas wuchtige Mann mit einem Ringernacken und kahlen Schädel hatte die Aufgabe eines Quartiermeisters übertragen bekommen. Zur Runde gehörte noch Sonja, eine gelernte Köchin, zuletzt als Küchenleiterin im städtischen Kindergarten tätig und ein langer, schlaksig wirkender Typ mit einer randlosen Brille. Er hatte vorher im Management eines mittleren Industriebetriebes am Rande der Stadt gearbeitet. Die Aufgabenliste, die vor ihnen im Schein einer Campinglampe lag, war auf der Grundlage vieler Vorschläge der Mitbewohner zusammengetragen worden.

Sie versuchten zunächst die Aufgaben zusammenzufassen und nach Prioritäten zu ordnen. Dazu benötigten sie schon mal eine geraume Zeit und atmeten tief durch, als endlich nach mehreren Stunden eine geordnete Reihung auf einem weiteren Blatt Papier stand. Die Fünf gönnten sich eine Pause und verließen die kleine Kellerwohnung, die eigentlich nur aus zwei Räumen bestand, und betraten durch die schwere Brandschutztür die Tiefgarage. Es war schon spät am Abend. Die Kinder waren bereits zur Ruhe gebracht worden. An der einen oder anderen Ecke saßen noch ein paar Eltern beisammen und unterhielten sich leise. Die Tiefgarage war nur sehr spärlich mit wenigen Kerzen, meist in kleinen Laternen mit Glasabdeckung beleuchtet. Schon in den ersten Tagen hatte es einen Vorfall gegeben, der für die Notgemeinschaft hätte böse ausgehen können. Eine offene Kerze wurde aus Versehen umgestoßen und sofort hatte ein Vorhang Feuer gefangen. Das beherzte Eingreifen mehrerer Männer hatte den Brand sofort gelöscht. Seitdem gab es aber die Regel, Kerzen nur in einem Behälter, zumeist aus Glas oder eben einer richtigen massiven Laterne anzuzünden. „Wir sollten auch noch eine Brandwache einführen" meinte Richard nachdenklich. „Stimmt" pflichtete ihm Paul bei. „Aber nicht nur Feuer ist für uns gefährlich. Auch eindringendes Wasser kann unser Zuhause ganz schnell zerstören. Wir haben keine Ausweichmöglichkeit und müssen dringend unsere Sicherheitsvorkehrungen erhöhen." Und so wurde beschlossen, ab der nächsten Nacht neben den beiden Außenwachen auch eine Innenwache zu organisieren. Die kleine Gruppe machte einen Spaziergang. Sie benötigten nicht allzu lange, um die kleine Runde einmal abzulaufen. Dabei stolperten sie ab und an über eine Kiste oder einen Karton, der achtlos abgestellt worden war. In einer Ecke roch es ziemlich übel nach Fäkalien. Wäscheleinen waren kreuz und quer durch den Raum gespannt. Es gab einiges zu tun. Aber das würde man nach und nach in den Griff bekommen. Viel mehr Sorgen machten ihnen die Themen Lebensmittel, Waschgelegenheiten und Toiletten. Erstaunlicherweise funktionierte die Wasserversorgung noch bis in die ehemaligen Waschkeller der Reihenhäuser. Vermutlich lag das daran, dass das Wasserreservoir der Stadt im benachbarten, höher liegenden Hügel, nur wenige hundert Meter entfernt lag. Sie hatten keine Ahnung, wie groß diese Wasserreserven waren und wie lange der Druck ausreichen würde, sie weiter zu versorgen. So hatten sie zu mindestens in dieser Angelegenheit Glück und konnten diesen „Luxus" genießen. Aber sie mussten sich auch auf die Situation vorbereiten, wenn dieser Wasserstrahl versiegte. Ein grundsätzliches Wasserproblem hatten sie zwar nicht. Wasser gab es draußen in Hülle und Fülle. Aber das musste man dann erst aufbereiten. Morgen würde eine Gruppe daran gehen, den Keller eines verlassenen Reihenhauses in eine zentrale Wasserversorgungsstelle mit Wasch- und zwei Duschgelegenheiten umzubauen. Damit sollten auch die Mitbewohner einen vernünftigen Zugang zum Wasser erhalten, die keinen eigenen Keller mit Wasseranschluss unter ihren Reihenhäusern hatten, oder deren

Keller bereits zerstört war. Inzwischen waren auch einige Leute freiwillig in das Innere der Tiefgarage übersiedelt, weil sie es allein in ihrem Keller nicht mehr aushielten. Dazu kamen einige „Dazukömmlinge", die die Umstände hierher verschlagen hatten und hier Aufnahme gefunden hatten. Die Fünf brüteten wieder über ihrem Aufgabenzettel. Richard würde ab morgen versuchen, etwas mehr Ordnung in die wilde Siedlung innerhalb der Tiefgarage zu bringen. Dr. Claudia Weber war logischer Weise als Verantwortliche für den Aufbau einer medizinischen Versorgung bestimmt worden. Der lange schlaksige Kerl, Anton, sollte sich darum kümmern, einen Überblick über die vorhandenen Vorräte zu verschaffen. Diese Aufgabe war nicht ganz leicht, da er zum einen das wilde Durcheinander im unteren Teil der Tiefgarage ordnen musste, aber auch die Vorräte der einzelnen Familien auflisten sollte. Denn alle Bewohner hatten gestern nach längerer Diskussion beschlossen, ihre persönlichen Vorräte, Material und Werkzeuge der Gemeinschaft zur Verfügung zu stellen. Sonja würde sich um den Aufbau einer zentralen Verpflegung bemühen. Bisher kochte jede Familie auf den unterschiedlichen, ihnen zur Verfügung stehende Kochmöglichkeiten. Das musste dringend effektiver geschehen. Damit mit den Ressourcen möglichst sparsam umgegangen wurde. Es war mittlerweile schon fast früher Morgen geworden, als sich der neue Vorstand verabschiedete, sie sich müde in ihre Kellerwohnungen zurückzogen und schlafen legten.

÷

Etwa sechs Kilometer südwestlich der Stadt, auf dem schmalen Höhenzug, der sich von der Stadt in Richtung Nachbargemeinde erstreckte, befand sich in einer Senke, von drei Seiten durch Hügel geschützt ein kleines Blockhaus. Hierher hatten sich Alexander und sein Vater Peter geflüchtet, nachdem der Aufenthalt in der Stadt unmöglich geworden war und sie ihre Wohnung aufgegeben hatten. Dieses Blockhaus war in den letzten Wochen zu ihrem Lebensmittelpunkt geworden. Sehr solide gebaut, aus dicken Stämmen und einem Blechdach, das bereits Alexanders Urgroßvater in seiner üblichen Art doppelt und dreifach gegen Sturm gesichert hatte, konnten sie hier in einfachen Verhältnissen besser zurechtkommen als in der Stadt. Genügend Vorräte waren vorhanden, der kleine Holzofen funktionierte und Wasser hatten sie ausreichend über die Tonne zur Verfügung, die gleich neben der Tür stand und das Regenwasser vom Dach auffing. Bereits im Frühjahr hatten sie wie üblich ihre Brennholzvorräte aufgefüllt. Diese stapelten sich nun an einer Außenwand und auch im Innenraum gab es an der Stirnseite, an der sich die Tür befand, eine Doppelreihe Holz bis unter die niedrige Decke gestapelt. Sie waren bisher sehr sparsam damit umgegangen, hatten nur einmal am Tag den Ofen angezündet um Wasser abzukochen und eine warme Mahlzeit zuzubereiten. Rings um die Hütte war der Großteil der Bäume umgeknickt oder entwurzelt. Die kreuz und quer liegenden Bäume bildeten einen fast unüberwindlichen Wall. Die glitschigen, ineinander verkeilten Bäume waren zu einem echten Hindernis geworden. Eine falsche Bewegung beim darüber klettern konnte ein Verrutschen auslösen. Alex hatte es einmal versucht und wäre beinahe von einem meterlangen Fichtenstamm zerquetscht worden. Seitdem waren sie sehr vorsichtig geworden und hatten auf weitere Versuche verzichtet. Die räumliche Nähe der letzten Wochen hatte dazu geführt, dass sich Vater und Sohn auch zwischenmenschlich nähergekommen waren. Alexander hatte bereits vor vier Jahren seine Mutter verloren. Der Brustkrebs war zu spät von den Ärzten entdeckt worden. Wenige Wochen nach der schockierenden Diagnose verstarb sie im Beisein ihrer Familie. Der gemeinsame, schmerzliche Verlust ließ die beiden unwillkürlich näher zusammenrücken. Der Vater ließ Alex mehr Freiheiten, als es für dessen Alter üblich war. Dieser lebte sein Leben bereits viel bewusster als seine Freunde. Er hatte ein klares Ziel vor Augen. Er wollte nach dem Abitur unbedingt Sportmanagement studieren. Darauf bereitete er sich akribisch vor. Bei den oftmals über die Stränge schlagenden Unternehmungen seiner Freunde war er zwar das eine oder andere Mal dabei, hatte aber ein gutes Gespür dafür entwickelt, wenn es besser war, sich zurückzuhalten. Außerdem war ein Umstand eingetreten, den er bis dahin in seinen Plänen überhaupt nicht einkalkuliert hatte. Annika. Das schwarzhaarige Mädchen mit dem Pferdeschwanz, großen Augen und einer sehr ansehnlichen Figur kannte er natürlich schon lange. Sehr lange sogar. Aber vor einigen Wochen hatte es bei den beiden gefunkt. Nach einer langen Party in der ersten lauen Sommernacht des Jahres waren sich beide nähergekommen. Zugegebenermaßen hatte sie die Initiative ergriffen, aber er war ihr unendlich dankbar dafür. Er mochte ihre lockere, fröhliche Art und genoss die zunächst heimlichen Küsse, die schon bald auch öffentlich wurden. Er durchlebte für kurze Zeit eine Welle von Glücksgefühlen, wie er es noch niemals zuvor erfahren hatte. Seine Zukunftspläne gerieten erstmals in den Hintergrund. Dieser Zustand hielt jedoch nicht lange an, denn dann kam der Regen. Dieser brachte alles durcheinander und urplötzlich war die schönste Zeit seines bisherigen Lebens vorbei. Alexander kämpfte mit seinem Vater wie alle anderen in der Stadt um das Überleben. Als das Wasser ihre Erdgeschosswohnung zu überschwemmen drohte und Raubüberfälle wegen einfachster Dinge des täglichen Bedarfs inzwischen an der Tagesordnung waren, entschied der Vater, die restlichen Vorräte einzupacken und sich in ihre Blockhütte in der Nähe des Bergsees zurückzuziehen. Mit Mühe und Not hatten sie sich durch Regen und Sturm gekämpft und die Hütte des Großvaters erreicht. Nun saßen sie dort fest. Ein Weg zurück war derzeit undenkbar. Eingehüllt in Decken saßen beide tagelang gegenüber am rustikalen Tisch und hatten begonnen, sich Dinge aus ihrer gemeinsamen Vergangenheit zu erzählen. Ab und an schweifte Alexanders Vater auch in seine Jugendzeit ab und Alexander lauschte diesen Erinnerungen. Interessant fand er die Tatsache, dass sich die grundsätzlichen Ideen und Verhaltensweisen der beiden Generationen gar nicht so viel voneinander unterschieden. „Wie lange können wir hier alleine Durchhalten, was meinst du?" fragte Alex. „Schwer zu sagen. Schätzungsweise drei, vier Wochen noch, dann geht unser Proviant aus. Alles andere haben wir genügend da, um noch Monate hier zu bleiben". Peter strich sich nachdenklich durch die Haare. „Irgendwann muss der Regen ja mal wieder aufhören. Ist mir schleierhaft, wo das ganze Wasser herkommt, das sich da wochenlang über uns ergießt. Normalerweise gleicht die Natur alles wieder aus." „Dann erwartet uns als bald eine Trockenperiode, ich kann es kaum erwarten" meinte Alex sarkastisch. „Aber im Ernst, was tun wir, wenn der Regen auch in drei Wochen noch nicht aufgehört hat?" Sein Vater blickte mit starren Augen aus dem Fenster und blieb ihm eine Antwort schuldig. Im Grunde war beiden klar, dass sie irgendwann eine Entscheidung treffen mussten, das Risiko eines Ausbrechens aus ihrer geschützten Umgebung jedoch immens hoch war, ein Hierbleiben aber den Hungertod bedeutete. Und so schwiegen beide und dachten doch jeder für sich an den Tag, der unweigerlich kommen würde.

÷

Wenige Tage nach der Versammlung und der Wahl des Vorstandes herrschte in der Tiefgarage reger Betrieb. Es hatte sich bereits einiges geändert. Überall wurde gehämmert, geschraubt und umgeräumt. Die provisorischen Behausungen von den Bewohnern, die keine eigenen Kellerräume unter ihrem ehemaligen Reihenhaus zur Verfügung hatten, waren zu einigermaßen soliden Räumlichkeiten umgebaut worden. Jede Familie hatte nun an Stelle der Stoffplanen Holzwände mit einer richtigen Tür zur Garagenmitte um sich herum. Die Größe der Behausungen war nach der Personenzahl der Familie bestimmt gebaut worden. Zumindest konnte sich jede Familie nun wieder in eine kleine, eigene Privatsphäre zurückziehen. Gleichzeitig hatte man im Zentrum der TG40 eine Art Plazza errichtet. Hier standen Tische und Bänke. Man traf sich an dieser Stelle gemeinsam zu den Mahlzeiten, die in der Küche von Sonja zweimal täglich bereitet wurden. Sonja hatte sich noch drei weitere Helferinnen gesucht und organisierte die Küche, sorgte für abwechslungsreiche Mahlzeiten, soweit dies möglich war. Sie hatte sich ihr kleines Reich in einer Ecke eingerichtet. Immerhin standen verschiedene Kochmöglichkeiten zur Verfügung, vom Gaskocher über verschiedene kleine Campingkocher und einer kleinen Feuerstelle, die aber noch ausgebaut werden musste. Ein großes Problem stellte der Abzug des Rauches dar. Daran arbeiteten zwei Handwerker noch, musste man doch den Rauch nach draußen ableiten ohne dass gleichzeitig der Regen eindringen konnte. Die Bauarbeiten dazu waren im strömenden Regen nicht einfach. Ein weiterer Trupp werkelte in einem Kellerraum, um dort zentrale sanitäre Anlagen zu errichten.

Die Waschgelegenheiten und zwei Duschen, wenn auch nur mit kaltem Wasser, waren bereits fertig gestellt. Eine Herausforderung stellten die Toiletten beziehungsweise deren Entsorgung dar. Im Moment hatte man in einer Ecke zwei transportable Toiletten, die von einer nahen Baustelle stammten, zur Verfügung. Der „Schlaks", so nannten die Bewohner den langen schlaksigen Kerl, der in den Vorstand gewählt worden war scherzhaft aber respektvoll, hatte mehrere Männer in Gruppen eingeteilt. Diese machten sich daran, die untere Etage der Tiefgarage aufzuräumen und zu sortieren. Auf Grund des Platzmangels war das gar nicht so einfach. Teilweise musste man Gegenstände mehrfach umlagern, um eine gewisse Grundordnung herzustellen. Es gab auch eine Elektroabteilung, bestehend aus einem Elektriker, einem Elektroniker und einem IT Netzwerkspezialisten. Sie hatten die Aufgabe, zu untersuchen, ob man eine Notbeleuchtung in Gang bringen konnte. Ein pensionierter Lehrer gab täglich 3 Stunden Unterricht. So waren die Kinder am Vormittag beschäftigt und die Eltern konnten alle bei den anstehenden Aufgaben mit anpacken. Paul hatte sich inzwischen einen Überblick verschafft, wie viele Personen sich in ihrer Gemeinschaft befanden. Diese bestand aus 143 Personen, die man in 40 Familien oder Gruppen unterteilen konnte. Daher rührte auch der inzwischen gebräuchliche Name für ihre neue Heimstadt „TG40" – Tiefgarage 40. Keiner wusste so genau, wer diese Bezeichnung zuerst ausgesprochen hatte, aber die Menschen gaben ihrer neuen, alten Heimat einen Namen, der sie miteinander verband. 43 Männer, 41 Frauen und 59 Kinder und Jugendliche waren nun hier Zuhause. Paul hatte auf seiner Liste auch die Berufe, Hobbys und Fertigkeiten jedes Einwohners notiert. So konnte der Vorstand für die jeweiligen Aufgaben auch die dazu passenden Personen aussuchen und einteilen. In ein paar Tagen würden sie einen guten Überblick über die vorhandenen Ressourcen haben.

÷

Der Fahrer im Spezialfahrzeug war schweißnass. Seit Stunden kämpften sie sich durch das weglose Gelände. Ein normales Fahrzeug hatte hier keine Chance. Krampfhaft umklammerte er das Lenkrad mit beiden Händen und versuchte einen Blick voraus zu erhaschen. Aber die schlammverschmierte Frontscheibe, die Dunkelheit und der Regen, welcher in willkürlichen Intervallen vom Wind gegen die Scheibe gepresst wurde, machten ein sicheres Fahren unmöglich. Ab und zu halfen ihm die Blitze, die oft mehrere Sekunden lang in kurzer Folge hintereinander das Geschehen beleuchteten. Seine Scheinwerfer waren nur eine schwache Hilfe. Es war lebensgefährlich, aber sie mussten weiter. So fuhren sie im Schritttempo. Oftmals nicht einmal das. Oft mussten sie einem Hindernis ausweichen oder aufpassen, nicht in einem Schlammloch voller Geröll und Hindernissen stecken zu bleiben. Das war die größte Angst des Fahrers. Seine beiden Begleiter pressten ihre Schnellfeuergewehre in gewohnter Weise an sich. Ihre mit Tarnfarben bemalten, erschöpften Gesichter waren im Hintergrund des Wagens kaum zu erkennen. Sie hatten sich bis an die Zähne bewaffnet. Der zweite Wagen mit der wertvollen Fracht fuhr direkt hinter ihnen. Falls der erste versank oder stecken bleiben sollte, hatte das hintere Gefährt die Chance, die gefährliche Stelle zu umfahren. Ihr Ziel lag nördlich und konnte nicht mehr weit sein. Sie suchten eine kleine Hügelkette am Rande der Stadt, in der ihre Kaserne einmal gelegen hatte. Sie würden dieses Ziel erreichen, egal was sich ihnen in den Weg stellte. Das hatten die drei ihren Kameraden im zweiten Wagen versprochen. Und sie würden auch nicht zögern, dafür ihre Waffen einzusetzen. Sie hatten das auf diesem Weg bereits mehrmals getan. Dafür waren sie Profis.

÷

Der Wachposten am südlichen Eingang, früher der Einfahrt zur Tiefgarage, kniff seine Augen zusammen und blickte angestrengt nach Süden. Hatte er dort in nicht allzu weiter Entfernung Lichter gesehen? Er rieb sich seine müden Augen. Knapp zwei Stunden Wache hatten seine Sinne merklich erlahmen lassen. Nochmals richtete er seinen Blick auf diesen Punkt, konnte aber nichts mehr entdecken. Fast pausenlos schlugen ringsum

Blitze ein und tauchten die Nacht in ein diffuses bis grelles Licht. Dann wieder für kurze Zeit absolute Dunkelheit. Seine Augen hatten nicht die Möglichkeit, sich so schnell umzustellen. Er kam sich vor, wie früher in einem der angesagten Technotempel, die er öfter mit seinen Kumpels am Wochenende in München besucht hatte. So entschloss er sich, das Ganze als Sinnestäuschung abzuhaken. Diesen Fehler sollte er wenig später bereuen. Er bemerkte auch nicht, wie sich eine kleine dunkle Gestalt hinter ihm aus der Tiefgarage herausschlich und in der Düsternis verschwand.

÷

Am nächsten Morgen traf man sich wieder in der Plazza zum gemeinsamen Frühstück. Im Anschluss daran wurden die Aufgaben des Tages besprochen und verteilt. „Wo ist eigentlich unsere Tochter?" Die beiden Eltern hatten vor wenigen Minuten bemerkt, dass das Bett ihrer Tochter leer war, sich zunächst aber keine Gedanken gemacht. Nun aber wurden sie unruhig. „Hat jemand Annika gesehen?" riefen sie in die versammelte Runde. Allgemeines Kopfschütteln war die einzige Antwort. Paul wurde aufmerksam und kam auf Annika's Eltern zu. Er legte der Mutter seinen Arm um die Schulter und sagte: „Keine Panik, unsere TG ist ja überschaubar. Ich vermute sie will nicht gefunden werden und hat sich in irgendeine Ecke zurückgezogen. Sie wird schon wiederauftauchen. Wir werden bei den Arbeiten heute

Vormittag die Augen offenhalten, vor allem die Jungs, die im zweiten Untergeschoß die Aufräumarbeiten durchführen. Ich sage gleich Bescheid. Raus kann sie ja nicht sein. Sie hätte an der Wache vorbei müssen und wo soll sie denn auch hin." Etwas beruhigt nickte die Mutter und der Vater drückte Paul wortlos die Hand. Aber als Annika auch gegen Mittag noch nicht gefunden worden war, organisierte man eine gezielte Suchaktion. Jeder Winkel der Tiefgarage und der angrenzenden zugänglichen und intakten Kellerräume wurde in Augenschein genommen. Keine Spur von Annika. Dann bemerkten ihre Eltern, dass die Tochter ihren Rucksack und einigen Sachen mitgenommen hatte. Jetzt wurde klar, dass sie bewusst ihre Gemeinschaft verlassen haben musste. Aber zu welchem Zweck oder mir welchem Ziel? Keiner wusste eine Antwort darauf. Ihre Eltern lagen sich weinend in den Armen. Die mitfühlenden Worte der Umstehenden konnten ihnen nicht wirklich helfen. Annika war verschwunden.

÷

Nun war es doch passiert. Der Wagen steckte unerbittlich fest. Der Fahrer und die beiden Männer standen bis zur Brust im undurchsichtigen, schlammigen Wasser. Das Fahrzeug hatte sich an irgendeinem Hindernis unter der Wasseroberfläche verhangen. Sie versuchten, das Hindernis durch tasten ausfindig zu machen, konnten aber nur feststellen, dass sich unter ihnen mehrere Eisenverstrebungen befanden. Einer der Männer fasste sich ein Herz und tauchte nach einem kurzen Fluch ab. Kurze Zeit später kamen zuerst seine suchenden und tastenden Hände wieder zum Vorschein, danach sein Kopf. Prustend spukte er Wasser aus und rieb sich die Augen. „Mist. Da ist rein gar nichts zu sehen. Das ist eine elende Dreckbrühe." Aus dem zweiten Fahrzeug arbeitete sich ein schlanker, groß gewachsener Mann durch das Wasser heran. Immer darauf bedacht, nicht plötzlich in einem Loch zu verschwinden. Offensichtlich ein Vorgesetzter, denn die drei Männer im Wasser nahmen gewohnheitsmäßig Haltung an, was unter den gegebenen Umständen für einen Außenstehenden eher unpassend gewirkt hätte. Ihr Vorgesetzter, dessen Schulterklappen ihn als einen Oberleutnant auswiesen, machte sich ein kurzes Bild von der Lage und entschied, die wichtigsten Sachen in das zweite Fahrzeug umzuladen. Notgedrungen mussten sie ihr Fahrzeug zurücklassen und mit ihm viele überlebenswichtige Ausrüstungsgegenstände. Sie benötigten fast zwei Stunden für das Umladen. Erschöpft ließen sich die drei Männer auf das zweite Fahrzeug fallen. Innen war kein Platz mehr für sie. Also mussten sie den Rest des Weges auf dem Dach des Wagens verbringen. Das bedeutete Nässe ohne Ende, ständige Gefahr des Abrutschens und die Blitze waren auch nicht gerade zu vernachlässigen. Aber ihnen blieb keine andere Wahl. Immer noch besser, als sich zu Fuß durch das Wasser- und Schlammchaos zu kämpfen. Aus dem Wageninneren drangen ab und an

Schreie, die in ein Wimmern und Stöhnen übergingen. Der an- und abschwellende Sturm verschluckte dann das Geräusch wieder. Der Oberleutnant befahl die Weiterfahrt. Die schweren Motoren brüllten auf, als sich das Fahrzeug in Bewegung setzte. Wasser und Schlamm wurden am Heck in die Dunkelheit geschleudert. Nach seiner Schätzung mussten sie bei dem derzeitigen Tempo in spätestens einer halben Stunde am Ziel sein. Er meinte, am Horizont bereits die Silhouette der kleinen Hügelkette erkennen zu können, war aber dann doch einer Täuschung erlegen. Die Stunde war bereits abgelaufen, als das Fahrzeug plötzlich ebenfalls auf ein Hindernis stieß. Nun saßen auch sie fest. Verzweifelt versuchte der Fahrer, sein Gefährt abwechselnd im Vorwärtsgang und im Rückwärtsgang wieder in Bewegung zu bringen. Keine Chance. Nun war es also so weit. Sie hatten alles versucht. Mission verfehlt. Der Oberleutnant und seine Männer berieten sich. „Ok, Männer, uns bleibt nichts anderes übrig. Einer muss versuchen sich zu Fuß durchzukämpfen. Er muss feststellen, ob wir eine Chance haben, aus eigener Kraft bis an eine trockene Stelle zu gelangen. Wer meldet sich freiwillig?" Die Männer sahen sich schweigend an. „Ich mache das." „Gut, Gefreiter Schmidt. Nur leichtes Gepäck. Zusätzlich ein Seil mitnehmen und Markierungen, die sie in regelmäßigen Abständen hinterlassen, damit sie zurückfinden. … oder wir sie finden können. Abrücken in 10 Minuten" „Zu Befehl". Der Gefreite packte seine Sachen zusammen, schulterte sein Gewehr auf dem Rücken. Er verabschiedete sich mit einem kurzen Wink von seinen

Kameraden und schob sich in das brusttiefe Wasser. Nach wenigen Sekunden hatte ihn die Dunkelheit verschluckt. Bereits nach kurzer Zeit merkte Jens, so hieß der Gefreite mit seinem Vornamen, dass das Vorankommen von Schritt zu Schritt schwerer wurde. Seine Beine verkrampften sich immer mehr. Verbissen schob er sich Meter für Meter in nördliche Richtung. Ab und an setzte er eine kleine Markierung an einem Hindernis. Meist war es nur ein kleiner Stofffetzen, ab und an auch eine batteriebetriebene Lichtmarkierung. Diese würden vermutlich nicht allzu lange ihren Dienst versehen können, irgendwann waren die Batterien leer. Plötzlich bemerkte er, dass der Boden unter ihm langsam leicht anzusteigen schien. Tatsächlich, nun reichte ihm das Wasser nur noch bis zu Hüfte. Ein wenig später konnte er seine Füße bereits mit aus dem Wasser heben. Nur noch knietief! Hoffnung keimte in ihm auf. Noch konnte er voraus keine Erhebung erkennen. Da! Ihm war, als hätte er kurz vor sich einen erstickten Schrei gehört. Er blieb stehen und lauschte angestrengt. „Hilfe!" Es war nur sehr leise zu hören, aber nun doch deutlich. Er beschleunigte seine Schritte in die Richtung, aus der der Hilferuf kam. Dadurch wurde er unvorsichtig. Und das wäre ihm fast zum Verhängnis geworden. Urplötzlich zog es ihm die Beine weg. Kein Boden mehr unter den Füßen! Sein gesamter Körper geriet unter Wasser. Automatisch riss er seine Arme nach oben um Halt zu finden. Da war aber nichts. Mit zwei drei kräftigen Beinbewegungen schwamm er wieder an die Oberfläche und kurze Zeit später stand er wieder auf festen Boden, jetzt wieder bis zu den Knien im Wasser. Er lauschte nochmals in die Dunkelheit. Da! Vor sich sah er einen Schatten. Eine Hand, nein ein ganzer Arm versuchte verzweifelt an der Wasseroberfläche Halt zu finden. Nun sah er auch den Kopf, der sich nur noch mit Mühe oben halten konnte. Noch ein paar Schritte dann hatte er den Hilferufer erreicht und zog ihn nach oben. Sich hinhockend schaffte er es, dem Geretteten den Kopf auf seine Oberschenkel zu legen und in Ruhe zum Atmen zu bringen. Er sah in die Augen eines erschöpften, bereits mit dem Leben abgeschlossenen Mädchens. „Man das war knapp." Keuchte er „Wie heißt du?" – „ Annika".

÷

Am späten Abend, die wenigen Kerzen tauchten die Tiefgarage in ein gespenstisches Licht, saß Dr. Weber zusammen mit Paul an einem Tisch in der Plazza. Die meisten Bewohner waren, wie inzwischen üblich, zeitig Schlafen gegangen. Im Gegensatz zur alten Welt hatte man sich einen neuen Tagesrhythmus angeeignet. Das war automatisch so passiert. Die Leute waren abends einfach erschöpft und müde. Das wenige, schummrige Licht trug das Seinige dazu bei. So konnten die beiden leise ihre Gedanken austauschen. „Wie kommen sie denn voran, Frau Dr. Weber?" erkundigte sich Paul und meinte damit den Aufbau der Medizinischen Station. „Ganz gut. Die Räumlichkeiten sind ausreichend, denke ich. Regina ist mir auch eine große Hilfe. Sie bringt richtig gute Erfahrungen aus ihrer Tätigkeit als Krankenschwester in der Notfallmedizin mit. Wir haben drei Krankenbetten in einem Abteil im Hintergrund und eine kleine Untersuchungsstation im vorderen Teil eingerichtet. Warten müssen die Patienten halt vor der Station. Zwei, drei Stühle davor reichen dazu aus. Wir haben uns einen Überblick zu den Medikamenten verschafft. Da sind wir für normale Fälle ganz gut bestückt. Schwere, spezielle Fälle kommen hoffentlich vorerst nicht vor. Da gibt unsere Apotheke nicht wirklich viel her. Ich habe auch einige medizinische Instrumente aus der Klinik mitgebracht. Allerdings eine richtige OP muss ich hier hoffentlich nie durchführen. Da fehlt es eigentlich an allem. Von der Beleuchtung, über die Anästhesie bis hin zu den Möglichkeiten zur Sterilisation der Instrumente." Paul nickte und meinte „Ja, wollen wir mal hoffen, dass es zu einem solchen Ernstfall nicht kommt. Aber es ist besser, sie machen sich darüber dennoch Gedanken. Hilfe von außen gibt es keine. Das ist uns ja allen klar." „Ehrlich gesagt, habe ich schon oft daran gedacht. Der Gedanke an eine gewisse Hilflosigkeit ist schwer zu ertragen. Die Menschen erwarten von mir, dass ich ihnen helfe. Ich kenne mich aber nicht in allen Fachgebieten aus oder mir fehlt dazu Erfahrung und Routine. Das raubt mir schon manchmal den Schlaf." Beide schwiegen eine Weile. Paul wusste nur zu genau, was in ihr vorging. Ähnliche Gefühle hatte er selbst auch des Öfteren. Auch von ihm erwarteten die Leute Entscheidungen, die er dann selbstsicher umsetzen musste. Seine eigenen Zweifel durfte er sich nicht anmerken lassen. „Wenn sie mit den grundsätzlichen Vorbereitungen für ihre Station fertig sind, sollten sie sich bitte mal dem Thema Hygiene widmen. Wir müssen in unseren engen Räumlichkeiten unheimlich aufpassen, dass wir uns keine Parasiten, keinen Virus oder Ähnliches einfangen." „Daran habe ich auch schon gedacht. Ich werde mich mal um die Sanitäranlagen und die Küche kümmern, was das betrifft. Eine regelmäßige Kontrolle dieser Bereiche ist sicherlich wichtig. Unserer Station wird das übernehmen. Die Menschen sollten auch eine Unterweisung in diesen Dingen bekommen. Ich werde das an einem der nächsten Abende durchführen. Ich spreche den Termin mit ihnen ab." Bisher waren in der TG40 noch keine Mäuse, Ratten oder anderes Ungetier gesehen worden. Eigentlich war das schon ein kleines Wunder. Im Moment lebten sie in dieser Hinsicht noch auf der Insel der Seeligen. Vermutlich würde das aber nicht mehr lange so bleiben. Nachdenklich sahen beide einer Spinne zu, die ein Stück neben ihnen ihren Faden von der Decke nach unten spann.   ÷

Der Sturm hatte ein wenig nachgelassen. Zwar war noch die eine oder andere Windböe zu spüren, aber so ruhig hatte Gefreiter Jens Schmidt die Natur schon lange nicht mehr erlebt. Der Regen ergoss sich allerdings immer noch wie aus Kübeln aus den tiefhängenden dunklen Wolken. Das Mädchen mit dem Namen Annika lag völlig entkräftet in seinen Armen, unfähig zu gehen. Er musste sie unbedingt an eine Stelle bringen, wo er sie für eine Weile ablegen konnte. Vorher wollte er aber wissen, wo sie hergekommen war. Er wähnte sich seinem Ziel sehr nahe, denn er glaubt nicht, dass sie sich alleine weit durch diese Wasserwüste schleppen hatte können. „Wo kommst du her, Annika?" Sie sah in kaum an und murmelte etwas. Er konnte sie aber nicht verstehen. „Sag's noch mal, komm." „T…G… V… i…e…r…z…i…g…." Jetzt verstand er die Worte, konnte sich aber keinen Reim darauf machen. „Was ist das … TG Vierzig?". Sollte das ein Code sein oder eine geheime Einrichtung, ein Straßenname? Er hatte von so einer Bezeichnung noch nie etwas gehört, obwohl er seit zwei Jahren in der Stadt stationiert war. Bei seinen Ausgängen aus der Kaserne waren ihm die üblichen Nachtlokale, Bars und Bezeichnungen der Wohngegenden natürlich nicht fremd geblieben. Aber TG Vierzig …? „Was ist TG Vierzig, sag es mir bitte." „Tiefgarage …" kam es leise aus ihrem Munde und „Neubausiedlung …". Jetzt dämmerte es ihm. Sie kam genau daher, wo er mit seinen Kameraden hin wollte. Ihr Ziel war also nahe. „Dort leben noch Menschen?" „Ja …" Annika hauchte das letzte Wort geradezu über ihre Lippen. Jens durchströmte neue Hoffnung. Dann war ihr Horrortrip der letzten Tage doch nicht umsonst gewesen. Aber zunächst musste er herausfinden, wie weit das Ziel noch entfernt war. Annika antwortete auf seine Fragen nicht mehr, sie war bewusstlos aber atmete gleichmäßig. Das beruhigte ihn ein wenig. Er nahm alle seine Kraft zusammen, hob das Mädchen in seine Arme und stapfte in die Richtung weiter, in der er meinte, die Siedlung finden zu können. Nach einiger Zeit, die ihm endlos vorkam berührte er zum ersten Mal seit Tagen wieder festen Boden. Glitschig und Nass, aber fest. Erschöpft legte er Annika ab. Zunächst konnte er mit ihr nicht mehr weiter. Die Kräfte ließen spürbar nach. Er hatte einen Auftrag zu erledigen und wenn er das Mädchen retten wollte, musste er bedacht vorgehen und seine restlichen Kräfte gut einteilen. Er vergewisserte sich, dass Annika einigermaßen sicher lag, deckte sie mit seiner Feldplane zu, strich ihr über den Kopf und flüsterte „Ich hole dich hier raus, versprochen, Annika." Dann setzte er sich wieder in Marsch. Die Schritte wurden schneller, da er nicht mehr durch das Wasser waten musste. Er ließ jegliche Deckung außer Acht, wollte nur noch Hilfe holen. Das Gelände stieg leicht an und bereits nach kurzer Zeit sah er einen großen Erdwall vor sich. Er erklomm diesen auf allen Vieren, rutschte mehrmals wieder zurück, erreichte aber dann doch den höchsten Punkt und wollte sich gerade aufrichten, als ein Schlag auf seinen Kopf ihm alle Sinne raubte und er wie ein nasser Sack in sich zusammen rutschte.

÷

Weiter südlich hockten die zwei Uniformierten auf ihrem Spezialfahrzeug. Sie waren vor dem unmittelbaren Regen zwar notdürftig durch ihre Zeltplanen geschützt, aber trotzdem bereits komplett durchnässt. Frierend waren sie zusammengerückt, schlürften gierig den heißen Tee, der ihnen aus dem Inneren gereicht worden war. Ein ohrenbetäubender Donnerschlag der gleichzeitig mit einem Blitz einherging, ließ sie zusammenzucken. Der Blitz schlug nur wenige hundert Meter hinter ihnen im Wasser ein und erleuchtete die Umgebung für einige Sekunden taghell. Sie konnten, das zurückgelassene Fahrzeug sehen, das gar nicht so weit von ihnen entfernt stecken geblieben war. „Das war verdammt knapp" murmelte einer der Männer. Der andere bleib stumm, rutschte aber unwillkürlich ein Stück weiter in die entgegengesetzte Richtung des Blitzeinschlages. Beide hatten ein sehr mulmiges Gefühl im Bauch. Sie hassten nichts mehr, als den Dingen hilflos ausgeliefert zu sein. Und das waren sie hier definitiv.

÷

„Alarm! Hilfe!" Der Schrei der Wache am südlichen Ausgang der Tiefgarage ließ die Bewohner kurzzeitig erstarren. Dann setzte allgemeiner Tumult ein. Die Frauen schnappten ihre Kinder und zogen sich fluchtartig in die hinteren Kellerräume zurück. Paul, Robert und zwei weitere Männer stürzten in Richtung Wache. Die anderen Männer verteilten sich in kleinen Gruppen und warteten ab. Jetzt zahlte es sich aus, dass man diese Vorgehensweise bereits in den vergangenen Tagen besprochen und auch geübt hatte. Völlig aufgelöst kam der junge Mann, der die Wachschicht aktuell innehatte, vom Ausgang auf die Gruppe um Robert zugelaufen.

Kreidebleich im Gesicht, mit zittriger Stimme berichtete er von einem bewaffneten Überfall. „Der war uniformiert und hatte eine Knarre" sprudelte es aus ihm heraus. „Wo ist er? Waren da noch mehr?" Wollte Robert wissen. Der junge Mann schüttelte nur mit dem Kopf. „Ich weiß es nicht, ich, ich …" Panisch erstickte seine Stimme. „Mensch, reiß dich zusammen, sag was los ist!" Robert wurde nun lauter, versuchte aber ruhig und bestimmt zu bleiben. „Ich habe mich doch bloß gewehrt".

„Jetzt sag schon, was los ist, verdammt", wurde nun auch einer der Männer ungeduldig. Trotzdem war aus dem jungen Mann für den Moment nichts mehr herauszuholen. Einer der Männer brachte die Wache nach hinten. Die anderen drei schlichen sich leise zum Ausgang. Die Lichter waren alle gelöscht worden. Im schummrigen, diffusen Licht tasteten sie sich hintereinander an der Betonwand entlang. Die Männer versuchten ihren keuchenden Atem zu unterdrücken, was ihnen aber nicht wirklich gelang. Je näher sie dem Ausgang kamen, umso lauter übertönte aber der Regen ihre Atemgeräusche. Robert hatte die schmale Öffnung des eigentlichen Ausgangs als erster erreicht und hob den Arm. Sie blieben stehen und versuchten, ein Geräusch oder eine Bewegung zu erfassen. Nichts. Nur das unablässige Trommeln des Regens war zu hören. Immer langsamer werdend näherten sie sich nun dem eigentliche Wachpunkt. Plötzlich trat Robert gegen etwas Weiches am Boden und wäre fast gestürzt. Gerade noch konnte er sich abfangen und ging in die Hocke. Da lag jemand leblos! Die Person, offensichtlich ein Mann, war tatsächlich bewaffnet. Allerdings hatte er das Gewehr umgehängt auf seinem Rücken. In seinen Händen hielt er keine weitere Waffe und Robert konnte auch keine in unmittelbarer Nähe auf dem Boden liegen sehen. Die Uniform, die der Mann trug, war schlammverkrustet und komplett durchweicht, das Gesicht kaum zu erkennen. Blut- und dreckverschmiert, mit Tarnfarbe bemalt, atmete der Mann noch. Das konnte Robert feststellen, als er sein Ohr auf die Brust des Mannes legte. Er bedeutete einem der ihn begleitenden Männer, die Wache zu übernehmen und schleppte zusammen mit Paul den Uniformierten ins Innere der Tiefgarage. Keuchend legten sie ihn auf den nächstbesten Tisch. Zuerst entfernten sie seine Waffe und durchsuchten ihn nach weiteren gefährlichen Gegenständen. Ein Armeemesser und zwei Magazine mit Patronen entdeckten sie noch, dann widmeten sie sich den Verletzungen des Uniformierten. Roberts Gedanken rasten. Gehörte der Verwundete etwa zu einer bewaffneten Gruppe von Banditen, etwa ehemaliger Militärangehöriger, welche in den letzten Wochen marodierend durch die Gegend gezogen waren? Sind da draußen noch mehr von denen? Robert winkte ein paar Männer zu sich und wies sie an, die Wache am Ausgang zu verstärken.

Inzwischen hatte die Ärztin das Gesicht des Uniformierten gesäubert und sich die Verletzung näher angesehen. „Eine ziemlich heftige Einschlagstelle am Hinterkopf. Das sieht übel aus."

Da durchbrach ein markerschütternder Schrei die Stille.

÷

Alexander und sein Vater lagen bereits seit Stunden im Dunkeln auf ihren Betten in der Blockhütte. Sie hatten nun auch die eine Kerze gelöscht, die sie bisher nachts noch brennen ließen. Ihr diesbezüglicher Vorrat war nicht unerschöpflich. Draußen tobte nach wie vor der Wind. Aber es kam ihnen so vor, als wenn der Sturm nicht mehr ganz so heftig wäre, wie noch vor ein paar Tagen. An Schlaf war nicht zu denken. Im Grunde waren sie ziemlich ausgeruht und zur körperlichen Untätigkeit verurteilt. Das zehrte an ihren Nerven. Alex, der es gewohnt war, sich sportlich nahezu täglich fit zu halten und in Bewegung zu sein, konnte das Stillhalten bald nicht mehr ertragen. Aber er wusste nur zu gut, dass ein Verlassen der Hütte lebensgefährlich war. Die letzten Tage hatte er sich einen persönlichen Trainingsplan ausgearbeitet und versuchte, sich in der engen Behausung so gut wie möglich durch Liegestütze, Klimmzügen am Türbalken und weitere Übungen fit zu halten. Mit seinem Vater maß er sich bisweilen im Armdrücken. Immerhin war die Bilanz bisher ziemlich ausgeglichen. Sein Vater war körperlich gut drauf, dass musste man ihm lassen. Immer wenn das Gespräch verstummte und jeder seinen Gedanken nachhing, dachte Alex an Annika. Er verspürte eine unbändige Sehnsucht nach seinem Mädchen und das Verlangen, sie in seine Arme zu schließen. Er wollte ihr Gesicht spüren, sie unendlich lange küssen und berühren und nie wieder loslassen. Eines Tages, wenn das hier alles vorbei wäre, würde er sie wiederfinden. Er musste sie ganz einfach wiederfinden. Das hatte er sich fest vorgenommen. Und wenn er den ganzen Wald persönlich aufräumen musste, um zu ihr zu gelangen, dann würde er es tun. Er würde sie finden, zum Teufel! Alles andere war für ihn unwichtig geworden. Rums. Etwas krachte auf oder neben die Blockhütte und ließ die Wände und das Inventar erzittern. Staub rieselte von den Deckenbalken. Alexander und sein Vater fuhren in ihren Betten hoch. Mit bebenden Händen zündeten sie jeder eine Kerze an. Nervös begutachteten sie die Decke und die Wände der Hütte. Es schien alles in Ordnung zu sein, Großvaters solider Bauweise sei Dank. „Was war das?" – „Da muss wohl ein Baum auf das Haus gestürzt sein. Wir warten besser ab, bis es einigermaßen hell ist, dann schauen wir nach. Jetzt ist es zu gefährlich". Alex nickte seinem Vater zustimmend zu. Nachdem sie noch eine Weile die Hütteninnenseite auf Schäden untersucht hatten, legten sie sich wieder hin. An Schlaf war nun erst recht nicht mehr zu denken. Die Zeit bis zum Morgen zog sich eine gefühlte Ewigkeit in die Länge. Als es endlich zu dämmern anfing, standen beide auf und aßen zum Frühstück einen Müsli-Riegel und ein paar Kekse, tranken ein paar Schluck kaltes Wasser. Dann zogen sie sich ihre Wetterkleidung an und öffneten nervös die Tür. Abrupt blieben sie stehen. Der Ausgang war versperrt. Die mächtige Eiche, die bereits seit vielen Jahrzehnten wenige Meter neben der Hütte gestanden war, genau genommen, bereits vor dem Bau der Hütte dort gewachsen war, lag nun genau vor dem Eingang. Der Baum mit einem Stammdurchmesser von mindestens zwei Metern war offensichtlich haarscharf neben die Hütte gefallen und lag nun quer zur Vorderseite und damit zur Tür auf dem Boden. Beiden Männern dämmerte es, welches Glück sie in der Nacht gehabt hatten. Einem direkten Treffer hätte vermutlich selbst die robust gebaute Hütte nicht standgehalten. Kreidebleich schlossen sie die Tür wieder. „Dann müssen wir wohl durch das Fenster". Alexanders Vater schob den Tisch beiseite, der direkt vor dem einzigen Fenster der Hütte platziert war und öffnete die beiden Fensterflügel nach innen. Aber als er die beiden Fensterläden nach außen aufsperren wollte, stieß er auf Widerstand. Die Fensterläden ließen sich nur wenige Zentimeter bewegen, dann ging nichts mehr. Selbst mit vereinten Kräften schafften sie es nicht, die Läden zu öffnen. Irgendetwas blockierte gewaltig von außen.

Konsterniert setzten sie sich hin. Sie waren eingeschlossen.

÷

In der Tiefgarage stürzte eine Frau auf den ohnmächtigen Uniformierten zu. „Was hast du mit meiner Tochter gemacht, Was hast du mit meiner Tochter gemacht?

Wo ist sie?" Sie trommelte wie irrsinnig auf den leblosen Körper ein und schrie immer wieder die gleiche Frage heraus. Nur mit Mühe konnten die Männer die aufgeregte Frau festhalten und von weiteren Schlägen abhalten. „Er hat meine Tochter, er hat sie entführt", schrie die Frau weiter. Sie zitterte am ganzen Leib, Tränen rannen ihr über das Gesicht, das Haar verklebte ihr die Augen. Sie wollte sich losreisen, aber der feste Griff der Männer ließ ihren Widerstand erlahmen. Schluchzend brach sie vor dem Tisch mit dem Verletzten zusammen. Ihr ebenfalls herbei geeilter Mann nahm sie in seine Arme und versuchte sie zu besänftigen. „Bärbel, beruhige dich doch. Alles ok. Wie kommst du nur auf diesen Gedanken, dass der Unbekannte unserer Tochter etwas angetan haben könnte?" – „Das Stirnband, sieh doch, das Stirnband ...", flüsterte seine Frau und zeigte mit zittrigen Fingern auf einen dreckverkrusteten Fetzen Stoff, den man bei der Durchsuchung des Verletzten aus dessen Tasche gezogen hatte. „Gehört das wirklich Annika?" Robert flüsterte die Frage mit belegter Stimme. „Ja, ganz sicher", schluchzte Annikas Mutter und schaute Robert flehentlich an. „Tut doch was, bitte". Die Anwesenden schauten sich an, dann wanderten ihre Blicke zu Robert. Er musste eine Entscheidung treffen. Wieder einmal. „Gut, Frau Dr. Weber, können wir damit rechnen, dass der Verletzte sprechen kann? Können wir ihn verhören?" „Das kann ich leider nicht sagen. Die Ohnmacht kann durchaus länger dauern und ich kann nicht wirklich etwas dagegen unternehmen".

Claudia hob entschuldigend ihre Hände. „Ok. dann werden wir jetzt wie folgt vorgehen. Der Verletzte wird in den Behandlungsraum von Frau Dr. Weber gebracht, dort fixiert und bewacht. Frau Dr. Weber versucht ihr bestes, den Mann aus seiner Ohnmacht zu befreien. Sobald er ansprechbar ist, wird Paul versuchen, ihn zu verhören. Ich werde mit 3 Männern nach draußen gehen und versuchen, eine Spur von Annika zu finden. Alle anderen verschanzen sich in der TG so wie wir es besprochen und geübt haben." „Ich will mitkommen auf den Suchtrupp. Es ist meine Tochter. Bitte." Annikas Vater blickte entschlossen. „Natürlich, das steht dir zu. Wir treffen uns in fünf Minuten am Ausgang." Damit drehte sich Robert um und lief zügig in sein Quartier, um sich seine Ausrüstung zu holen. Viel war es ohnehin nicht. Regenklamotten, die nur für kurze Zeit ihren Zweck erfüllten, einen kleinen Rucksack mit Wasserflasche und Erste-Hilfe-Set sowie ein Messer. Danach, auf dem Weg zum Ausgang, drehte er sich noch einmal um und rief „Wer kann mit dem Gewehr umgehen?" Ein blonder Mann, um die Vierzig, meldete sich. „Ich bin Reservist und habe das gelernt". „Gut, schnapp dir das Ding und begib dich zur Außenwache! Schießen nur im extremen Notfall!" Dann verließen Robert und sein Trupp die Tiefgarage und verschwanden in der Dunkelheit, von Blitzen, Regen und Wind begleitet.

÷

Auf Anweisung von Dr. Weber trugen ein paar kräftige Männer den Verletzten in den Behandlungsraum und legten ihn auf einer Liege ab. Mit zwei Kabelbindern wurde er an Händen und Füßen gefesselt. Das kannte man so aus einschlägigen Actionfilmen. Zur Sicherheit blieben zwei Mittfünfziger bei der Ärztin und beobachteten den Gefangenen. Dieser regte sich immer noch nicht, aber er atmete gleichmäßig, wenn auch etwas flach. Nachdenklich betrachtete Dr. Weber das noch jugendliche Gesicht des Verletzten. Eigentlich macht dieses nicht den Eindruck eines Bösewichtes oder Grobians. Es sah eher ausgezehrt und traurig aus. Er musste wohl, wie die meisten Menschen in den vergangenen Wochen, einige traumatische Erlebnisse hinter sich haben. Sie schätzte das Alter auf 19 oder 20 Jahre, vielleicht sogar jünger. Aber das konnte eigentlich nicht sein, denn er trug die Uniform Gebirgsjäger, die in der Kaserne in der Stadt stationiert waren. Sie kannte sich ein wenig damit aus, da sie ab und an auch Patienten aus der Kaserne bei sich im Krankenhaus behandelt hatte. Im Gegensatz zu vielen Militärstandorten waren die Gebirgsjäger in der Stadt recht beliebt gewesen. Selten hatte es Probleme mit der Zivilbevölkerung gegeben. Die paar Raufereien die es gegeben hatte, waren eher harmlos gewesen im Vergleich zu den Problemen mit den Jugendgruppierungen verschiedenster Nationalitäten. Die Gebirgsjäger galten als eine ziemlich eingeschworene Truppe. Ihr Fitnesszustand galt als legendär. Oft hatte man in den Bergen südlich der Stadt die Soldaten trainieren sehen. Die Ausbildung war sicher extrem hart. Dr. Weber hatte das selbst bei der einen oder anderen Bergwanderung beobachten können, als die Gebirgsjäger mit ihren gigantischen und schweren Rucksäcken, Waffen und Ausrüstung an ihr vorbei Richtung Gipfel stürmten. Sie selbst fand sich auch nicht gerade unsportlich, aber was die Jungs da auf sich nahmen, davor hatte sie absolute Hochachtung. Wie auch immer, jetzt lag einer dieser Jungs gefesselt in ihrem Behandlungsraum und hatte einen ihrer Mitbewohner angegriffen. Das änderte alles. Die Frage war nur, warum er angegriffen hatte. War er doch selber besser bewaffnet und ausgerüstet als der junge Mann, der den Wachposten zu der Zeit innehatte. Dass er alleine die TG hatte überfallen wollen, erschien ihr reichlich unverständlich. Es sei denn … Na klar, da mussten noch mehr von diesen Typen sein! Bei ihm musste es sich wohl um den Kundschafter gehandelt haben. Und was hatte er mit Annika angestellt? War Annika gar in den Händen einer gewalttätigen Bande, die keine Regeln mehr kannte? Ihr grauste bei diesem Gedanken. Da bemerkte sie ein leichtes Zittern der Augenlider des Verletzten. Dieser schien zu sich zu kommen. Hoffentlich hatte sie bald die Gelegenheit, einige Fragen zu stellen und vor allem … Antworten zu bekommen. Sie ließ Paul rufen, der dabei war, die Menschen in der Tiefgarage für die Verteidigung zu organisieren. Dieser kam sofort und setzte sich auf einen Hocker neben den Verletzten, der wenige Minuten später tatsächlich die Augen aufschlug. „Durst" war dessen erstes, mühsam hervorgebrachtes Wort. Dann folgte ein zweites: „Annika". Dr.

Weber und Paul sahen sich an. „Was ist mit Annika? Woher kennst du sie, Was hast du mit ihr gemacht?" Paul versuchte die Fragen ruhig zu stellen, aber seine Stimme wurde bei jeder Frage lauter und zittriger. „Einen Augenblick", Dr. Weber richtete den Kopf des Verletzten etwas auf und hielt ihm einen Becher Wasser an den Mund. Dankbar trank dieser mühsam einige Schlucke und sah dann zu den beiden. „Annika ... draußen im Wasser ... fast ertrunken..." Dann ließ er sich erschöpft auf die Liege zurückfallen und schloss seine Augen.

÷

„Verdammt, wo ist sie? Können wir sie finden? Lebt sie?" Paul rüttelte am Körper des Verletzten. Ein Stöhnen kam aus dessen Mund. „Vorsicht, wir wissen nicht wie schwer seine Kopfverletzung ist, er muss ruhig liegen!" Dr. Weber schob Pauls Hände energisch bei Seite. Sie näherte ihr Gesicht dem Verletzten, strich im über seine Stirn und flüstere in sein Ohr. „Es wird alles gut, sei ganz ruhig. Bitte hilf uns ... Wo finden wir Annika? Bitte, sag es mir". Mehrmals versuchte sie, auf ihre Art den Soldaten zu erreichen. Nach einer gefühlten Ewigkeit hob dieser endlich leicht eine Hand und flüsterte „Meine Markierung ... nicht weit". Dann wurde er wieder ohnmächtig. Paul sprang auf. „Offensichtlich hat er die Stelle, an der sich Annika befindet oder den Weg dahin markiert. Ich muss sofort los und Suchen. Robert muss auch informiert werden." Eilig rannte er zu seiner Unterkunft, rief unterwegs dem jungen Mann, der den vermeintlichen Angreifer niedergeschlagen hatte zu „Du kommst mit. Schnapp dir ein paar Sachen. Los geht's. Beeilung". Sie stürmten an den überraschten Wachen am Ausgang vorbei, dann blieb Paul abrupt stehen. Der junge Mann hinter ihm konnte nicht schnell genug reagieren und prallte in voller Geschwindigkeit auf seinen Vordermann. Beide strauchelten und glitten auf dem rutschigen Boden aus und schlitterten auf dem Bauch liegend ein paar Meter auf dem matschigen Untergrund entlang. „Verdammter Mist". Paul konnte einen Fluch nicht unterdrücken. Dann sah er an sich hinunter, musterte seinen Begleiter und konnte ein Schmunzeln nicht unterdrücken. „Damit wären wir beide perfekt getarnt. Das hat doch was. Brauchen wir keine Tarnfarbe". Der junge Mann fand das nicht so wirklich lustig. Gerade wollte er sich erheben, als sein Blick auf einen dreckig-gelben Stofffetzen fiel. „Was ist das denn?"

÷

Einige Kilometer weiter südlich saßen Alexander und sein Vater am Tisch in der Blockhütte und diskutierten ihre Möglichkeiten. Die Tür und das einzige Fenster waren blockiert. Die dicke Eiche vom Eingang wegzuschieben war schlicht unmöglich und was sich hinter dem Fenster aufgestaut hatte, konnten die Beiden nur erahnen. Vermutlich war es ein undurchdringliches Geflecht von Bäumen, Sträucher und Ästen, die der Sturm an die

Seitenwand des Hauses aufgetürmt hatte. „Wir müssen überlegen, wo sich die Wände oder das Dach am einfachsten von Innen durchbrechen lassen. Denken wir mal nach. Wo sind die Schwachstellen der Hütte?" Roberts Vater schaute sich prüfend im Raum um. Die Wände des Blockhauses waren eindeutig sehr stabil. Die dicken Hölzer konnte man nicht so einfach durchbohren oder entfernen. Sehr viel geeignetes Werkzeug hatten sie auch nicht gerade zur Verfügung. Ein kleines Beil, das normalerweise zum Holzspalten diente, eine Säge, Hammer, Feile und eine Nagelzange waren alles, was ihnen zur Verfügung stand. Das Dach hatte sich auch als stabil erwiesen. Zu ihrem Glück, sonst hätten sie schon viel eher ein Problem gehabt. Nein, durch das Dach, das ging auf keinen Fall. Dann würde der immer noch gnadenlose Regen in die Hütte eindringen. Bisher hatten sie es hier immerhin trocken und relativ warm gehabt. Und sicher. Was für eine Ironie. Nun waren sie so was von sicher. Es gab kein rein aber auch kein raus! Für eine Weile konnten sie es hier drinnen noch aushalten, aber früher oder später ginge ihnen das Holz aus. Der Stapel an der Wand war schon merklich kleiner geworden. Spätestens in zwei bis drei Tagen mussten sie Nachschub vom Stapel an der Außenwand holen. Und Grundsätzlich mussten sie natürlich irgendwann sowieso hier raus. Auf Hilfe von außen brauchten sie sich jedenfalls keine Hoffnung zu machen. „Naja, dann müssen wir eben graben. Über die Seiten kommen wir nicht raus, durch das Dach wollen oder können wir auch nicht. Dann bleibt nur noch der Weg nach unten. Ist eigentlich logisch." Alexander grinste seinen Vater an. Der nickte nachdenklich und meinte „Lass uns das mal durchdenken".

÷

Eine Stunde später stand fest, dass es einen Versuch wert zu sein schien. Sie hatten sich auf eine Stelle auf der gegenüber liegenden Fensterseite geeinigt und bereits das dort befindliche Regal weggeschoben. Alexanders Vater mühte sich am Boden ab, die alten aber sehr fest sitzenden Holzplanken zu entfernen. Sie benötigten fast zwei Stunden dafür. Als sie endlich den Lehmboden freigelegt hatten, waren sie ziemlich platt und gönnten sich eine Pause. Sie aßen aus einer Konservendose Pfirsiche, tranken genüsslich den Saft und spülten alles mit einem großen Glas Wasser runter. Wasser hatten sie immerhin im Überfluss. Ihre Reserve an Konservendosen ging aber langsam zur Neige. Ein deutliches Zeichen für das unweigerliche Ende ihres Aufenthaltes in der Blockhütte. Beide mochten in diesem Moment noch nicht darüber nachdenken, wie sie den Weg durch den Wald in Richtung Stadt schaffen konnten oder wo sie dann überhaupt hin wollten. Wobei, Alexander hatte ein klares Ziel. Seine Annika suchen und finden! Das musste er nur noch seinem Vater erklären. Heute Abend würde er ihm das sagen, so sein Vorsatz von heute Morgen. Mit dem Beil und zwei leeren Konservendosen, versuchten sie nun, ein Loch in die Erde zu graben. Ein ziemlich mühsames Unterfangen. Sie kamen nur sehr langsam voran und hatten ein neues Problem. Die ausgebuddelte Erde mussten sie irgendwo deponieren. Zunächst wurde die Erde unter dem Tisch angehäuft, danach unter den Betten. Die Erdarbeiten hatten zur Folge, dass beide Männer dreckverschmiert waren und auch das Innere der Hütte inzwischen einem Bergbaustollen ähnelte. Schließlich gab Alexanders Vater zuerst auf. „Schluss für heute. Ich kann nicht mehr. Wir ruhen uns jetzt aus und morgen machen wir weiter." Das Loch hatte inzwischen eine Abmessung von etwa einem Meter in der Tiefe und knappe zwei Meter in der Länge. Morgen würden sie versuchen, unter der Hüttenwand durchzustoßen.

Erschöpft versuchten die beiden Männer, sich einigermaßen zu säubern und legten sich schließlich auf ihre Betten. Nach einigen Minuten des nachdenklichen Schweigens teilte Alexander seinem Vater seine Absicht mit, sich auf die Suche nach Annika zu begeben. Dieser schmunzelte in sich hinein und bot Alexander seine Hilfe an. "Ich habe doch sowieso nichts Besseres zu tun. Unser altes Zuhause können wir vermutlich auch vergessen. Suchen wir also deine Annika, dann haben wir ein Ziel und können versuchen, etwas Neues aufzubauen. Irgendwo müssen wir ja schlussendlich wieder unterkommen." „Danke Vater".

÷

Paul und sein Begleiter sahen sich den Stofffetzen an, der an einem Ast angebunden war. „Ich müsste mich doch sehr täuschen, wenn das nicht nach der Markierung aussieht, von der der Soldat gesprochen hat. Damit haben wir den Anfang. Das ist gut, suchen wir weiter nach der nächsten Markierung". Sein Begleiter nickte und strengte seine Augen an, konnte jedoch den nächsten Hinweis nicht entdecken. „Wir müssen versuchen, das einigermaßen systematisch anzugehen, auch wenn wir es verdammt eilig haben". Sie einigten sich darauf, dass einer von ihnen immer in der Nähe der letzten Stelle bleiben sollte und der andere in Sichtweite einen großen Bogen um die Markierung zurückzulegen hatte. Mit dieser Taktik hatten sie auch Erfolg. Nach kurzer Zeit entdeckten sie die nächste Markierung, wieder ein gelber Stoffrest. Mit einiger Sicherheit konnten sie nun auch eine gewisse Grundrichtung feststellen, aus der der Soldat gekommen war. So schafften sie es mittlerweile schneller von Markierung zu Markierung. Die dreckige Brühe, die sie durchwateten, wurde immer tiefer. Inzwischen reichte sie ihnen bis über die Knie. Sie mussten ihre Füße sehr vorsichtig setzen, zuerst immer den Untergrund ertasten, dann das Gewicht auf das vordere Bein verlagern. Sie waren mittlerweile eine halbe Stunde unterwegs. Wasser von unten und oben, nasskalter, böiger Wind und in unregelmäßigen Abständen Blitze, die zu ihrem bisherigen Glück in gehöriger Entfernung einschlugen, ließen ihre Kräfte schwinden. „Da!", Pauls Begleiter zeigt auf ein regelmäßiges Blinken, das nur schwach in einiger Entfernung zu sehen war. Sie mobilisierten ihre Kräfte und erhöhten ihre Geschwindigkeit, nicht mehr auf den Untergrund achtend. Fast gleichzeitig erreichten sie die blinkende Markierung. Unmittelbar darunter, mit einer Plane zugedeckt, entdeckten sie den leblosen Körper von Annika. Paul legt sein Ohr an ihre Brust und spürte eine leichte Atembewegung. Er versuchte, sie anzusprechen, aber sie reagierte nicht. Mit vereinten Kräften packten die beiden Männer das Mädchen und machten sich keuchend auf den Rückweg, die Markierungen nicht aus dem Blick verlierend. Immer wenn einer von ihnen ausrutschte oder hinfiel, versuchte der andere den Kopf des Mädchens über Wasser zu halten. Jede Minute war kostbar, sie mussten Anika unbedingt zur Ärztin bringen und konnten nur hoffen, dass ihre Mühe nicht umsonst war. Den Rückweg hatten sie trotz der Last schneller zurückgelegt als den Hinweg. Mit letzter Kraft erreichten sie den Eingang der TG40. Dort übernahmen zu Hilfe geeilte Männer das Mädchen und brachten es im Laufschritt ins Innere. Völlig erschöpft folgten ihnen Paul und sein Begleiter. Alle Bewohner der Tiefgarage, bis auf die Wachen, hatten sich inzwischen vor der behelfsmäßigen Krankenstation eingefunden. Zuallererst natürlich ihre aufgeregte Mutter, die auch als Einzige mit in den Behandlungsraum eintreten durfte. Annikas Mutter, Bärbel, saß am Bett von ihrer Tochter, hielt ihre beiden Hände und murmelte immer wieder „Annika, mein Mädchen. Komm zu dir. Bitte, bitte!" Dr. Weber untersuchte währenddessen das Mädchen. „Ich kann keine äußerlichen Verletzungen feststellen. Sie hat vermutlich viel Wasser geschluckt und ist extrem unterkühlt und geschwächt. Ich gebe ihr eine Infusion. Wir müssen ihr Zeit lassen, Sie soll es schön ruhig und warm haben". Annikas Mutter nickte zunächst etwas beruhigt. Dann nahm sie die Ärztin beiseite. „Auf ein Wort. Draußen bitte". Dr. Weber nickte, „Schwester, sie bleiben hier. Falls sie zu sich kommt, rufen sie mich bitte sofort!". „Ist Annika …, ich meine ist sie …", stotterte Bärbel. Verstehend blickte die Ärztin zu ihr. „Nein, sie können dahingehend beruhigt sein. Annika ist weder vergewaltigt noch sonst anderweitig physisch belästigt worden". „Danke", flüsterte die Mutter erleichtert, "das ändert alles, dann ist der junge Mann auf der anderen Liege in der Krankenstation wohl ihr Retter und nicht, wie wir zunächst dachten …". Dr. Weber nickte „Ja, das werde ich gleich den anderen mitteilen. Außerdem sollten wir uns noch mal anhören, was der junge Mann zu sagen hat, der den Soldaten niedergeschlagen hat. Irgendetwas an der Geschichte scheint mir nicht zu stimmen." Sie eilte nach draußen, um Paul von ihrer Vermutung zu erzählen, danach begab sie sich schnurstracks in ihre kleine Krankenstation, in der mittlerweile zwei Bewusstlose auf ihre Hilfe warteten.

Inzwischen waren auch Robert und seine Suchmannschaft wieder in die TG40 zurückgekehrt. Während Annikas Vater zum Behandlungsraum stürmte, nahm Paul Robert beiseite. „Ruf den Vorstand zusammen, wir sollten die weitere Vorgehensweise beraten". Wenige Minuten später saß der gesamte Vorstand bis auf Dr. Weber, die sich um ihre Patienten kümmern musste, bei Robert zusammen. „Dann wollen wir uns noch mal den jungen Mann von der Wache anhören".

÷

Weiter südlich besprachen die mit ihrem Fahrzeug festsitzenden Männer die Lage. Der Himmel war immer noch wolkenverhangen. Kurze aber kräftige Windböen trieben ihr Spiel und sorgten für ein düsteres Bild. Der Regen schien von allen Seiten gleichzeitig zu kommen, mal gleichmäßig wie Bindfäden, dann wiederum als Platzregen, zumeist jedoch in kurzen schmerzhaften Attacken von allen Seiten, je nach Windrichtung und Wucht der Böen. Wenigsten hatten die Blitze etwas nachgelassen. Das Gewitter war nur noch in nördlicher Richtung, am Horizont zu sehen. Der Oberleutnant und der Fahrer saßen nun auf dem Dach ihres Fahrzeuges. Sie hatten die völlig durchnässten und frierenden Gefährten abgelöst. Diese konnten sich im Inneren etwas erholen. Dort war es zwar auch nicht warm, aber wenigsten gab es Schutz vor dem Regen und Wind. Vor mittlerweile über drei Stunden war ihr Späher aufgebrochen. Sie vertrauten ihrem Kameraden. Obwohl noch jung, hatte er als Kundschafter in vielen Kampfeinsätzen im Ausland schon oft schwere Situationen meistern müssen und mehr als einmal einen Weg aus schier aussichtslosen Situationen gefunden. In diesem Wetterchaos konnte alles Mögliche passiert sein. Daran wollten sie nicht denken. Aber ihnen lief die Zeit davon. Ihre wertvollste Fracht im Spezialfahrzeug hieß Franziska, die Frau des Oberleutnants. Hochschwanger, mit immer heftiger einsetzenden Wehen, stand die Geburt kurz bevor. Die holprige und unruhige Fahrt der letzten Tage hatte ihr sehr zugesetzt. In den letzten Stunden hatte sie oft geschrien, war wechselweise ohnmächtig geworden und wiedererwacht. Sie musste unbedingt an einen sicheren und trockenen Ort gebracht werden und das möglichst schnell. Sie ohne konkretes Ziel in der Nähe aus dem Fahrzeug heraus zu transportieren war keine Option. Also hieß es weiter warten und darauf zu hoffen, dass Jens einen Weg finden würde. Der Oberleutnant ließ sich seine Unruhe nicht anmerken, aber seine Leute kannten ihn schon lange und wussten, wie es in seinem Inneren wirklich aussah. Die kleine Einheit war in den letzten zwei Jahren zusammengewachsen, auch privat verstand man sich gut. Sie hatten sich geschworen, alles zu tun, um Franziska und ihr Ungeborenes zu retten. Vor einigen Tagen waren sie sogar gezwungen gewesen, ihre Waffen zu gebrauchen. Niemals hatten sie es sich in der Vergangenheit vorstellen können, ihre Waffen gegen die eigene Bevölkerung richten zu müssen. Eines Nachts hatte eine Bande von Plünderern versucht, die beiden Fahrzeuge in ihren Besitz zu bringen. Beinahe hätten sie es auch geschafft. Lange hatten die Männer versucht, auf Waffengewalt zu verzichten, bis ihnen schließlich nichts anderes mehr übriggeblieben war. Mit Grausen dachten sie an das Gemetzel und die vielen Toten. Sie selbst hatten dabei einen Kameraden verloren, der bei dem Versuch, die Menschenmenge zu beruhigen, einfach überrannt und niedergestochen worden war.

Eine Stunde wollten sie nun noch warten. Wenn Jens bis dahin noch nicht zurück sein würde, sollte sich der nächste Mann als Kundschafter auf den Weg machen. Er würde den Markierungen von Jens folgen und diesen und hoffentlich auch ein trockenes und sicheres Fleckchen für Franziska finden.

Ein neuerlicher, unterdrückter Schrei der Frau ging den Männern durch Mark und Bein. Der Oberleutnant ballte seine Fäuste in der Jackentasche und presste die Lippen zusammen. Sie mussten es einfach schaffen! Der junge Offizier und Franziska hatten sich beim Tag der offenen Tür in der Kaserne der nun überfluteten Kleinstadt ganz in der Nähe kennen gelernt. Franziska war mit ihrer Schulklasse bei den Soldaten zu Gast gewesen. Die Kinder hatten die Ausrüstung bestaunt und waren in die Spezialfahrzeuge der Gebirgsaufklärer geklettert. Franziska hatte amüsiert den damaligen Leutnant beobachtet, der geduldig versuchte, den Kindern das Soldatendasein zu erklären und die vielen Fragen zu beantworten. Besonders lächeln musste sie, als er die Wichtigkeit von Sauberkeit und Ordnung in der Soldatenunterkunft hervorhob und auf ungläubiges Staunen über die harten Alltagsregeln bei diesen Dingen stieß. So hatten sich das die Kinder nicht vorgestellt. Spätestens bei seiner Schilderung zu den Betten und der peniblen Faltung der Bettdecke hatte er jedoch in den Augen seiner Zuhörer merklich an Respekt verloren. Irgendwie fehlten ihm die wirklich stichhaltigen Gründe dafür. Franziska standen die Tränen in den Augen vor Lachen. Aber sie erlöste den Leutnant indem sie die Aufmerksamkeit ihrer Schulklasse auf das bevorstehende Essen aus der „Gulaschkanone" lenkte. Als die Schüler aus der Soldatenstube stürmten, hatte der junge Leutnant Franziska ein dankbares Lächeln geschenkt, welches sie mit einem wohligen Schauer erwiderte. Es hatte dann auch nicht lange gedauert, bis es zum ersten Date kam. Schon bald waren sie ein Paar und so oft es ging, in der örtlichen Diskothek oder in einer der Bars unterwegs. Ein Jahr später feierten sie Verlobung. Inzwischen hatte Franziska auch die harten Seiten des Soldatenberufs kennengelernt. Mehrmals war ihr Verlobter im Auslandseinsatz in Afghanistan und in Mali. Jedes Mal kehrte er in sich gekehrt zurück. Sie wusste, dass er nicht direkt über seine Erlebnisse sprechen durfte, hatte aber instinktiv gespürt, dass er ihre Unterstützung benötigte. Sie war für ihn da und er ihr sehr dankbar dafür.

Und nun erwarteten sie das erste Kind. Beide freuten sich unbändig darauf, ihre eigene kleine Familie zu gründen. Der Traum vom eigenen Haus mit einem kleinen Garten, in dem später die Kinder toben konnten, lag inzwischen in weiter, sehr weiter Ferne. Nun ging es erst mal um viel grundsätzlichere Dinge. Sie brauchten Sicherheit und ein trockenes Nest. Das musste sich doch finden lassen, zum Teufel.

÷

Robert, Paul und die anderen vom Vorstand der TG40 hatten sich den jungen Mann von der Wache zur Brust genommen. Sie brauchten auch nicht allzu lange die Ereignisse zu hinterfragen. Unsicher und kleinlaut erzählte der junge Mann wie der dreckverschmierte, uniformierte Unbekannte plötzlich vor ihm gestanden war. Seine harte Reaktion mit dem Schlag auf den Kopf war eher ein Reflex aus purer Angst gewesen und er hatte das eigentlich nicht so gewollt. Die Wahrheit war ihm peinlich gewesen und so erfand er die Geschichte vom Überfall. Den Anwesenden war nun endgültig klar, dass die Situation völlig neu bewertet werden musste. Der niedergeschlagene Uniformierte war vermutlich eher ein Retter für Annika als ein bösartiger Mensch. Nun ergab sich als nächstes natürlich die Frage, wo er überhaupt hergekommen war. „Wir müssen nochmal zum Verletzten, vielleicht kann er inzwischen etwas dazu sagen. Vermutlich können wir zunächst Entwarnung für die TG40 geben." Die anderen Anwesenden nickten und so begaben sich Paul und Robert wieder zur Krankenstation. Dr. Weber nickte ihnen zu, als die Männer die Krankenstation betraten. Im diffusen Licht zweier kleiner Öllampen konnte sie beide Verletzte kaum erkennen. „Ich mach noch die batteriebetriebene Lampe an, dann ist es etwas heller". Die Krankenschwester rückte die kleine LED-Schreibtischleuchte näher an die Betten heran. Zunächst warfen die Männer einen Blick auf Annika. Diese schien friedlich zu schlafen, lag aber immer noch im Koma. Immerhin schien es ihr inzwischen besser zu gehen. Dann widmeten sich Robert und Paul dem verletzten Soldaten. Uniform hatte er keine mehr an und so frisch gewaschen und eingekleidet sah der Unbekannte gar nicht mehr gefährlich aus. Im Gegenteil, sein noch jungenhaftes Äußeres machte einen eher sympathische Eindruck. „Können wir versuchen, mit ihm zu sprechen?" Paul sah zu Dr. Weber. Diese nickte ihm zu. Vorsichtig schüttelte Paul dem Verletzten am Arm und beugte sich nah an dessen Gesicht. „Hören sie, sie haben unsere Annika gerettet. Vielen, vielen Dank dafür." Mehrmals wiederholte Paul diese Prozedur. Dann, ganz langsam bewegte der Liegende seinen Kopf und hatte Mühe seine Augenlider zu öffnen. Mit flatternden Lidern und sehr leiser Stimme begann er zu sprechen. „Helfen sie bitte, meine Kameraden ... bitte, helfen, schwangere Frau ... bitte helfen". Paul und Robert sahen sich an. „Wo sind denn deine Kameraden? Wo können wir sie finden? Wie viele sind es?" Aber der Verletzte war wieder in seine Ohnmacht zurückgefallen. „Ich glaube nicht, dass er in nächster Zeit noch mal sprechen kann, er ist zu schwach. Es ist besser, sie gehen jetzt wieder". Dr. Weber sah beide Männer, diese nickten verstehend und verließen die Station. Nach kurzer

Beratung kamen sie überein, ein Suchkommando aus mehreren Männern zusammenzustellen und der Markierung zu folgen, die der verletzte Soldat hinterlassen hatte.

Sie vermuteten, dass die Markierung ursprünglich dazu gedient haben musste, einen Rückweg zu den erwähnten Kameraden zu finden. Der Soldat war ihrer Meinung nach vorausgeschickt worden, einen Weg zu finden. Die beiden ahnten nicht, wie Recht sie hatten.

Nach weiteren 15 Minuten machten sich 8 Männer mit zwei Tragen, Seilen und einem Erste-Hilfe-Set auf den mühsamen Weg durch das Wasser.

÷

„Ich bin gleich durch", hörte Alex seinen Vater undeutlich sagen. Dieser steckte Kopfüber in dem gegrabenen Loch unter der östlichen Seitenwand des Blockhauses. Der Dreck den er nach hinten schob war nicht mehr trocken, sondern mittlerweile zu einer Schlammbrühe geworden. Es verlangte einige Mühe, diesen Schlick in der Hütte zu lagern. Dieses Zeug lief einfach in die Breite und verursachte eine regelrechte Schlammhölle innerhalb des Hauses. Jetzt war schon alles egal, sie mussten da raus. Die Blockhütte, die ihnen für lange Zeit eine sichere Unterkunft gewesen war, konnten sie so nicht mehr länger nutzen. „Das war's, ich komme jetzt zurück", Alexanders Vater schob sich langsam rückwärts zurück und richtete sich stöhnend auf. „Verdammt, das ist nichts mehr für meine alten Knochen". Beide sahen sich an und konnten sich ein Grinsen nicht verkneifen.

„Siehst aus wie ein Schlamm Catcher, Vater". Der Junge reichte dem Älteren eine Flasche Wasser. „Bist auch nicht besser dran, dabei warst du noch nicht mal im Loch", konterte dieser. Sie gönnten sich ein paar Minuten Ruhe und packten dann einige Sachen und die letzten Lebensmittel in einen Rucksack. „Das wird jetzt eine ziemliche Sauerei durch das Loch. Aber dafür haben wir ja draußen eine Dauerdusche." Der Vater schnappte sich den Rucksack und schob diesen vor sich her durch den Durchschlupf, der sich mittlerweile mit Wasser zu füllen begonnen hatte. Ächzend und fluchend kam er auf dem Bauch liegend zentimeterweise vorwärts. Alexander sah nur noch die Beine, dann nur noch die Füße und war bald darauf allein in der Hütte. Kurze Zeit später hörte er die Stimme seines Vaters, der ihn zum Nachkommen aufforderte. Entschlossen schob er sich durch die Schlammbrühe und wand sich elegant durch das Loch. Anerkennend nickte sein Vater. „Nicht schlecht, bist gut drauf. Das sah deutlich besser aus als bei mir. Dann wollen wir mal. Ich gehe vorneweg, halte ein bisschen Abstand". Sie kamen nur sehr langsam voran. Einen Weg gab es nicht mehr. Sämtliche Bäume waren entwurzelt, lagen kreuz und quer am Boden. Die Äste hatten sich ineinander verkrallt und bildeten ein nahezu undurchdringliches Hindernis. Der Boden war matschig, teilweise bedeckten kleine, dunkle Seen oder Tümpel die Oberfläche. Man konnte die Tiefe nicht abschätzen und so kam es immer wieder vor, dass sie urplötzlich bis zur Hüfte im Wasser standen. Jedes Mal konnten sie sich nur mit Mühe wieder herausziehen.

Viele Bäume waren nicht bis zum Boden umgefallen, sondern hatten sich in der Höhe ineinander verkeilt und konnten jederzeit umstürzen. Obwohl sie sich in der Gegend gut auskannten, hatten sie Schwierigkeiten, die Orientierung zu behalten. Nichts war mehr so, wie sie es kannten. Dazu dieser grässliche Dauerregen und ein diffuses Licht. Direkt am Boden war es nahezu dunkel. Der schier endlose Hindernislauf hatte die beiden Männer schnell erschöpft. Alexander bewunderte die Willenskraft seines Vaters. Er selbst war gut trainiert, aber bereits jetzt am Ende seiner Kräfte. „Vater, lass uns eine Pause machen, sonst packen wir das nie und nimmer". „Ok. Bei der nächsten Gelegenheit rasten wir. Du hast Recht." Bald darauf lehnten sie sich erschöpft an eine umgefallene Fichte, tranken ein paar Schluck Wasser und versuchten, sich ein wenig zu erholen. Sie spürten die Nässe und Kälte an ihren Körpern und beschlossen, weiter zu gehen, wenn auch etwas langsamer und in einem gleichmäßigeren Tempo. Dadurch hofften sie, sich einigermaßen warm zu halten und nicht zu schnell zu erschöpfen. Erneut krochen sie unter Baumstämmen hindurch, balancierten halsbrecherisch auf diesen entlang oder stapften durch die undurchsichtigen Wassermassen, vorsichtig einen Fuß nach dem anderen setzend. Fast schien es, als ob ihnen das Glück hold wäre. Kein Baum kam ins Rutschen, kein Fehltritt in einem Wassertümpel. Allmählich lichtete sich der Wald und sie konnten bereits die Waldgrenze mit den angrenzenden Wiesen erkennen. Ein letzter Wall an übereinander liegenden Tannen und Fichtenstämmen musste noch überwunden werden, dann sollten sie leichter weiterkommen. Doch dann geschah es. Ein Moment der Unachtsamkeit des Vaters genügte. Genau in dem Moment, als er sich zwischen zwei Stämmen hindurchwinden wollte, verrutschte der obere Stamm und klemmte ihn ein. Er konnte nicht mal schreien, nur ein fast stummes Stöhnen entrang sich seiner Brust. Die beiden Stämme wirkten wie eine Zange und hielten Alexanders Vater genau im Brustbereich eisern umklammert. „Vater!". Alexander sprang nach vorn und versuchte im ersten Reflex die Zange zu lösen, indem er versuchte, den oberen Stamm anzuheben. Wieder und wieder stemmte er sich dagegen, schob seine Schulter unter den Stamm, vergeblich. Verzweifelt suchte er nach einem größeren Ast oder dergleichen um diesen als Hebel nutzen zu können. Doch er konnte nichts entdecken. „Aaaleex – lass es". Mit hervorquellenden Augen, blauem Gesicht und nur mühsam geöffneten Augen bedeutete sein Vater ihn, mit den Rettungsbemühungen aufzuhören. „Ist sinnlos, komme eh' nicht weiter – hab dich lieb – such deine Annika ...". Ein letzter Seufzer entrang sich seiner gequälten Brust. Dann wurden seine Augen starr. „Vater! – Nein!". Alexander konnte es nicht fassen. Entsetzt schaute er seinen Vater an, der leblos zwischen den Baumstämmen lag, unverrückbar, für alle Zeit, wie es schien. Er nahm dessen Hand zwischen seine beiden Hände. Das durfte nicht sein. Nicht so. Nicht hier. Nicht jetzt. Tränen rannen über sein Gesicht. Er weinte, hemmungslos, wie noch nie in seinem Leben.

Eine gefühlte Ewigkeit saß er so da. Irgendwann löste er sich, legte die Hände seines Vaters übereinander und schloss dessen Augen. „Ich kann dich nicht mal richtig beerdigen. Verzeih mir, Vater – und Danke für alles! – Du bist jetzt bei Mutter", flüsterte er leise. Dann schnappte er sich den Rucksack und macht sich auf den Weg Richtung Norden. Er hatte doch noch ein Ziel.

÷

Unteroffizier Mayer sah sich ein letztes Mal um, bevor die Konturen des Fahrzeuges und seiner Kameraden im Dunst verschwanden. An ihm lag es nun, der Spur seines Vorgängers zu folgen und diesen zu finden. Außerdem wurde es höchste Zeit für einen sicheren Platz, besonders für die hochschwangere Frau seines Vorgesetzten. Jens hatte gute Arbeit geleistet, das musste er ihm bescheinigen. Unteroffizier Mayer konnte deutlich die gesetzten Markierungen erkennen. Der Abstand war so gewählt, dass er gerade noch die letzte Markierung sah, aber gleichzeitig schon die nächste Markierung erblicken konnte. Immer wieder warf er einen prüfenden Blick zurück um sich dann auf den nächsten Stofffetzen voraus zu konzentrieren. Mehrmals hatte Jens auch die kleinen, blinkenden Signalgeber hinterlassen. Der Unteroffizier schob sich zügig durch die Wassermassen, sich darauf verlassend, dass sein Vorgänger eine Gefahrenstelle markiert haben würde. Mit zusammengebissenen Zähnen und grimmiger Entschlossenheit durchpflügte er die trübe Flüssigkeit. In seiner Einheit hatte er stets zu den fittesten Soldaten gehört. Sein durchtrainierter Körper hatte ihm schon in einigen Situationen bei Kampfeinsätzen geholfen, wenn nicht gar das Leben gerettet. Nun blieb er urplötzlich stehen. Er meinte, ein Geräusch in nicht allzu großer Entfernung gehört zu haben. Angestrengt lauschte er in den Wasser- und Dunstschleier hinein. Sein geschultes Gehör als Aufklärer vernahm nun tatsächlich Stimmen und Geräusche von sich im Wasser vorwärts bewegenden Personen. Sie kamen direkt auf ihn zu! Noch konnte er nicht verstehen, was diese Leute sprachen. Langsam duckte er sich und schob sich ein paar Meter abseits hinter einen Lichtmast, der aus dem Wasser schräg herausragte. Sein Körper befand sich nun fast vollständig im Wasser, nur Nase, Augen und Stirn ragten noch heraus. Er war förmlich mit seiner Umgebung verschmolzen und verharrte bewegungslos. Kurze Zeit später näherte sich ihm eine Gruppe von Männern. Sie schienen auf einer Rettungsmission zu sein, denn einige schleppten Tragen und Seile mit sich. Waffen sah er auf dem ersten Blick nicht. „Da ist die nächste Markierung", hörte er eine Person an der Spitze der Gruppe sagen. Also folgte diese Gruppe gezielt dem Pfad in genau umgekehrter Richtung. Der Unteroffizier schloss daraus, dass die Rettungsaktion seiner Gruppe galt und der Gefreite Jens sein Ziel wohl erreicht haben musste. Mit einem „Hey" machte er sich bemerkbar, gerade als der letzte der Männer an ihm vorbeigezogen war. Ruckartig blieb die

Gruppe stehen, blickten erschrocken suchend in die Runde. Sie konnten aber niemanden entdecken. Als Unteroffizier Mayer feststellte, dass keiner der Männer eine Waffe gezogen hatte, gab er sich zu erkennen. Langsam erhob er sich aus dem Wasser und hob seine Hände. „Alles in Ordnung. Ich bin Unteroffizier Mayer und auf der Suche nach meinem Kameraden. Außerdem benötige ich dringend Hilfe für eine schwangere Frau, die uns begleitet." Der Mann an der Spitze der Gruppe, näherte sich ihm. „Hören sie, können sie mir ihren Kameraden beschreiben?". Der Unteroffizier tat dies und die Männer nickten sich zu. „Okay, mein Name ist Robert. Wir gehören zur TG40, einer kleinen Gruppe, die nicht weit von hier ihr Zuhause hat. Der Soldat, den sie beschrieben haben, hat es bis zu uns geschafft, ist aber verletzt und wird von unserer Ärztin behandelt. Von ihm wissen wir vage von einer schwangeren Frau und weiteren Personen, die Hilfe benötigen. Deshalb sind wir unterwegs. Er konnte uns leider nicht viel mehr sagen, da er bewusstlos ist." Unteroffizier Mayer atmete erleichtert auf. Sein Kamerad lebte und für die Frau des Oberleutnants war medizinische Hilfe in Sicht. „Vielen Dank, dass ihr euch aufgemacht habt, uns zu helfen. Die Frau meines Vorgesetzten kann jeden Moment entbinden. Wir sitzen im Wasser in einem Fahrzeug fest. Es befinden sich insgesamt fünf Personen dort, ungefähr eine halbe Stunde von hier. Ich führe euch hin." Er setzte sich an die Spitze der Gruppe und nach einiger Zeit hatten sie das Fahrzeug erreicht. Nachdem sich der Oberleutnant und Robert kurz bekannt gemacht hatten, lagerten sie die Frau des Oberleutnants behutsam und vorsichtig auf eine der Tragen. Die zweite Trage wurde mit den Waffen und einigen Vorräten beladen. Ohne viel Zeit zu verlieren, setzte sich der Zug nun in Richtung TG40 in Bewegung.

÷

Drei Stunden später saß die erschöpfte Rettungsmannschaft und die Soldaten in der Mitte der „Plazza" der TG 40. Sie bekamen heißen Tee und eine Schüssel mit einer kräftigen Suppe gereicht. Ein dichter Kreis von neugierigen Bewohnern umringte die Gruppe. „Habt ihr Informationen? Hilft uns die Regierung bald? Wie sieht es in der Umgebung aus? Ist es in ganz Deutschland so wie hier?" Die Soldaten sahen sich mit traurigen Blicken an. Unteroffizier Mayer übernahm das Wort. „Ähm, ja Leute, es sieht nicht wirklich gut aus. Unserem Wissen nach existiert keine Regierung mehr, überhaupt keine Verwaltung. Wir sind wochenlang durch die Hölle gegangen. Die wenigen Menschen, denen wir begegnet sind, waren aggressiv, hungrig und krank. Da draußen gibt es keine Zivilisation mehr. Jeder ist sich selbst der nächste. Ihr seid die ersten Menschen, die eine vernünftige Ordnung haben und zivilisiert zusammenleben. Tut mir leid, dass ich euch nichts Besseres berichten kann. Ich würde es verdammt gerne tun, glaubt mir. – Und vielen Dank für die freundliche und hilfsbereite Aufnahme bei euch. Das werden wir euch nie vergessen. Vor allem unser Oberleutnant und seine Frau nicht."

„Und was ist mit der Armee? Wo sind die alle? Kann da keiner helfen?". – „Da kann ich nur für uns sprechen", verlegen räusperte sich der Unteroffizier. „Unser Gebirgsaufklärungstrupp, bestehend aus zwei Spezialfahrzeugen und acht Mann Besatzung war in der Alpenregion unterwegs, als das Unwetter losging. Wir hatten zunächst den Befehl, die Stellung zu halten. Wir waren auf über Zweitausend Meter Meereshöhe unterwegs und wollten das Unwetter abwarten. Aber wie ihr ja wisst, gab es nie ein Ende dieses Sauwetters. Die Funkverbindung wurde immer schlechter. Wir haben dann nur noch mitbekommen, dass unser Armeestützpunkt in der Stadt evakuiert werden sollte. Aber irgendwie müssen sich die Ereignisse überstürzt haben, ich glaube nicht, dass es noch zu einer geordneten Evakuierung gekommen ist. Der halbe Stützpunkt steht unter Wasser, das Chaos, das wir vorgefunden haben lies auf nichts Gutes schließen. Befehle hatten wir keine mehr und so beschlossen wir, Franziska, die Frau unseres Oberleutnants, zu holen und einen sicheren Ort für sie und uns zu finden. Wir haben sie gerade noch im letzten Moment bei sich Zuhause gefunden. Ihr Haus war bereits bis zum zweiten Stock überschwemmt und sie lag allein mit ihren Wehen im Dachgeschoß." Enttäuscht zogen sich die meisten Anwesenden zurück, hatten sie doch insgeheim gehofft, dass irgendwo da draußen doch noch ein wenig Normalität existierte. Also waren sie auch weiterhin nur auf sich selbst gestellt, Hilfe von Außerhalb war nicht zu erwarten.

÷

Der Oberleutnant saß neben dem Krankenbett seiner Frau und streichelte ihr zärtlich über das Gesicht. "Alles wird gut, Franziska. Wir sind in Sicherheit und du hast ärztliche Hilfe. Denk jetzt an nichts anderes, nur an unser Kind." Sie nickte ihm erschöpft zu und suchte nach seinen Händen. Die Pause zwischen den Wehen war nur kurz, sehr kurz. „Okay, ich denke, es ist jetzt soweit. Wollen Sie bei der Geburt dabei sein?" Die Ärztin sah den Oberleutnant fragend an. Dieser bejahte und so wurde zwischen den anderen beiden Patienten und der Gebärenden ein großes Tuch als Sichtschutz angebracht. Die Krankenschwester hatte bereits alles Nötige vorbereitet, vor allem heißes Wasser und genügend Tücher. „Ihre erste Geburt?" fragte sie Franziska. Diese nickte. „Das bekommen wir hin. Tun sie genau das was ich ihnen sage."

Eine Stunde später durchbrach ein Schrei die Ruhe in der Tiefgarage. Wenig später tauchte die Krankenschwester kurz am Eingang zur Krankenstation auf. „Alles gut verlaufen, es ist ein Mädchen.", teilte sie den Bewohnern mit. Dann verschwand sie wieder in der Station. Die Soldaten klatschten sich ab und sahen sich erleichtert an. Sie hatten es geschafft, gerade noch rechtzeitig. In der Krankenstation hielten eine glückliche Mutter und ein überglücklicher Vater ihre Tochter im

Arm. „Übrigens war es auch meine erste Geburt“, hörten sie von der Ärztin, die nicht minder zufrieden lächelte.

Bald würde man in der TG40 nur noch von „unserem Baby“ sprechen.

÷

Nachdem er den Wald verlassen hatte, war er noch kurze Zeit über matschige Wiesen leicht bergab gegangen. Alexander versuchte, sich auf den Weg vor sich zu konzentrieren, seine Gedanken kreisten jedoch unaufhörlich um den Tod des Vaters. Traumatisiert und fast automatisch stapfte er über den Rasen und durch die Pfützen, die immer größer wurden. Unmerklich hatten sich die einzelnen Tümpel zu einer zusammenhängenden Wasserfläche vereint. Alexander kannte den Weg zur Stadt. Aber von einem richtigen Weg konnte hier nicht mehr die Rede sein. Er orientierte sich an verschiedenen Wegmarkierungen, einem alten Trafohäuschen oder den Hochspannungsmasten, deren Leitungen gerissen waren und schlaff herunterhingen. Strom gab es schon lange nicht mehr, also drohte keine Gefahr von dieser Seite. Trotzdem versuchte er, die Stellen großräumig zu umgehen. Er hatte aber keine Ahnung, wie weit das Wasser den Strom tatsächlich weiterleiten würde. Es blieb bei einem unguten Gefühl. Langsam wurde das Vorankommen immer beschwerlicher. Das Wasser stand ihm nun durchgängig bis zu den Knien und er konnte den Untergrund immer nur vorsichtig ertasten, bevor er fest auftrat. Mehrmals war er schon in irgendwelche Löcher getreten und hatte dabei das Gleichgewicht verloren. Jedes Mal hatte er sich wieder aufgerappelt, war inzwischen aber komplett durchnässt. Was der Regen bisher nicht geschafft hatte, verdankte er nun den Wassermassen am Boden. Nach einiger Zeit erblickte er vor sich einen kleinen Hügel. Auf diesen steuerte er zu und setzte sich dort erschöpft auf einen Stein. Er brauchte dringend eine Pause und musste nachdenken. Klar war, er musste früher oder später einen trockenen Platz finden. Zunächst war sein Ziel die Stadt. In der Wohnung von Annika wollte er sich noch einmal genauer umsehen. Er hoffte, dort einen Hinweis zu finden, wohin sie sich mit ihren Eltern aufgemacht hatte, um diesem Inferno zu entfliehen. Tief im Herzen spürte er, dass sie noch lebte. Aber wo nur? Er aß einen seiner letzten drei Energieriegel und nahm einen kleinen Schluck aus seiner Flasche. Ironie des Schicksals. Er war zwar von Wasser umgeben, sein Trinkwasser ging aber zur Neige. Er musste weiter. In der Stadt würde sich hoffentlich eine Lösung seiner Probleme finden. Fröstelnd begann er, weiter durch das Wasser zu stapfen, Schritt für Schritt. In der Ferne vermeinte er, die Silhouette der Häuser bereits zu erkennen, aber er wusste, dass das nicht sein konnte. Bloßes Wunschdenken. Er hatte noch ein gutes Stück Weg vor sich und er sollte sich beeilen, um noch vor der Dunkelheit sein Ziel zu erreichen. Einige Zeit verging, das Wasser reichte ihm inzwischen fast bis zur Hüfte, da bemerkte er wenige Schritte entfernt ein Holzgestell, das auf den kleinen Wellen schaukelte. Mit wenigen Schritten hatte er es erreicht. Es handelte sich um zwei zusammengebundene Transportpaletten, an deren Seiten leere Plastikkanister angebracht waren. Ein provisorisches Floß. Vorsichtig schob er sich auf das Gefährt hinauf und sah sich um. Er konnte niemanden entdecken, dem es gehören konnte. Nicht so lange drüber nachdenken, sagte er sich. Entschlossen schnappte er sich die lange Stange, die am Ende des Floßes lag und begann durch das Wasser zu staken. Langsam schob er sein Wasserfahrzeug vorwärts. Diese Art Fortbewegung war um einiges leichter als das ständige Waten durch die Fluten. Er benötigte einige Zeit, um sich mit der richtigen Technik vertraut zu machen, aber nach einer Weile kam er mit seinem schwankenden Gefährt langsam aber gut und sicher voran. Allerdings musste er höllisch aufpassen, dass er nirgendwo hängen blieb. Die aus dem Wasser herausragenden Hindernisse versuchte er mit einigem Abstand zu umfahren. Ein Problem stellten die Unterwasserhindernisse dar. Mit der Zeit entwickelte er aber ein gewisses Gespür dafür. Mit etwas Glück konnte er sich auf diese Art bis direkt in das Stadtviertel vorankämpfen, in dem Annika und ihre Eltern gewohnt hatten. Dort musste die Überschwemmung bis in die erste oder zweite Etage reichen, da diese Gegend noch tiefer und näher am Fluss lag. Zu Fuß würde er dorthin unmöglich gelangen. Langsam zeichneten sich die Konturen der ersten Stadthäuser ab. Momentan bewegte er sich durch eine ehemalige Schrebergartenanlage hindurch. Er besaß genügend Ortskenntnis, um sich einigermaßen sicher fortzubewegen. Ab und an ragten größere Hecken aus dem Nass, die ehemaligen Begrenzungen der Gartenparzellen. Diese waren ihm lieber als die unter Wasser befindlichen Gartenzäune. Bei Letzteren musste er höllisch aufpassen, nicht daran hängen zu bleiben und er versuchte, immer über den ehemaligen Wegen zu bleiben. Bisher hatte er kein einziges Lebenszeichen bemerkt. Alexander war auch nicht sonderlich erpicht auf eine Begegnung mit Menschen. Er wollte, ohne sich ablenken zu lassen, Annikas ehemaliges Zuhause erreichen und von dort die Suche nach seiner Freundin beginnen. Mittlerweile hatte er die ersten Straßenzüge mit den für die Gegend typischen Stadthäusern erreicht. Die Szenerie wirkte gespenstisch. Der Wasserpegel reichte über die Erdgeschosse hinaus bis unterhalb der Fenster im ersten Stockwerk. Die meisten Scheiben der Häuser waren zersplittert. Nur in den oberen Etagen konnte er hin und wieder ein paar nicht zerstörte Fenster entdecken. Das Wasser verdiente eigentlich seinen Namen nicht. Hier, mitten in der Stadt war das nur noch eine einzige Dreckbrühe. Fäkaliengestank lag in der Luft. Er wollte gar nicht so genau wissen, was da alles so umher schwamm. Natürlich war die Abwasserversorgung genauso zusammengebrochen wie die Frischwasserversorgung. Leben konnte man hier für längere Zeit jedenfalls nicht mehr. Erschrocken schaute er nach oben, als ein grässliches

Quietschen über ihm ertönte. Es war aber nur eine abgerissene Straßenlaterne, die, gerade noch an einem Kabel hängend, in der Luft schaukelte. Die Kulisse war wirklich gespenstisch. Man konnte deutlich die Plünderungsspuren sehen. An manchen Stellen hingen provisorisch als Seile verknüpfte Bettlaken an den Wänden herab. Er glaubte auch, Einschusslöcher und Blutspuren an Gemäuer zu erkennen. In schauderte. Hier mussten sich Dramen abgespielt haben. Gut, dass sie zu diesem Zeitpunkt nicht in der Stadt waren. Noch ungefähr 300 Meter, dann sollte er am Ziel sein. Wenig später konnte er bereits das Haus sehen. Er erkannte es an einem Erker. Dieses Gebäude war das einzige in der gesamten Straße mit einer solchen Besonderheit. Die letzten Meter noch, dann schob er sein Gefährt an die Hauswand heran. Bis zum nächsten Fenstersims über ihm waren es etwa ein und ein halber Meter. Er konnte geradeso in das Innere des Raumes blicken. Er band das Floß an einem Abflussrohr fest und zog sich entschlossen mit einem Klimmzug zur Fensterbank nach oben, stemmte sich mit einem Ruck darüber und ließ sich anschließend in das Zimmer fallen. Er landete etwas unsanft auf einer Stuhllehne, verlor kurzzeitig sein Gleichgewicht, stand jedoch sicher auf beiden Füßen. Mit prüfendem Blick sah er sich im Raum um. Es musste sich um das ehemalige Kinderzimmer handeln. An den Wänden hingen noch Teddyposter und mit Kinderhand gekritzelte Zeichnungen, die vor allem ein glückliches Familienleben an besseren Tagen darstellten. Ihm viel auf, dass auf den meisten Darstellungen eine übergroße Sonne und blauer Himmel zu sehen waren. Aktuell ein absoluter Wunschtraum. Er drückte sich am quer stehenden Tisch vorbei zur Tür, die nur angelehnt war. Er schob sie vorsichtig auf und gelangte in einen schmalen, langen Flur. An dessen Ende vermutete er die Wohnungstür. Richtig, wenig später befand er sich im Treppenhaus. Ein muffiger Gestank schlug ihm entgegen, noch schlimmer als draußen am Wasser. Vorsichtig stieg er die Stufen empor, bis er das oberste Stockwerk erreichte. Dort befanden sich zwei Wohnungen, eine davon gehörte Annikas Familie. Die Tür war aufgebrochen, wie alle in diesem Haus. Anscheinend waren hier schon Horden von Plünderern auf der Suche nach Nahrung und Getränken durchmarschiert. Alexander blieb stehen und holte tief Luft. Nun würde sich entscheiden, ob er hier noch einen Hinweis finden würde, um die Suche nach seiner Freundin beginnen zu können. Mit leicht zittrigen Händen öffnete er die Wohnungstür und begab sich schnellen Schrittes in Annikas Zimmer. Hier hatte sich bis auf wildes Durcheinander von umherliegenden Sachen, hauptsächlich Klamotten, nicht viel geändert. Die Einrichtung war noch vorhanden. Sämtliches Schubläden und Schranktüren standen offen. Er setzte sich zunächst auf das Bett. Sämtliche Bettsachen, Decken, Kissen und Bezüge waren weg. Nur die blanke, inzwischen ziemlich ramponierte Matratze befand sich noch auf dem Gestell. Die Erinnerungen kamen hoch. Hier hatten sie oft eng umschlungen gelegen, gekuschelt, geküsst und sich ihre gemeinsame Zukunft ausgemalt. Darüber waren sie sich noch nicht ganz einig gewesen, sie hatten die verschiedensten Optionen durchgespielt. Die jetzige Realität war definitiv nicht dabei gewesen. Er seufzte und hob den Kopf. Für ihn war das hier eine alles entscheidende Situation. Wenn er hier nicht einen Anhaltspunkt fand, hatte er keine Chance, Annika jemals aufzuspüren. „Alex, reiß dich zusammen", sagte er mit leiser Stimme zu sich selber. Dann begann er systematisch das Zimmer abzusuchen. Er begann mit den Wänden, betrachtete aufmerksam die wenigen, noch verbliebenen Fotos und Plakate. Auch ihr Kalender befand sich noch am gewohnten Platz. Dann machte er sich an die Schränke und die Kommode, auch die wenigen, noch verbliebenen Kleidungsstücke durchsuchte er gründlich. Nichts. Vielleicht im Wohnzimmer. Auch dort und anschließend in der Küche und im Schlafzimmer der Eltern verbrachte er viel Zeit, suchte gründlich. Vergeblich. Irgendwann konnte er sich nicht mehr konzentrieren. „Das hat jetzt keinen Sinn mehr". Er begab sich wieder in Annikas Zimmer, legte sich auf die ramponierte Matratze und dachte nach. Mittlerweile war es schon ziemlich dunkel geworden. Er musste die weitere Suche auf morgen verschieben. Wenigstens war er hier im trocknen, wenn auch ein ekliger, muffiger Geruch durch die Räume zog. Morgen würde er zwei Probleme lösen müssen. Er würde weiter nach Hinweisen auf den Verbleib von Annika suchen und er benötigte dringend etwas Essbares und frisches Wasser. Er verzehrte seine letzten Müsliriegel und trank ein paar Schlucke Wasser. Einen kleinen Rest davon hob er sich für den nächsten

Tag auf. Noch lange lag er grübelnd auf dem Bett. Abwechselnd zogen die Bilder vom sterbenden Vater und seiner Freundin vor seinen Augen vorbei, bis ihm irgendwann endlich die Augenlider zufielen und ihn ein unruhiger Schlaf übermannte.

Er ahnte nicht, dass nicht weit entfernt Annika auf ihrem Bett in der provisorischen Krankenstation der TG40 lag.

÷

Annika schlug die Augen auf. Irgendetwas hatte sie geweckt. Wie durch Watte hörte sie ein Geräusch, das sie an Babygeschrei erinnerte. Wie das? Sie war doch … Moment mal, war sie nicht völlig erschöpft im Wasser zusammengebrochen? Hatte sie nicht verzweifelt mit ihrem Leben abgeschlossen? Langsam wurde das Babyschreien deutlicher. Sie drehte ihren Kopf langsam in die Richtung, aus der das Geräusch kam. Tatsächlich, eine unbekannte Frau bemühte sich gerade mit einem glücklichen Lächeln um ihr Kleinstes. Annika konnte die beiden eine Zeit lang ungestört beobachten, dann bemerkte die Frau ihren Blick. „Oh, du bist ja wach, wie schön. Geht es dir besser? – Ich bin übrigens Franziska“, dann streichelte sie zärtlich ihr Baby, das nun wohlig gluckste. „Wo bin ich?“ Annika brachte die Worte nur mühsam aus ihrem Mund. Ihre Kehle war wie ausgetrocknet. Sie fühlte sich schwach und ihr war etwas schwindelig, aber sie schaffte es, sich etwas aufzurichten und auf ihre Unterarme abzustützen. In diesem Moment kam die Krankenschwester herein. „Du bist aufgewacht, prima. Jetzt kommt wieder Leben in die Bude. Warte, ich helfe dir." Sie brachte ein Glas Wasser und half Annika beim Trinken. „Dich kenne ich doch", flüsterte Annika leise. „Na klar doch, willkommen zurück in der TG40. Du musst ganz schön was mitgemacht haben, da draußen. Du hast ziemliches Glück gehabt. Dein Retter liegt übrigens auch hier, dem geht es schlechter aber er ist auch auf dem Weg der Besserung." „Mein Retter?", Annika konnte sich an nichts erinnern, schüttelte nur ungläubig ihren Kopf und trank mit gierigen Schlucken das Wasser. Die Krankenschwester erzählte ihr alle Details, die sie von der Rettung mitbekommen hatte und verließ dann die beiden Frauen, um sich dem bewusstlosen Soldaten auf dem dritten Bett in der Krankenstation zu widmen. Dazu musste sie kurz den provisorischen Stoffvorhang bei Seite schieben. Bevor dieser wieder zurück viel, konnte Annika einen kurzen Blick auf den Patienten werfen. Auf keinen Fall kam ihr das Gesicht bekannt vor. Sie sank zurück auf ihr Bett. Wenig später wurde es wieder unruhig im Raum. Zwei Personen näherten sich ihr. „Mama, Papa!" – „Annika!" Glücklich umarmten sich die Drei, heulten Rotz und Wasser und brachten kein Wort weiter heraus. „Mach das bitte nicht noch mal. Wir haben doch nur dich und wir haben dich lieb". Der Vater fand als erster die Sprache wieder. „Ich euch doch auch, aber ..." Annika schluckte und erlag erneut einem Weinkrampf. „Du musst jetzt nichts sagen. Wir sind immer für dich da und wollen dir doch helfen". Dankbar schmiegte sich Annika an ihre Eltern und nickte. Erneut öffnete sich die Tür. Ein großer, kräftiger Mann in Uniform kam herein und eilte mit offenen Armen auf das Bett von Franziska zu. „Wie geht es unserer Tochter? Hat sie schon …" Er konnte die Frage nicht beenden, denn seine Frau unterbrach ihn. „Du kommst gerade rechtzeitig. Alles gut. Ich glaube sie hat Hunger." Die junge Mutter schob ihr T-Shirt nach oben und legte das Baby an ihre Brust. Sofort fing die Kleine zu saugen an. Der Oberleutnant und Franziska schauten sich glücklich an und streichelten unentwegt das Neugeborene. „Gott sei Dank ist alles gut gegangen. Das war Rettung in letzter Minute." Franziska nickte. „Das haben wir deinen Jungs zu verdanken, du hast eine prima Truppe." „Du hast recht", der Oberleutnant sah seiner Franziska tief in die Augen. „Aber ohne die Leute der TG40 hätten wir es nicht mehr rechtzeitig geschafft und du bist hier in richtig guten Händen". Beide nickten und genossen den Moment mit ihrem Töchterchen. Bald darauf erschien auch Claudia Weber. Die Ärztin hatte sich zunächst um ihre beiden Kinder gekümmert und die beiden „in die Schule" gebracht. „Hier ist ja richtig großer Bahnhof. Freut mich, dass alle augenscheinlich auf dem Weg der Besserung sind. Wie geht's denn unserem Baby?", wandte sie sich an die frisch gebackenen Eltern. Die beiden sahen sie glücklich an und erwiderten ihr Lächeln. „Wir wissen gar nicht, wie wir ihnen danken sollen, Frau Doktor. Wir sind einfach nur so was von froh und erleichtert. Wenn wir irgendetwas für sie tun können, sagen sie es uns. Wir sind ihnen zu tiefstem Dank verpflichtet." Der Oberleutnant drückte ihr die Hand und seine Frau wischte sich eine kleine Glücksträne aus dem Auge. „Ich bin übrigens Claudia. Wir duzen uns hier mittlerweile alle, also wenn es euch recht ist …" - „Aber klar doch, gerne. Ich bin Bernd und meine Frau heißt Franziska." „Wir möchten uns gerne anschließen und uns ebenfalls recht herzlich bei ihnen für die Hilfe bedanken. Unserer Annika geht es augenscheinlich schon wieder ganz gut. Sie ist ziemlich schwach, aber wir werden sie schon wieder aufpäppeln." Annikas Vater reichte ebenfalls der Ärztin seine Hand. Diese erwiderte den Händedruck etwas verlegen und meinte „Ist doch selbstverständlich und schlussendlich auch mein Job. Ich freue mich auch, dass ich helfen konnte. Aber nun muss ich mich meinem schwereren Fall widmen. Der junge Mann da draußen hat viel mehr für Annika und Franziska getan, als ich. Ohne ihn wären beide nicht hier. Bitte entschuldigt mich." Und nach einer kurzen Pause fügte sie noch hinzu „Ach, beinahe hätte ich es vergessen. In einer Stunde findet eine Sitzung des TG40-Vorstandes statt. Bernd, ich soll dich bitten, daran teilzunehmen." Dann verschwand Claudia Weber hinter dem Vorhang.

÷

Nach einer unruhigen, teils schlaflosen Nacht schreckte Alexander auf. Er brauchte ein paar Sekunden, um sich zu orientieren. Annikas Zimmer, er lag in ihrem Bett. Alles klar. Er richtete sich auf, setzte sich dann auf die Bettkante und streckte seine Arme. Die Dehnübung tat ihm gut und bald danach stand er und wiederholte die Übung. Diese morgendliche Prozedur hatte er sich schon vor längerer Zeit angewöhnt. Normalerweise gehörten noch Liegestütze dazu, aber er verzichtete heute ganz bewusst darauf. Er musste seine Kräfte einteilen und Energie sparen. Sein Magen knurrte jetzt schon, aber er hatte am Vorabend den letzten Müsliriegel gegessen. Sein Proviantvorrat lag daher aktuell bei null. Nachdenklich ging er im Zimmer auf und ab. Er brauchte dringend eine Idee. Sein Blick blieb an einem Foto hängen, das ihn und Annika vor einem Gipfelkreuz zeigte. Die Aufnahme war ein typisches Selfie, man konnte den ausgestreckten Arm erahnen, der die Kamera gehalten hatte. Es war eine ihrer ersten gemeinsamen Bergtouren gewesen. Annika war ihm zu liebe mitgekommen. Bergwandern hatte bis dahin nicht unbedingt zu ihren Lieblingshobbys gehört. Er konnte sich noch genau daran erinnern, wie glücklich sie über ihren ersten „Gipfel" gewesen war. Nachdenklich entfernte er das Foto von der Kleiderschranktür. Das Papier war ziemlich feucht und wellig, das untere Drittel war abgerissen. Auf der Rückseite war in der typischen Handschrift von Annika zu lesen „Liebster Alex, ich hoffe, du findest diese Nachricht. Wir können hier nicht länger bleiben. Es wird zu gefährlich. Meine Eltern haben beschlossen, zu unseren Bekannten nach Lechb ..." Das war er, der Hinweis den er gesucht hatte! Aber an der entscheidenden Stelle war das Papier abgerissen. Mist. Er überlegte krampfhaft, was Annika ihm über ihre Familie erzählt hatte. Aber irgendwelche Verwandte, die in Lechb… lebten, hatte sie nicht erwähnt. Er musste noch mal in das Wohnzimmer. Die Familienalben, ein Telefonverzeichnis, vielleicht konnte er so herausfinden, um welchen Ort es sich handelte. Die nächste Stunde verbrachte er mit seinen Recherchen auf der Couch. Tatsächlich hatte er einige Unterlagen gefunden, die vielleicht helfen konnten. Sorgsam blätterte er durch die Seiten und legte alles bereits gesichtete Material auf einen gesonderten Stapel. Dann wurde er fündig! Ein Foto zeigte Annikas Eltern und ein ihm unbekanntes Paar im ungefähr gleichen Alter gemeinsam vor einem alten Bauernhaus. Die Überschrift der Albumseite lautet „2011 – Lechbruck". Das musste es sein. Lechbruck lag ca. 30 Kilometer nördlich, ein kleines Dorf in den Voralpen. Er war noch nie dort gewesen, aber bei einigen Ausflügen zu einem See in der Nähe waren sie am Hinweisschild vorbeigefahren. Daran erinnerte er sich. Eine weitere Stunde verging, mittlerweile hatte er alles gesichtet, aber keinen weiteren Hinweis gefunden. Also auf nach Lechbruck! Er wusste, die Strecke war mit Sicherheit gefährlich, unendlich lang und kräftezehrend. Aber er hatte einen Hoffnungsschimmer und ein Ziel. „Annika. Ich finde dich!", sagte er laut zu sich selbst. Doch bevor er sich auf den Weg machte, musste er unbedingt seine Ausrüstung ergänzen und vor allem Proviant und Trinkwasser finden. Sonst war seine Suche schneller zu Ende als ihm lieb war. Mit der Suche nach Nützlichem fing er in diesem Haus an. Zunächst der Dachboden, dann Etage für Etage nach unten bis ihm das Wasser Einhalt gebot. Sein erster Fund, ein großer Trekkingrucksack, der in einem alten Schrank auf dem Dachboden verstaut war, ließ sein Herz schon mal höherschlagen. An gleicher Stelle fand er auch ein kleines Zweimannzelt und einen Schlafsack. Offensichtlich waren die Besitzer Wanderfreunde gewesen, zu seinem Glück. Die Plünderer hatten dem Dachboden offensichtlich nicht so viel Aufmerksamkeit gezollt. Vermutlich waren sie mehr auf Lebensmittel aus gewesen. Die weitere Suche verlief ergebnislos. Zelt und Schlafsack verstaute er in Annikas Zimmer, dann schulterte er den Rucksack, schwang sich auf sein Floß und stakte langsam zum nächsten Haus. Durchsuchung vom Dachboden bis zur ersten Etage. Diese Prozedur wiederholte er bis er das Ende der Straße erreichte, dann kehrte er um und brachte die magere Beute in sein Hauptquartier. Nachdenklich betrachtete er die vor sich ausgebreiteten Gegenstände. Eine große Flasche Saftschorle, zwei kleine Flaschen Wasser, zwei Dosen Bier, eine Dose Bohnen, zwei Dosen Ravioli und drei Päckchen Tütensuppe. Eine Tafel Schokolade als Highlight dazu. Eine Packung mit Wegwerffeuerzeugen konnte er auch gut gebrauchen genauso wie das Taschenmesser mit allerlei Werkzeugen. Insgesamt sehr dürftig. Zunächst musste er sich stärken. Er öffnete eine Dose Ravioli und verschlang gierig den Inhalt. Dazu genehmigte er sich eine halbe Flasche Saftschorle. Die zweite Hälfte hob er sich für heute Abend auf. Erschöpft aber einigermaßen satt legte er sich auf das Bett um sich auszuruhen. Lange hielt es ihn dort jedoch nicht. Bereits nach wenigen Minuten sprang er wieder auf und machte sich auf die zweite Runde. Diesmal nahm er sich die Parallelstraße vor. Wieder schob er sein Floß über das Wasser und begann am Ende der Straße mit seiner Suche. Von dem Supermarkt, der sich früher hier befunden hatte, war nicht mehr viel zu erkennen. Schon von weitem erkannte er, dass dieser komplett unter Wasser stand. Hier war nichts mehr zu holen. Beim nächsten Gebäude handelte es sich um ein ehemaliges Bürohaus. Groß waren die Chancen nicht, dort etwas Nützliches zu finden, aber vielleicht gab es dort früher ja eine Cafeteria oder etwas Ähnliches. Zunächst waren seine Bemühungen erfolglos. Aber im obersten Stockwerk fand er tatsächlich einen Raum, der mal als Kantine gedient haben musste. Die an der Wand stehenden Automaten waren bereits geplündert worden. Er hoffte, einen kleinen Vorratsraum zu entdecken. Den musste es doch irgendwo in der Nähe geben. Tatsächlich, am Ende des Ganges fand er die Räumlichkeit, aber auch hier kam er zu spät. Alles leer. Frustriert begann, er wenig hoffnungsvoll, das nächst liegende Büro zu durchsuchen. Gleich beim ersten Schreibtisch wurde er fündig. Na klar! Viele Büromitarbeiter hatten früher einen kleinen Snack als Zwischenmahlzeit in ihren Schubladen. Eine komplette Packung Snickers! Zufrieden packte er die Riegel in den Rucksack. Es war unglaublich, in nahezu jedem Schreibtisch wurde er fündig. Nun ging er systematisch vor, von Büro zu Büro, von

Schreibtisch zu Schreibtisch. Innerhalb von zwei Stunden hatte er seinen Rucksack voll. Er musste sich weitere Transportbehältnisse suchen. Immerhin mangelte es hier nicht an Kartons. Nahezu euphorisch füllte er nach und nach zwei große Kartons und eine kleinere Schachtel. Na bitte, das konnte sich sehen lassen! Zu guter Letzt schleppte er seine Beute nach unten, stellte alles in dem Raum ab, wo er zuerst hineingeklettert war. Dann schwang er sich auf den Fenstersims, blickte nach unten und erschrak. Scheiße, das Floß war weg!

÷

Bereits seit Stunden saßen die Mitglieder des Vorstandes der TG 40 zusammen und unterhielten sich mit dem Oberleutnant. Zunächst hatten sie ihm ausführlich erzählt, wie die Lebensverhältnisse in der Stadt immer schlimmer geworden waren, wie sie sich zurückgezogen und jeglichen Kontakt mit anderen Menschen vermieden hatten und wie sie dann begonnen hatten, selbst zu handeln und nicht mehr auf Hilfe von außen zu warten. Der Oberleutnant nickte nachdenklich und anerkennend. „Ihr habt genau das Richtige getan, denke ich. Wir haben in den letzten Wochen erlebt, was aus den Menschen wird, wenn sie aus Hunger und vor Durst zu Raubtieren werden. Das gilt nicht für alle, aber für die meisten. Ohne unsere Waffen wären wir sicher nicht bis zu euch durchgekommen. Es ist unglaublich schwer, die Waffe gegen die eigene Bevölkerung zu richten. Einer meiner Männer hat das nicht gekonnt und dafür mit seinem Leben bezahlt." Der Oberleutnant schluckte bei dieser grauenhaften Erinnerung. Er berichtete von den Erlebnissen der letzten Wochen. Österreich war offensichtlich genauso schlecht dran, wie Deutschland. Zumindest im direkt angrenzenden Tirol mussten er und seine Männer das hautnah miterleben. Von den Bergen hatten sich immense Schlammlawinen in die engen Täler des Alpenlandes ergossen. Diese Muren rissen die an den Steilhängen gebauten Ortschaften mit sich und verschütteten ganze Dörfer und Städte. Die Menschen hatten dort keine Chance gehabt. Hilfe konnte nicht bis zu ihnen vordringen, eine Flucht war unmöglich geworden. Sämtliche Wege, Straßen und Alpenpässe existierten nicht mehr. Nach Einschätzung des Oberleutnants waren die Verbindungen nach Süden über die Alpen für lange Zeit nicht mehr passierbar. „Wir hatten verdammt viel Glück, dass wir dort heil herausgekommen sind. Die gute Ausrüstung und unsere Erfahrung haben uns sehr geholfen. Ohne die beiden Geländefahrzeuge, die sich sowohl im steilen Gelände als auch auf widrigstem Untergrund fortbewegen können und sogar schwimmfähig sind, hätten wir keine Chance gehabt. Aber das Schlimmste war, dass wir nicht wirklich helfen konnten. Im Gegenteil, wir hatten alle Mühe, selbst unversehrt aus den Bergen herauszukommen." Der Oberleutnant machte eine kurze Pause bei seinem Bericht und schaute in die Gesichter der erschütterten Anwesenden. Viele von ihnen hatten gute Freunde und Bekannte in der Grenzregion. Vermutlich würden sie die meisten davon nie wiedersehen. „Nachdem wir die Berge hinter uns gelassen hatten, sind wir schnurstracks in Richtung unserer Kaserne gefahren. Dort haben wir feststellen müssen, dass diese fluchtartig verlassen worden ist. Fast alles stand unter Wasser, keine Wachtposten mehr, offene Türen und Garagentore. Immerhin waren die Vorratsdepots und Munitionsbunker noch verschlossen und versiegelt. Wir haben zwar ein paar Aufbruchsversuche feststellen müssen, aber da waren offensichtlich eher Dilettanten am Werk. Naja, dann haben wir unsere Fahrzeuge mit Vorräten vollgepackt, soviel wie wir unterbringen konnten, haben meine Frau gesucht und gefunden. Danach war unser einziges Ziel, einen sicheren, trockenen Ort zu finden. Den Rest der Geschichte kennt ihr." Damit schloss der Oberleutnant seinen Bericht ab. In diesem Moment brach in der Tiefgarage ein lauter Tumult aus. Die Anwesenden stürzten hinaus, um zu sehen was vorgefallen war. Kurze Zeit später sahen sie lächelnd in die Runde. An der gegenüber liegenden Seite war Franziska, die Frau des Oberleutnants, mit ihrem Baby im Arm erschienen. Alle Bewohner wollten „Ihr Baby" sehen und beglückwünschten die junge Frau. „Das ist doch unsere Lehrerin!", ertönte der freudige Ausruf einer Kinderstimme. „ Ja hallo Frau Schmidt", stimmten weitere Kinder ein. Mehrere Zweit- und Drittklässler der hiesigen Grundschule umringten Franziska und schauten mit großen, glücklichen Augen zu ihr auf. „Na, wenn das mal keine Überraschung ist", meinte Paul. „Damit ist wohl auch klar, dass ihr gerne bei uns bleiben könnt, wenn ihr möchtet. Ihr habt ja sozusagen eine Einheimische dabei, also gehört ihr zu uns … Allerdings nach unseren Regeln", fügte er schmunzelnd hinzu. Der Oberleutnant drückte Robert daraufhin dankbar die Hand. „Das Angebot nehmen wir gerne an. Meine Frau, ich und unser Baby sind hier sicherlich gut aufgehoben. Meine Kameraden sollen das jedoch für sich selbst entscheiden. Ich denke aber, dass auch sie hierbleiben möchten." Nachdenklich fügte er noch an „Wir werden uns mit voller Kraft bei euch einbringen und uns nützlich machen. Vielleicht schaffen wir es, die Fahrzeuge wieder flott zu bekommen. Die könnten uns eine große Hilfe sein. Ich hätte da so eine Idee hinsichtlich der Armeedepots, von den ich vorhin bereits sprach. Wir sollten uns die dort lagernden Vorräte unbedingt sichern und hierherholen. Ich denke, ich liege richtig in der Annahme, dass die Vorräte an Lebensmitteln, Medikamenten, Waffen und Munition und Kraftstoff bei euch nicht mehr allzu lange ausreichen." Die Mitglieder des TG40-Vorstandes sahen überrascht und erfreut auf den Offizier. „Wow … Das trifft den Nagel auf den Kopf und könnte unser dringlichstes Problem lösen". Paul erhob sich und umarmte den Oberleutnant.

„Willkommen in der TG40."

÷

Wenige Kilometer entfernt saß Alexander auf dem Fenstersims und grübelte. Er meinte, das Floß sorgfältig festgebunden zu haben. Eine reißende Strömung gab es hier nicht. Das Wasser floss relativ träge zwischen den Häuserzeilen hindurch. Blieb nur eins übrig, jemand musste ihn beobachtet und das Floß entwendet haben! Dieser Gedanke ließ ihn erschauern. Vielleicht lag der Dieb ja mit der Absicht auf der Lauer, ihm seine mühsam gesammelten Vorräte abzujagen. Es konnte sich ja auch um mehrere Personen handeln. Irgendwie musste er hier raus, ohne gesehen zu werden. Seine Vorräte wollte er auf keinen Fall wieder verlieren. Er stand auf und suchte die Rückseite des Hauses auf. In der Regel hatten alle diese Gebäude einen Innenhof und von dort gab es vielleicht einen Zugang zu einem gegenüberstehenden Gebäude. Wenn er diesen fand, konnte er sich über die Parallelstraße aus dem Staub machen. Um sich einen besseren Überblick zu verschaffen, stieg er im Treppenhaus eine Etage nach oben und schaute sich den weiträumigen Innenhof an. Hier stank es fürchterlich. Das Wasser oder besser gesagt die Kloake unter ihm konnte man als stehendes Gewässer bezeichnen. Es gab so gut wie keine Fließbewegung. Dadurch hatte sich sämtlicher Dreck hier gesammelt und gammelte vor sich hin. Ihm grauste davor, da durch zu müssen. Alex versuchte, seine Gedanken wieder auf das Wesentliche zu richten. An der gegenüberliegenden Seite gab es tatsächlich einen großen Torbogen. Die beiden Türflügel standen halb offen. Zu seinem Glück, denn vermutlich wäre es ihm wegen des Wasserdrucks nicht gelungen, die geschlossenen Türen zu öffnen. Jetzt benötigte er nur noch einen schwimmfähigen Untersatz. Natürlich gab es hier kein Ruderboot. Dann musste er eben improvisieren! Die nächsten zwei Stunden verbrachte er damit, passendes Material zu sammeln. Im Erdgeschoß des Bürohauses war früher vermutlich mal ein kleiner Eisenwarenladen gewesen. Aus den Lagerräumen konnte er zwei Holzpaletten heranschleppen und jede Menge leere Plastikkanister. Nach dem Vorbild des ihm entwendeten Floßes baute er nun sein eigenes Wasserfahrzeug im Innenhof zusammen. Das gelang ihm ganz gut. Er hatte auch einige Verbesserungen angebracht. Eine, etwa hüfthohe Rehling begrenzte alle vier Seiten und eine zusätzliche Lage Bretter auf den Paletten gab ihm mehr Standsicherheit. Etwas erhöht hatte er noch mehrere Plastikboxen fixiert, die mit einem Deckel verschließbar waren. Das gab ihm die Möglichkeit, seine Sachen trocken zu transportieren. Der kleine Klappspaten, den er gefunden hatte, konnte ihm im Notfall als Paddel dienen. Aber natürlich war ihm die Variante des Stakens lieber. Das war weniger kraftraubend. Eine knapp drei Meter lange Stange sollte ihm dazu genügen. Eine Wäscheleine hatte er zerschnitten und an verschiedenen Stellen des Floßes als Tau befestigt. Ziemlich geschafft aber zufrieden betrachtete er sein Werk. Bei einer kurzen Probefahrt im Innenhof konnte er die Tauglichkeit seines Floßes testen. Stolz band er es danach an einem Blitzableiter fest, holte seine gesammelten Vorräte und einiges an nützlichem Werkzeug aus dem Eisenwarengeschäft und verlud alles in die Boxen. Zeit für eine Pause. Endlich. Er gönnte sich eine Büchse Bier, schlürfte aus einem Glas gezuckerte Mandarinen und vertilgte heißhungrig mehrere

Müsli-Riegel. Es wurde dämmrig. Er hatte überhaupt nicht bemerkt, dass die Dunkelheit bereits wieder hereinbrach. Zeit für den Aufbruch zu Annikas Wohnung. Er stelle sich an das hintere Ende seines Floßes, nahm den langen Stab in die Hände und begann ganz langsam, sein Gefährt Richtung Torbogen zu schieben. Je näher er diesem kam, desto mehr wuchs seine Unruhe. Der Durchgang war verdammt eng, zu eng! Mit einem lauten Getöse krachte er gegen die rechte Flügeltür. Er passte nicht durch. Ihm fehlten 10 Zentimeter, ein unverzeihlicher Fehler! Fluchend bewegte er das Floß ein paar Meter zur Seite und machte es an einem Abflussrohr fest. Er musste umbauen. Die leeren Plastikkanister hatte er an den Längsseiten angebracht. Ihm blieb nichts anderes übrig als diese künstlichen Schwimmhilfen an Vorder- und Rückseite umzubauen und zu hoffen, dass die Konstruktion auch dann noch ihren Zweck erfüllte. Gedacht, getan. Vorsichtig löste er einen Kanister nach dem anderen und brachte ihn an den neuen Stellen an. Er musste auf das Gleichgewicht achten und alles einigermaßen ausbalancieren. Dann hatte er es endlich geschafft. Im erneuten Anlauf gelang es ihm, das Tor zu passieren. Inzwischen war es schon fast komplett dunkel. Vielleicht gar nicht so schlecht, dachte er sich, dann würde er hoffentlich unbemerkt davonkommen. Der Weg war nicht weit, vielleicht 800 Meter und er kannte sich hier aus. Möglichst geräuschlos schob er das Floß über das Wasser durch den Straßenzug und langte nach wenigen Minuten endlich wieder bei Annikas Haus an. Zügig verlud er die Kisten. Morgen noch mal die gleiche Tour in der Nachbarstraße, nahm er sich vor. Wenn er dabei genauso erfolgreich sein würde wie heute, konnte er dann nach Norden aufbrechen.

÷

Erzgebirge, Anfang August

Der junge Wissenschaftsassistent saß vor seinem Computerbildschirm und dachte nach. Das erste Mal seit langem hatte er ein wenig Zeit um seine Gedanken schweifen zu lassen. Er konnte es immer noch nicht fassen wie sich sein Leben in den letzten Wochen geändert hatte. Die Regenkatastrophe, der Zusammenbruch des normalen Lebens, die entsetzlichen Bilder von ums Überleben kämpfenden Menschen ließen ihn nicht los. Dass ihm seine Doktorarbeit einmal vermutlich das Leben retten würde, war unglaublich. Als einer der besten Absolventen seines Jahrganges hatte Tim an der Technischen Universität Darmstadt im vergangenen Jahr seinen Masterabschluss gemacht. Man war auf ihn aufmerksam geworden und hatte ihm eine Stelle als Wissenschaftsassistent bei Professor Schoppenmüller angeboten. Seit einem halben Jahr arbeitete er nun für den Professor und an seiner Doktorarbeit. Sein Chef hatte beste Verbindungen zur Europäischen Raumfahrtbehörde und arbeitete am Thema „Autarkes Leben". Die Forschung diente zur Vorbereitung bemannter Weltraummissionen. Man beschäftigte sich intensiv damit, wie es Menschen gelingen konnte, unabhängig von der Versorgung durch die Erde lange Missionen im All oder bei der Besiedelung von Planeten zu verwirklichen. Dafür gab es das Projekt „BIOS". Federführend war Professor Schoppenmüller. Man arbeitete mit weiteren Forschungseinrichtungen und Firmen zusammen, unter anderem auch mit der Bergakademie Freiberg. „BIOS" unterstand höchsten Geheimhaltungsstufen, er hatte ziemlich viel Papier unterschreiben müssen und erst nach einigem Hin und Her die Freigabe für die Projektmitarbeit erhalten. Er war stolz darauf, hier mitarbeiten zu dürfen. Allerdings zweifelte er auf Grund der aktuellen Ereignisse stark daran, dass sich ihre Arbeit jemals würde in die Realität umsetzen lassen. Im Grunde hatte er unglaubliches Glück gehabt. Kurz bevor das Chaos begann, war er zusammen mit dem Prof und weiteren Mitarbeitern von Darmstadt hierher in das Erzgebirge gefahren. Bis dahin hatte er sich nur theoretisch mit dem Projekt vertraut gemacht, aber nun war er mitten in der Praxis angelangt. Und das Thema „Autarkes Leben" hatte für alle Beteiligten eine völlig neue Bedeutung erlangt, mehr Praxis ging wirklich nicht. Abgeschnitten von der kompletten Umwelt saßen sie hier im „BIOS III" fest, unter Tage in einem alten Stollensystem. Jahrhundertelang war im Erzgebirge Bergbau betrieben worden. Bereits im Mittelalter hatte man hier Erze abgebaut, später führte unter anderem der Silberbergbau zu einem Aufschwung in der Region und brachte einigen Wenigen gigantischen Reichtum, vielen Menschen Lohn und Brot, aber zu unmenschlichen Arbeitsbedingungen. Im vergangenen Jahrhundert, nach dem Ende des zweiten Weltkrieges war die Wismut AG in dieser Region einer der größten Arbeitgeber. Uran war der Grund. Die Ära der Atomkraftwerke und Atomwaffenproduktion hatte begonnen. Die Sowjetunion brauchte Nachschub. Das schuf damals überdurchschnittlich gut bezahlte

Jobs in der strukturschwachen Region, aber die Menschen zahlten dafür mit ihrer Gesundheit. Trotzdem wurde das Erzgebirge in dieser Zeit gierig durchlöchert wie ein Schweizer Käse. Nach Jahrzehnten der Ausbeutung kam schließlich irgendwann der Zeitpunkt, dass der Bergbau eingestellt wurde. Die Vorkommen gingen zu Ende, die Ausbeute blieb gering, es lohnte sich einfach nicht mehr. Ein Bergwerk nach dem andren wurde geschlossen. Nur noch sehr wenige blieben in Betrieb. Schaubergwerke entstanden in vielen Orten. Der Rest wurde geschlossen, die Eingänge zugemauert. Die Menschen der Region waren stolz auf ihre Vergangenheit und viele Traditionen hatten ihre Grundlage im Bergbau. Aber das war nun wohl alles vorbei. Jetzt saß er hier, viele Meter unter der Erde. „BIOS III" war der Versuch, eine Biosphäre unter Tage zu schaffen und zu erhalten. Zusammen mit den Spezialisten von der Bergakademie Freiberg hatte man in den letzten fünf Jahren die Arbeiten am Projekt unter Tage durchgeführt. Ein Kuppelbau mit einem Durchmesser von zweihundert Metern, mehreren Nebenkuppeln und Röhren war in dem riesigen Gewölbe entstanden. Die Kuppel bildete das Zentrum. Die teils kilometerlangen Röhren, bis zu 6 Metern im Durchmesser, wanden sich spinnennetzartig durch die ehemaligen Bergbaustollen. Tim hatte die Pläne bereits im Vorfeld zu Gesicht bekommen. Als er jedoch die Einrichtung zum ersten Mal betrat, war er ehrfürchtig mit vor Staunen offenem Mund stehen geblieben. In der Praxis war das ein gewaltiges Projekt und er durfte daran mitarbeiten! Seine Arbeitsgruppe und auch seine Doktorarbeit beschäftigten sich mit der komplizierten Energieversorgung dieses Komplexes. Der Standort war gut gewählt. Im Inneren des Berges mangelte es nicht an Wasser. Grundsätzlich gab es sogar zu viel davon. Die Bergleute in den vergangenen Jahrhunderten hatten ständig mit Wassereinbrüchen kämpfen müssen. Im Berg gab es unzählige Wasserfälle und Seen. Diesen Umstand hatte man sich zu Nutze gemacht, und mehrere kleinere Wasserkraftwerke installiert. Außerdem hatte man ein geothermisches Kraftwerk in Betrieb genommen. Damit war die Energieversorgung des riesigen Komplexes erst mal gesichert. Die große Frage war, ob sich das alles im Praxistest bewähren würde. Eine von Tims Aufgaben bestand darin, Schwachstellen ausfindig zu machen, die Ausfallsicherheit zu erhöhen und Alternativen und Notfallpläne zu erarbeiten. Ein spannendes Thema, vor allem vor dem Hintergrund, dass ihre Verbindung zur Außenwelt abgebrochen war. Kein Strom mehr von Draußen, keine Kommunikation und keine physische Verbindung mehr. Sie waren auf sich selbst angewiesen. Für das Projekt „BIOS" begann der Test ein Jahr zu früh. Sie würden improvisieren müssen.

÷

Der große Saal im inneren der Hauptkuppel war brechend voll. Bis auf wenige Techniker, die die Systeme überwachten, waren alle dem Aufruf von Professor

Schoppenmüller gefolgt. Mehrere hundert Menschen, größten Teils Wissenschaftler und Studenten, Techniker und Arbeiter aber auch einige Familienangehörige und deren Kinder sahen erwartungsvoll nach vorn zum Prof. „Meine Damen und Herren, schön dass sie es einrichten konnten" versuchte er einen lockeren Einstand. Einige lachten aber die meisten Personen blieben ernst. „Nun ja, sie wissen alle grundsätzlich um unsere Lage. Wir sind hier seit gestern komplett eingeschlossen, von der Außenwelt abgeschnitten und ich kann ihnen leider nicht sagen, ob das nun gut oder schlecht für uns ist, Angesicht der Umstände da Draußen. Sehen wir es mal so, aktuell geht es uns hier drinnen besser als den meisten Menschen außerhalb. Es liegt an uns, was wir daraus machen. Wir haben gute Chancen, hier wochenlang zu leben. Wir können uns einrichten. Wir haben noch keinen genauen Überblick über unsere aktuellen Vorräte. An Wasser und Energie mangelt es uns zunächst mal nicht. Eigentlich sollte diese Einrichtung ja erst im kommenden Jahr in Betrieb gehen. Alles ist noch nicht fertig. Also gibt es jede Menge Arbeit." Er machte eine kurze Pause und blickte in die angespannten Gesichter der Anwesenden. „Wir werden die bestehenden Arbeitsgruppen auflösen und neu zusammensetzen. Die Aufgaben werden so verteilt, dass wir zweigleisig fahren. Ein Teil von ihnen wird sich bemühen, einen Weg in die Außenwelt zu finden. Das wird nur eine kleine Gruppe von Spezialisten betreffen, vor allem die Kollegen von der Bergakademie und die erfahrenen Bergleute. Alle anderen werden sich dem eigentlichen Projekt widmen und weiterarbeiten wie bisher." Nach diesen Worten machte sich eine leichte Unruhe unter den Menschen breit. Professor Schoppenmüller unterbrach seine Rede. Ein untersetzter, stämmiger Man meldete sich. „Aber das ist doch Wahnsinn. Wir sitzen hier gefangen und sollen in aller Ruhe weiter an unserer Forschung arbeiten? Das interessiert dort draußen doch niemanden mehr!" Mehrere Leute unterstützten diese Feststellung durch ein Kopfnicken oder zustimmende Rufe. „Aber meine Damen und Herren", der Professor hob die Hand und bat um Ruhe. „Auf den ersten Blick mag das so scheinen, aber ich bitte folgendes zu bedenken: Wir sind hier eingeschlossen und wie es draußen aussieht, wissen sie alle selber sehr gut. Hilfe von dort ist wohl eher nicht zu erwarten. Wir werden hier weiterarbeiten, aber natürlich vorrangig zum Selbstzweck. Wir arbeiten vordergründig für uns. Im schlimmsten Fall sitzen wir hier für sehr lange Zeit fest, darauf sollten wir uns vorbereiten. Und wir gehen das Ganze wissenschaftlich an, dafür sind wir Profis. Ganz nebenbei werden wir dadurch unweigerlich unseren eigentlichen Forschungsauftrag erfüllen. Mit Stand heute kann noch niemand von uns abschätzen, ob das Ergebnis in der nächsten Zeit in der Weltraumforschung Anwendung finden wird. Ich bin mir aber sehr sicher, dass unsere Forschungsergebnisse vermutlich in der nächsten Zeit auf der Erde verwendet werden können. Wir haben jetzt und hier den perfekten Praxistest und nahezu den gleichen psychologischen Druck wie die Menschen auf einer Weltraummission" – „Sie haben Recht, Herr Professor, bitte verzeihen sie meinen unüberlegten Einwurf." Der untersetzte Mann machte eine entschuldigende Handbewegung und nickte zustimmend.

„Ich bitte nun die Projektleitung in den kleinen Konferenzraum. Alle anderen begeben sich bitte wieder in ihre bisherigen Unterkünfte. Wir alle werden in den kommenden Tagen genug zu tun bekommen. Wir werden auch einiges neu organisieren. Ich danke ihnen schon jetzt für ihre Mithilfe. Gemeinsam schaffen wir das."

÷

Tim hatte die Rede seines Professors per Videoübertragung an seinem Monitor verfolgen können, genauso wie die beiden Techniker, die mit ihm in der Zentrale saßen und die wichtigsten Lebenserhaltungssysteme überwachten. Nicht zum ersten Mal machte er sich Sorgen um seine Eltern. Seine Familie stammte aus dem Allgäu. Er war in und mit den Bergen aufgewachsen. Klettern und Skitourengehen waren eine Passion seines Vaters. Oft waren sie gemeinsam in den Allgäuer und in den angrenzenden Lechtaler Alpen unterwegs gewesen. Manchmal hatte sie auch Mutter begleitet. Seine schönsten Kindheits- und Jugenderinnerungen verband er mit diesen Unternehmungen. In den vergangenen Jahren hatte er seine Hobbys leider nur noch sporadisch in den Semesterferien ausleben können. Das Studium hatte einfach Vorrang gehabt. Wie es den Eltern wohl gehen würde? Vor sieben oder acht Wochen hatte er zum letzten Mal telefonischen Kontakt mit ihnen gehabt. Die Nachrichten aus dem Allgäu waren nicht gerade beruhigend gewesen, so wie eigentlich aus ganz Deutschland. Die Nachbarländer, Mittel- und Südeuropa waren wohl ähnlich betroffen. Einen kompletten Überblick gab es schon lange nicht mehr, seit sämtliche Infrastruktur zusammengebrochen war. Den letzten Nachrichten zu Folge war wohl mindestens die gesamte Nordhalbkugel der Erde vom Wasserchaos betroffen. Der Professor hatte da so eine Theorie aufgestellt, wonach ein Temperaturanstieg der Meere und das Überschreiten eines kritischen Punktes im komplizierten Mechanismus der weltumspannenden Klimaabläufe die Ursache dafür sein könnte. Darauf hatten auch die letzten Meldungen von der Ostküste der USA hingedeutet. In nicht enden wollender, schneller Reihenfolge war ein Hurrikan nach dem anderen aus der Karibik kommend über den halben Kontinent gezogen und hatte ungeheure Verwüstungen hinterlassen. Was auch immer die Ursache war, das konnte niemand mehr herausfinden, geschweige denn beeinflussen. Die Menschen waren vorerst gezwungen, alles über sich ergehen zulassen und so viel wie möglich von der Zivilisation zu retten. „Zivilisation retten" murmelte Tim vor sich hin, als hinter ihm die Tür aufgerissen wurde und Markus, genannt Mac, hereinstürmte. Sein Freund war Geologe und bereits seit zwei Jahren im Projektteam. „Hast du die Rede vom Prof gehört?". „Klar, habe alles mitbekommen."

Tim deutete auf seinen Monitor. Mac nickte und setzte sich auf die Kante des Schreibtisches. Mit verschränkten Armen meinte er „Scheint eine spannende Zeit für uns zu werden. Hoffentlich gehöre ich zum Erkundungsteam. Ich muss sehen, ob ich mich freiwillig melden kann." Die Abenteuerlust hatte Mac noch nicht verlassen. Während seines Studiums war er bereits in vielen Ländern unterwegs gewesen und hatte geologische Besonderheiten in aller Welt untersucht. Seine Leidenschaft, das Klettern, konnte er dabei sehr gut mit den beruflichen Anforderungen verbinden. Durch das gemeinsame Hobby hatten sie sich auch zusammengefunden und waren das eine oder andere Mal gemeinsam auf Klettertour unterwegs gewesen. „Wie lange hast du noch Dienst?", fragte Mac. Hab's gleich hinter mir. Lass uns doch nachher in der Cafeteria ein Bierchen trinken und ein wenig quatschen."

Eine halbe Stunde später saßen beide an einem kleinen Tisch in einer Ecke der Cafeteria, die abends auch die Funktion als Bar erfüllte. Hier traf man sich zum Feierabend und verbrachte die Abende, zumindest zu normalen Zeiten. Aber die waren schon eine Weile vorbei. Heute war wenig los. Nur an drei Tischen saßen kleine Grüppchen zusammen. „Auf dein Wohl, Prost!", Mac hob sein Glas. Tim tat es ihm nach und beiden genossen die ersten Schlucke des Gerstensaftes. „Das wird übrigens eines der letzten Biere für die nächste Zeit sein. Der Typ an der Theke hat mir gerade gesteckt, dass er die Anweisung hat, ab morgen nichts mehr auszuschenken. Einen öffentlichen Ausschank wird es dann vorerst nicht mehr geben. Die Biervorräte sind eh bald zu Ende und die Projektleitung hat wohl beschlossen, zunächst eine Inventur über alle Nahrungsmittel- und Getränke-bestände durchzuführen um dann zu entscheiden, wie damit in der nächsten Zeit umzugehen ist. Vermutlich läuft das auf eine Rationierung und eine zentrale Ver-teilung der Vorräte hinaus." „Das ist sicher eine richtige Maßnahme. Na dann, Prost!", entgegnete Tim. Beide schwiegen eine Weile und studierten gedankenversun-ken den Inhalt ihrer Gläser. „Falls wir hier jemals wieder rauskommen sollten, werde ich ins Allgäu aufbrechen. Ich muss wissen, ob meine Eltern noch leben." Mac dachte eine Weile nach. „Ich komme mit, ich helfe dir. Dieser Trip wird sicherlich alles andere als ungefährlich. Lass uns das zu zweit machen. Du weißt ja, ich habe keine Verwandten mehr. Da kann ich genauso gut mit dir kommen. Abenteuer!" – „Abenteuer!", antwortete Tim. „Danke dir, bist ein echter Freund." ÷

Einen Tag später trafen sich beide Freunde in der Unter-kunft von Tim. Mac hatte freudestrahlend berichtet, dass er auch ohne seinen Antrag in das Erkun-dungsteam berufen worden war. Sie hatten eine Woche Zeit, um sich auf die Mission vorzubereiten. Es galt, die Ausrüstung zu organisieren, die Vorgehensweise zu be-sprechen und vor allem sehr, sehr viele alte Pläne des

Bergwerks zu studieren. Mac sprudelte nur so vor Begeisterung, als er die bevorstehenden Aufgaben schilderte. Tim musste grinsen. So war sein Freund, unternehmungslustig, draufgängerisch aber gleichzeitig auch besonnen. Hatte er einmal für eine Aufgabe Feuer gefangen, brannte er förmlich dafür. „Pass bloß auf dich auf und komme heil zurück. Du hast mir was versprochen, dazu brauche ich dich noch." Tim klopfte seinem Freund auf die Schulter und unterbrach damit dessen Redeschwall. „Klar, kennst mich doch." Mac zeigte auf ein Foto an der Wand. Darauf war Tim mit einer schlanken, älteren Frau und einem hageren Mann auf einem Berg zu sehen, ein Gipfelkreuz im Hintergrund. „Deine Eltern?" „Ja, das sind sie.", bestätigte Tim. „Das war unsere letzte gemeinsame Tour. Der Berg heißt „Säuling", ist so um die Zweitausend Meter hoch und mein Lieblingsberg." „Cool", Mac nickte anerkennend mit dem Kopf. „Hast ein schönes Zuhause" und fügte noch an „Wir werden deine Eltern finden. Das wird schon. Die sehen ziemlich fit aus und haben sich bestimmt in Sicherheit bringen können." Sie unterhielten sich noch eine Weile über die Allgäuer Bergwelt, dann wechselten sie das Thema. Die Projektleitung hatte einige Sofortmaßnahmen beschlossen. Im großen Saal der Hauptkuppel war eine Informationsstelle eingerichtet worden. An einem großen digitalen Display wurden in einer Art Nachrichtenticker die wichtigsten Hausnachrichten angezeigt. Zusätzlich hatte man zwei Computer zur allgemeinen Verfügung installiert. Das WiFi-Netz stand in der Kuppel und den angrenzenden Büros und Forschungslaboren zur Verfügung. Die angrenzenden Wohnunterkünfte waren mit dieser Technik aber noch nicht bestückt worden. Immerhin standen genügend Wohneinheiten zur Verfügung. Das Projekt „BIOS III" hatte man ursprünglich für fünfhundert Personen ausgelegt. Das wäre der bis dahin größte Biossphärentest weltweit gewesen. Drei Jahre lang hätten die Freiwilligen hier leben, forschen und arbeiten sollen. Aktuell befanden sich 284 Menschen hier. Es gab also genügend Platz für alle. Wer wollte, hatte sich bereits eine Wohneinheit als Einzelappartement besorgt. Einige Paare und die wenigen Familien waren in den etwas größeren Unterkünften eingezogen. Es gab Heizung, Strom und fließendes, warmes Wasser. Das Ganze war dem Umstand zu verdanken, dass es viele Mitglieder der Projektteams vorgezogen hatten, während der Arbeitswoche in der Nähe der Büros und Forschungseinrichtungen zu schlafen. Die Infrastruktur war im Wesentlichen fertiggestellt. Allerdings fehlte noch so einiges zur kompletten Selbstversorgung. Grundsätzlich war man noch auf die Belieferung von Außerhalb angewiesen. Von einem autarken System konnte noch nicht die Rede sein. Die Situation ähnelte wohl mehr der in einem Atomschutzbunker, allerdings wesentlich komfortabler. Eins war klar, aktuell ging es den Menschen hier unten in der Tiefe besser als den meisten an der Oberfläche. Zwar sollten die Nahrungsmittel rationiert und von zentraler Stelle verteilt werden, aber damit würde man klarkommen. Tim teilte seinem Freund mit, dass er als wissenschaftlicher Assistent des Professors auch weiterhin in unmittelbarer Nähe seines Chefs tätig sein sollte. Dadurch würde er auch in Zukunft sehr nahe an den Entscheidungsprozessen dran sein und Informationen aus erster Hand bekommen. Tim war fürs Erste zufrieden.

÷

Die Mitglieder der Projektleitung sahen Professor Schoppenmüller erwartungsvoll an. Acht Personen saßen am Tisch des kleinen Konferenzraumes. Einigen von ihnen merkte man die Nervosität an. Jeder war neugierig darauf, zu erfahren, wie ihr Chef die Lage tatsächlich beurteilte. Ihnen war klar, dass die Rede vor dem Personal nicht die ganze Wahrheit hatte rüberbringen können. Es galt, Panik zu vermeiden. Spannung lag in der Luft, als sich der Prof erhob. Der große, bullige Mann, strahlte eine unglaubliche Präsenz aus. Ein Typ, der es gewohnt war, Anweisungen zu geben. Wer einmal eine seiner Vorlesungen besucht hatte, konnte sich einer gewissen Faszination nicht entziehen. Selbst im größten aller Hörsäle in Darmstadt mit achthundert Studenten war es bei seinen Ausführungen mucksmäuschenstill gewesen. So wie auch in diesem Moment. „Geschätzte Kolleginnen und Kollegen", eröffnete er die Sitzung. „Ich danke ihnen für ihr pünktliches Erscheinen. Mir ist sehr daran gelegen, wenn wir das auch in Zukunft so beibehalten könnten. Wie sie sich denken können, haben wir einige sehr grundsätzliche Themen zu besprechen. Aber bevor wir beginnen, kann ich ihnen eine kleine Vorstellungsrunde nicht ersparen. Die meisten von uns kennen sich ja bereits, aber eben nicht alle. Ich bin so frei und übernehme diesen Part in Kurzform. Gelegenheit zum ausführlichen Kennenlernen haben wir in der nächsten Zeit, glaube ich, genügend." Nach einer geplanten Redepause und dem erwarteten belustigten Grinsen der Anwesenden, setzte er seine Ausführungen fort. „Beginnen wir im Uhrzeigersinn. Zu meiner Linken sitzt Master of Science Tim Mayr, wissenschaftlicher Assistent und von mir zum Assistenten der Projektleitung berufen. Ein fähiger Kopf, er wird sich um die Protokollierungen, den Gesamtprojektplan und die Abstimmung der Einzelmaßnahmen kümmern. Meine rechte Hand sozusagen." Alle sahen auf Tim, der ungewollt rote Ohren bekam und etwas verlegen in die Runde schaute. „Weiterhin darf ich vorstellen: Mein geschätzter Kollege Professor Gundermann von der Bergakademie Freiberg. Wir arbeiten bereits seit Jahren an diesem Projekt hervorragend zusammen. Neben ihm Frau Doktor Hagen, Fachgebiet Biologie, Eberhard Karl Universität Tübingen. Sie ist die stellvertretende Leiterin des Teilprojektes Biologie und Chemie. Ihr Chef, Professor Maximilian hat es leider wegen der chaotischen Umstände nicht mehr rechtzeitig zu uns geschafft. Weiterhin darf ich Herrn Diplom-Ingenieur Walther vorstellen. Er ist der technische Leiter dieser Einrichtung, quasi unser Oberhausmeister". Wohlwollendes Grinsen in der

Runde, dieser Mann würde vermutlich noch sehr wichtig für alle werden. „Nicht zu vergessen, den Chef des Bergbautrupps, mein Freund und Kollege Doktor Bach. Er kennt diesen Berg und die Stollen hier am besten. Seine Leute sind Bergleute alten Schlags und echte Haudegen. Willkommen Siegfried. Dann haben wir noch unseren IT-Freak, Doktor Schmidt.“ Dieser verzog leicht angesäuert sein Gesicht. „Entschuldigung, das war jetzt unpassend von mir. Der Professor raufte sich die Haare. Das sollte mir eigentlich nicht mehr passieren, aber irgendwie habe ich immer noch dieses verstaubte Bild von der IT vor mir. Dabei ist der Doktor Schmidt eine absolut anerkannte Koryphäe auf seinem Gebiet.“ Er blickte zur Dame an seiner rechten Seite. „Und damit schließt sich der Kreis. Frau Doktor Langemann, Oberärztin. Genau genommen Doppeldoktorin. Sie hat in den Fachgebieten Chirurgie und Allgemeinmedizin promoviert. Auch ihr Chef hat leider den Zeitpunkt verpasst, zu uns zu stoßen. Ich habe sie gebeten, die Verantwortung für den medizinischen Bereich zu übernehmen.“ Die Oberärztin nickte ihm zu.

Professor Schoppenmüller machte eine kleine Pause um dann fortzufahren. „Gut, dann schlage ich folgende Tagespunkte vor …“.

„BIOS III“ hatte begonnen zu arbeiten, unabhängig, autark, auf sich gestellt.

÷

Zwei Tage später trafen sich Tim und Mac wie gewohnt am späten Abend. Sie hatten als Treffpunkt wieder die Cafeteria gewählt. Diesen Ort fanden sie einfach passender und erinnerte an vergangene Tage. Sie prosteten sich verschmitzt mit einem Glas Leitungswasser zu. Tim erzählte als erster seine Erlebnisse und Mac hörte ihm interessiert zu. „Du glaubst nicht, was da für Spitzenleute in der Projektleitung sind. Alles Top Leute. Die beiden Professoren sind internationale Fachleute und die beiden Damen erst…" – „Oh, die Damen also", Mac stichelte ein wenig und merkte augenzwinkernd an: „Die sehen sicher toll aus und sind beide noch nicht vergeben." Tim winkte ab. „Die sind viel zu selbstverliebt in ihren Job, glaube ich. Die haben keine Zeit für anderes. Aber lass mich weitererzählen." Er berichtete von der Vermutung des Professors, dass ein gewaltiger Erdrutsch den Haupt- und auch den Nebeneingang verschüttet hatte. Dieses Naturphänomen der Schlammlawinen war in den letzten Wochen im Erzgebirge an der Tagesordnung gewesen. Viele Ortschaften in den engen Tälern waren verschüttet worden, Orte an den steilen Bergflanken kamen ins Rutschen und existierten nicht mehr. In den schmalen Tälern kam jeglicher Verkehr zum Erliegen. Rettungsdienste und Hilfslieferungen konnten ihr Ziel nicht mehr erreichen. Sie hatten es nur der Umsicht des Professors zu verdanken, dass sie rechtzeitig den weiten Weg von Darmstadt hierher auf sich genommen hatten. So waren sie und viele andere Projektmitarbeiter gerade noch rechtzeitig vor dem totalen Zusammenbruch hier eingetroffen. Aber es hatten bei Weitem nicht alle Personen dieses Glück gehabt. Ein komplettes Ärzteteam war bei dem Versuch der Anreise verunglückt. Von weiteren Personen fehlte jede Spur. „Aber das Wichtigste kommt jetzt", Tim sah seinen Freund bedeutungsschwanger an und unterbrach seine Erzählung. „Jetzt mach es nicht so spannend", kam prompt dessen Erwiderung. „Also, der Prof gab so ganz nebenbei bekannt, dass unser Projekt noch eine weitere, bis dahin streng geheime Mission zu erfüllen hat. Diese ganze Biossphärengeschichte ist nur ein Teil, der zweite Teil des Projektes besteht tatsächlich darin, für eine große Anzahl an Menschen die klassische Schutzbunkermission zu erfüllen. Und jetzt kommt's, der Professor hat es doch tatsächlich geschafft, bereits vor acht oder neun Wochen, die diesbezüglichen Notvorräte von der Bundeswehr hier einbunkern zu lassen. Mit Genehmigung von höchster Stelle. Offensichtlich wurde das Projekt BIOS zum großen Teil unter dem Aspekt der Schutzfunktion für den Kriegsfall finanziert. Im Notfall sollten hier bis zu Fünftausend Personen unterkommen. Falls auch nur annähernd für solch eine große Anzahl Menschen Nahrung und andere lebenswichtige Dinge hier gebunkert sind, dann würde ich sagen, sind wir fürs erste aus dem Schneider." Mac schaute ungläubig zu seinem Freund. Der wollte ihn sicher nicht verschaukeln. „Ja, da hast du wohl verdammt recht. Das erklärt auch so einiges mit der Geheimhaltung. Viel ist ja in Bezug auf BIOS nicht gerade veröffentlicht worden. Schlussendlich war das vielleicht sogar nur Tarnung." „Na, das glaube ich jetzt doch nicht. Die Europäische

Weltraumbehörde arbeitet wirklich intensiv an diesem Biossphärenprojekt. „BIOS I" ist bereits vor zwei Jahren abgeschlossen worden, „BIOS II" läuft gerade und es scheint in Deutschland und auch in Frankreich weitere BIOS-Projekte zu geben. Der Professor hat da so was angedeutet." Die beiden prosteten sich nochmals mit ihren halb gefüllten Wassergläsern zu. „Und, was gibt es bei dir Neues? Erzähle!", forderte Tim seinen Freund auf. Dieser machte ein enttäuschtes Gesicht. „Bisher nur Papierkram. Wir studieren alle möglichen Karten und Berichte der letzten Dreihundert Jahre um einen vernünftigen Ansatz für unsere Erkundungsmission zu finden. Das ist jetzt nicht so mein Ding. Ich stehe mehr auf den praktischen Teil." Tim verstand seinen Freund. Mac war schon immer eher der Abenteurer gewesen, der das Glück hatte, seinen Job mit der nötigen Action zu versehen. „Du wirst aber doch auch nicht blindlings in dieses Stollensystem laufen wollen, nehme ich an?" – „Nein, natürlich nicht. Ist mir schon klar, dass es ohne gute Vorbereitung nicht geht. Immerhin befinden wir uns hier auf ungefähr 150 Meter Tiefe, Das Stollengewirr allein auf dieser Ebene beläuft sich auf mindestens vierzig bis fünfzig Kilometer Umkreis. Ähnliche Dimensionen haben wir auf mehreren Ebenen tiefer gelegen aber auch über uns. Das Ganze aus unterschiedlichsten Jahrhunderten des Bergbaus. Teilweise senkrechte Schächte die diese Ebenen miteinander verbinden. Unendlich viele Abwasserstollen, von denen niemand mehr weiß, wo die an die Oberfläche gelangen. Ein

Großteil ist inzwischen eingestürzt oder künstlich verschüttet worden."

Tim hatte interessiert zugehört und konnte sich dann
doch nicht verkneifen zu bemerken „Ich glaube, das
wird für dich spannender als du denkst. Warte ab!"

Allgäu

Es war dunkel in der TG40. Nur vereinzelt flackerten ein paar Kerzen und tauchten die Tiefgarage in ein schauriges und unheimliches Licht. Die meisten schliefen schon oder hatten sich in ihre privaten Unterkünfte zurückgezogen. Nur Robert saß noch gedankenversunken auf einem alten Klappstuhl vor seiner Tür. Seine Gedanken kreisten unermüdlich um die verloren gegangene Familie. Hatte er genug getan, um seine Frau zu finden und zu retten? Immer wieder kamen Zweifel durch, aber was hätte er noch unternehmen können? Er wusste es einfach nicht. Rational gesehen, konnte er sich nichts vorwerfen. Von der emotionalen Seite zweifelte er immer wieder und das ließ ihn so manche Nacht nicht schlafen. Tim, sein Sohn, war weit weg in Darmstadt an der Universität und dort mit seiner Doktorarbeit beschäftigt. Wie es ihm wohl ging? Ob er dieses Inferno überstanden hatte? Tim war ein gewitzter Bursche, der konnte sich durchkämpfen. Robert war sehr stolz auf ihn. Trotz des Studiums war er ein heimatverbundener und bodenständiger Junge geblieben. Da hatten seine Frau und er wohl doch so einiges richtig gemacht bei der Erziehung. Robert seufzte und musste eine kleine Träne aus dem Augenwinkel wischen als er sich an die letzte gemeinsame Bergtour erinnerte. Bei „Kaiserwetter", wie sie es hier gerne nannten, hatten sie ihren Lieblingsberg bestiegen. Die Belohnung für die dreistündigen Aufstiegsmühen war ein perfekter blauer

Himmel, ein traumhafter Blick auf die gigantische Bergwelt mit teils noch schneebedeckten Gipfeln und die grünen Wiesen und Wälder im Vordergrund gewesen. Dazu die geniale Seenlandschaft des Ostallgäus, fast schon ein wenig kitschig. Ihre Familie liebte diese Bergromantik. Robert schluckte. Das Foto, das sie zu dritt am Gipfelkreuz zeigte, hing normalerweise am Schrank in seiner Unterkunft. Jetzt hielt er es in seinen zittrigen Händen. Würde er Tim jemals wiedersehen? Ihm waren die Hände gebunden. Er wusste nicht einmal, ob er sich in Darmstadt oder im Erzgebirge aufhielt. In beide Richtungen ergab das von hier eine Entfernung von fünf- bis sechshundert Kilometern. Er musste darauf hoffen, dass Tim den Weg zu ihm fand, falls er noch lebte. Immerhin, hier hatte er eine sinnvolle Aufgabe. Zusammen mit Paul wollte er sich weiter um die vielen Menschen hier in der Tiefgarage kümmern und helfen so gut er konnte. Er spürte täglich deren Dankbarkeit. Das gab ihm Mut und lenkte ihn ab. Morgen, so hatten sie es sich vorgenommen, würde er sich mit den Soldaten und ein paar Männern aufmachen und versuchen, die steckengebliebenen Geländefahrzeuge flott zu bekommen. Falls ihnen das wenigstens bei einem der Hägglunds gelang, hatten sie gute Karten für die so wichtige Bergung der in der Kaserne lagernden Vorräte. Der Oberleutnant machte einen zuverlässigen Eindruck. Es konnte gut sein, dass das Auftauchen der kleinen Gebirgsjägergruppe schlussendlich sogar ihre Rettung bedeutete. Falls alles nach Plan verlaufen sollte, rechneten sie sich gute Chancen aus, für ein paar Monate, vielleicht sogar für den Winter versorgt zu sein. Das würde so oder so noch hart für alle werden. Momentan war Hochsommer, auch wenn von der Sonne so gut wie nichts zu sehen war. Die Temperaturen konnte man als erträglich einstufen. Trotz des Dauerregens schätzte er sie auf knapp unter 20 Grad Celsius. Wegen der ständigen Nässe kam ihnen das eher kühler vor. Bald würde der Herbst einziehen. Im Allgäu ging das oft sehr schnell und es würde deutlich kälter werden. Ihm fröstelte jetzt schon bei diesem Gedanken. Sie hatten noch keine Ahnung, wie eine vernünftige Heizung eingerichtet werden konnte, lange durften sie das Thema nicht aufschieben. Robert seufzte, die Probleme schienen mit jedem Tag mehr zu werden.

÷

Alexander hatte sich doch noch zwei weitere Tage Zeit genommen, mühsam Vorräte in der Stadt zu sammeln. Mittlerweile waren aber mehrere Kisten gut gefüllt und auf dem Dachboden von Annikas Haus versteckt. Vermutlich würde es mit der Zeit immer schwieriger werden, etwas zu finden und so konnte er später bei seiner Rückkehr auf dieses Lager zurückgreifen. Aufmerksam hatte er die unmittelbare Umgebung beobachtet, konnte aber keine anderen Menschen entdecken. Die Gegend war anscheinend verlassen. Er hatte seinen Rucksack und die beiden Plastikbehälter auf dem Floß vollbepackt und war nun bereit für die Abfahrt in Richtung Norden. Der Morgen war noch jung und zu seiner Überraschung hatte der Regen nachgelassen. Lediglich ein leichter Nieselregen sorgte für einen grauen Schleier. Die Wolken schienen auch nicht mehr so tief zu hängen wie zuletzt und die Gewitter waren abgezogen, ein guter Tag für seinen Aufbruch. Alex zog die Kapuze seiner Seglerjacke, die er gestern gefunden hatte, über den Kopf, dann schnappte er sich die lange Stange und schob das Floß langsam vorwärts, Richtung Norden. Aus den Erfahrungen der letzten Tage wusste er, dass bei dieser Art der Fortbewegung ein gleichmäßiger Schub am effektivsten war. Kurzzeitige, schnelle Aktionen kosteten zu viel Kraft und man konnte das auch nicht so lange durchhalten. Heute wollte er ein großes Stück seines Weges schaffen, dazu musste er seine Kraft gut einteilen. Die ersten Meter durch die Straßen kannte er mittlerweile sehr gut und er bewegte sich relativ sicher und zügig durch die Stadt. Nach einigen Minuten erreichte er den Maximiliansplatz, quasi das Zentrum Füssens. Das Denkmal des Prinzregenten ragte nur im obersten Drittel aus dem Wasser. Alex steuerte darauf zu. Er musste grinsen als er an die Jugendstreiche dachte. Diese Statue war oftmals das Ziel gewesen. Besonders zu Zeiten der Stadtolympiade, eines sportlichen Events mit viel Partycharakter, hatten sie den steinernen Prinzregenten „verkleidet“. Die Verantwortlichen der Stadt hatten das Treiben immer toleriert und der Großteil der Einwohner erfreute sich an der erfrischenden, unbekümmerten Art ihrer Jugend. Nun ja, das war wohl ein für alle Mal vorbei. Alexander überlegte, welchen Weg er ab hier wählen sollte. Er konnte sich an die Hauptstraße halten, die direkt nach Norden führte oder zunächst in Richtung Forggensee staken. Der Lech, der den See ab dort speiste, floss dann am Ende des Stausees weiter direkt nach Lechbruck, seinem Ziel. Er entschied sich für den Lech. Vermutlich war es die riskantere Strecke, denn er konnte nicht einschätzen, wie stark die Strömung war. Staken konnte er dort auch nicht mehr, dazu war das Wasser zu tief, aber er konnte sich treiben lassen und versuchen, mit dem Spaten zu steuern. Vermutlich war es die effektivste Art, vorwärts zu kommen. Er ging davon aus, dass die Strömung auf dem See nicht allzu schnell war. Die ursprünglichen Grenzen des Forggensees waren verschwunden. Je näher er der Brücke kam, desto mehr erkannte er die nunmehr unendlichen Weiten des einstmals drittgrößten Sees in Bayern. Ein Horizont war wegen der feinen Regenschleier sowieso nicht zu sehen. Das Wasser des Lechs ergoss sich als zäher, breiter Strom über die Brücke hinweg. Nur noch an Hand einiger Straßenlaternen konnte Alexander den Standort der Brücke erahnen. Unglaublich, die Welt schien nur noch aus einer Wasserlandschaft zu bestehen. Er wusste die Berge im Hintergrund, zu sehen waren sie aber nicht. Beeindruckt bewegte er sich weiter bis er spürte, dass die lange Stange den Boden nicht mehr berühren konnte. Zunächst langsam aber zielstrebig trieb er nun mit der Strömung. Vorsichtig probierte er die Steuerung mit dem Spaten aus. Er hatte dafür extra eine kleine Vorrichtung am hinteren Teil des Floßes angebracht, eine Holzgabel, in die er den Spaten legen konnte. Nun stemmte er sich gegen den Spaten und hatte Mühe, die gewünschte Wirkung zu erzielen. Große Sprünge konnte er damit nicht machen aber ein wenig hatte er schon das Gefühl, die Richtung beeinflussen zu können. Jetzt war er Teil des Flusses und auf sein Glück angewiesen. Er ahnte nicht, dass mit jedem Meter, den er zurücklegte, die Entfernung zu seiner Freundin immer größer wurde.

÷

Paul sah den knapp zwei Dutzend Männern noch eine Weile hinterher, die sich in einer langen Schlange, schwer bepackt mit Werkzeugen, vom Ausgang der TG40 wegbewegten. Hoffentlich gelang es ihnen, eines der Fahrzeuge flott zu bekommen. Als auch der letzte der Männer als kleiner Punkt im Dunst verschwunden war, begab er sich in die Krankenstation. Dort fand er eine munter mit der Ärztin plaudernde Franziska vor. Paul sah sich suchend um. „Und wo ist Annika?". Doktor Weber deutete mit einer Handbewegung auf den Vorhang. „Annika kümmert sich gerade um ihren Retter. Sie sitzt schon seit dem frühen Morgen bei ihm und hält Händchen." Nach diesen Worten schob sie den Vorhang ein wenig bei Seite und man konnte das Mädchen und den Soldaten sehen. Der junge Mann, der den Schlag auf den Kopf inzwischen recht gut verwunden hatte, saß auf seinem Bett und sah entspannt aus. „Oh, mir geht es wieder prima. Ich möchte hier raus und mithelfen, aber die Ärztin will mich einfach nicht lassen", beklagte er sich bei Paul. „Ein paar Tage Ruhe mindestens noch, junger Freund. Mit einer Gehirnerschütterung ist nicht zu spaßen", Doktor Weber sah in streng an musste dann aber lächeln. „Okay, okay", der Soldat gab sich geschlagen. „Ich habe hier ja nette Gesellschaft" und blinzelte ihr zu. Nachdem Paul noch ein wenig mit den Anwesenden geplaudert hatte, dankte er Doktor Weber für die gute Arbeit und verließ zufrieden die Krankenstation. Hier schien alles zu Laufen. Fürs Erste ein Problem weniger. Bei seinem Gang durch die obere Etage der Tiefgarage, quasi dem Wohnbereich, wurde er hier und da von verschiedenen Leuten angesprochen. Vielfach handelte es sich um kleinere Probleme, die man bei ihm loswerden wollte. Oft wurden diese aber auch nur vorgeschoben um mit ihm ins Gespräch zu kommen. Paul hatte es sich zur Aufgabe gemacht, den Menschen, die ihm vertrauten, zuzuhören. Zwischenmenschlich war das Zusammenleben in ihrer kleinen Siedlung schwer in Ordnung. Ihm war klar, das musste nicht zwangsläufig so bleiben. Noch hatten sie hier die wesentlichen Probleme im Griff, sie waren leidlich versorgt und die Menschen hatten zu tun. Das konnte sich aber sehr schnell ändern. Er musste dabei nur an das Problem mit den Nahrungsmitteln denken. Robert hatte ihn heute früh vor seinem Aufbruch noch auf das

Thema Wärmeversorgung angesprochen. Die Menschen brauchten auch irgendeine positive Zukunftsperspektive. Noch hatten viele, er selbst auch, die ganz kleine Hoffnung, dass irgendwo da draußen noch eine zentrale Struktur existierte, von der man Hilfe erwarten konnte. Was aber, wenn nicht? Paul wischte den Gedanken weg. Mittlerweile war er an der Abfahrt zur unteren Ebene der Tiefgarage angelangt. Nur über diese Abfahrt und den Notausgang, eine enge Treppe am gegenüberliegenden Ende, konnte man nach unten gelangen. Er schaltete seine Stirnlampe ein. Noch einige Schritte, dann hatte er den chaotischen Teil der Anlage erreicht. Von der Fläche her war die untere Ebene genau so groß wie der obere Teil. Nur zwei, drei akkubetriebene Lampen gaben ihm Orientierung. Im hinteren Teil des Raumes hörte er Männer arbeiten und fluchen. Dort war es etwas heller, da man für den unmittelbaren Arbeitsbereich einen Baustrahler zur Verfügung hatte. Dessen Akku musste nachts immer wieder von einem Generator aufgeladen werden. Für diesen würde aber bald der Sprit ausgehen. Höchstens noch zwei oder drei Tage, dann ist Schluss mit der Notstromversorgung. „Hallo Paul, gut dass du vorbeischaust. Wie sieht es denn mit der Stromversorgung aus. Bekommen die Jungs das bald in den Griff? Wir sehen hier die Hand vor Augen nicht, ist ziemlich gefährlich." Der „Schlaks" hatte Paul entdeckt und reichte ihm zur Begrüßung seine Hand. Die anderen taten es ihm gleich und nutzten sein Erscheinen für eine kurze Pause. „Hallo Leute, ja ich weiß, ist eine verdammt ungemütliche Arbeit hier unten. Wegen der Stromversorgung habe ich eine gute und eine schlechte Nachricht." – „Die schlechte zuerst", kam es gleichzeitig aus allen Richtungen. „Wir haben nur noch Sprit für höchsten zwei oder drei Tage, dann geht uns das Licht komplett aus." Paul machte eine kurze Pause. Er konnte die Gesichter der Männer nicht alle erkennen, aber die Enttäuschung war sichtlich zu spüren. „Jetzt die gute Nachricht. Das Musterexemplar eines Windgenerators ist fast fertig, morgen findet ein erster Test statt. Die Jungs sind optimistisch, das hinzubekommen. Mit dem Material, das wir bisher auftreiben konnten, haben wir die Möglichkeit, davon zwei oder sogar drei Stück zu bauen. Da wären wir erst mal aus dem Gröbsten raus. Wir brauchen den Strom wirklich dringend, nicht nur ihr hier unten." Eine Weile standen sie im Kreis und hingen ihren Gedanken nach. Der „Schlaks" brach das Schweigen zuerst. „Früher hätte bei dieser Gelegenheit der Chef eine Zigarettenrunde spendiert, aber die Zeiten haben sich halt geändert", meinte er schelmisch. Seine Helfer nickten. Interessanterweise waren viele in den letzten Wochen wieder in die alte und bereits abgelegte Gewohnheit des Rauchens zurückgefallen. Paul konnte das als ehemaliger Raucher gut verstehen. Zigaretten gehörten inzwischen auch zu den Raritäten in der TG40. Bald würde es keine Vorräte mehr geben und ein Raucher ohne seine Zigarette war nervös, gereizt und schlecht ansprechbar. Eine denkbar ungünstige Konstellation für die allgemeine Stimmung. Auch darum würden sie sich kümmern müssen. Jetzt hatte er aber eine kleine Motivationshilfe dabei. Mit einem Grinsen zog Paul seine Thermoskanne aus der Jackentasche. „Stimmt, mit Zigaretten kann ich leider nicht dienen. Ich hätte aber einen Schluck heißen Tee für euch." Er öffnete die Flasche und reicht sie dem nächststehenden Mann. Dieser nahm sichtlich enttäuscht einen Schluck daraus. Doch dann begann auch er zu grinsen. „Guter Tee, kann ich unbedingt weiterempfehlen", damit reichte er die Flasche an seinen Nachbarn weiter und dieser an den nächsten. Paul trank als letzter. „Ich habe den Tee mit ein wenig Rum von meiner letzten Flasche verfeinert. Prost!" Noch zweimal ging die Flasche in die Runde, dann machten sich die Männer wieder an die Arbeit. „Bist ein feiner Kerl, Paul. Danke!" Der „Schlaks" und Paul waren ein wenig zur Seite getreten. „Wie kommt ihr voran?". „Na ja, wir tun unser Bestes. Da wir nicht viel freien Platz, eigentlich gar keinen, zur Verfügung haben, müssen wir viele Dinge mehrmals hin und her räumen. Das braucht Zeit und ist ein wenig nervig. Noch mehr Helfer bringt auch nichts, dann treten wir uns nur gegenseitig auf die Füße." Paul nickte verstehend. Die Männer „unter Tage" taten gewissenhaft ihre Arbeit, das konnte er sehen. Etwa ein Viertel des großen Raumes war bereits sortiert. Er konnte deutlich ein Werkzeuglager, ein Materiallager und fein säuberlich gestapelte Kisten erkennen. Alles war ordentlich beschriftet. In ein oder zwei Wochen würden sie dann endlich einen Gesamtüberblick haben. Auf den „Schlaks" war Verlass. In einem alten Ordner dokumentierte er akribisch alles. Paul klopfte dem langen Kerl anerkennend auf dessen Schulter. „Guter Job, macht weiter so. Wenn ihr noch Hilfe braucht, melde dich", dann machte er sich wieder auf den Weg ins Obergeschoß. „Denk an die Beleuchtung", hörte er noch einen Ruf hinter sich. Zum Zeichen, dass er verstanden hatte, hob er ohne sich umzudrehen die Hand.

÷

Mittlerweile war Alexander ein ganzes Stück vorangekommen. Obwohl er die Gegend wie seine Hosentasche kannte, konnte er nicht mehr genau sagen, wo er sich befand. Ihm fehlten einfach die üblichen Anhaltspunkte. Ein Ufer schien es nicht mehr zu geben. Der Forggensee hatte eine endlose Breite angenommen. Im Dunst war nur selten eine schemenhafte Bergkulisse zu erkennen. Sorgen bereiteten ihm die im Wasser schwimmenden Hindernisse. Vor allem unzählige Baumstämme trieben dahin oder bildeten teilweise kleine und größere Inseln, in denen sich weiteres Gestrüpp verfangen hatte. Manche dieser Inseln hatten sich zu einem starren Hindernis verhakt, andere trieben ebenfalls in Richtung Staumauer. Der See hatte in etwa eine Länge von fünfzehn Kilometern. Alex konnte nur hoffen, an keinem der Hindernisse hängen zu bleiben. Bisher hatte er durch die kleinen Kurskorrekturen, die ihm möglich waren, ausweichen können. Jetzt schien es wieder soweit zu sein. In einiger Entfernung vor sich konnte er dichtes Gestrüpp erkennen. Diese Insel war viel breiter als die Bisherigen. Langsam aber unaufhaltsam trieb sein Floß darauf zu. Mit aller Kraft stemmte er sich gegen sein provisorisches Ruder, um die Richtung zu ändern. Das Floß reagierte auch, aber viel zu langsam. Es war abzusehen, dass er es nicht vorbei schaffen würde. Er war zwar nicht so schnell unterwegs aber er konnte nicht bremsen. Diese Kleinigkeit hatte er überhaupt nicht berücksichtigt. „Verdammter Mist", fluchte er vor sich hin. Nur noch wenige Meter trennten ihn von dem Hindernis. Dann krachte er auf einen Baumstamm und verfing sich im Geäst. Er saß fest. Ihm fehlten vielleicht fünf, sechs Meter bis zum erkennbaren Ende der künstlichen Insel. Vergeblich bemühte er sich, sein Gefährt wieder flott zu bekommen, keine Chance. Für den Moment entkräftet, stellte er seine Bemühungen ein. Jetzt konnte nur noch eine kluge Idee weiterhelfen. Mit bloßer Gewalt ging da nichts. Er warf einen Blick zurück. In der Ferne war weiteres Gestrüpp zu sehen, das sich langsam näherte. Es konnte gut sein, dass er früher oder später eingeschlossen wurde. Er musste sich einen Überblick verschaffen. Vorsichtig kletterte er von seinem Floß auf die nächsten größeren Baumstämme. Alles war nass und schmierig. Bei jedem Schritt schwankte der Untergrund. So gut es ging, versuchte er sich an den dünnen Ästen festzuhalten. Ein paar Meter war er so vorwärtsgekommen, dann passierte es doch. Er rutschte aus und der Ast, den er ergriffen hatte brach mit einem Knacken ab. Der Balance beraubt, krachte er mit dem Rücken auf einen weiteren Baumstamm und landete schließlich zwischen dem Gehölz im Wasser. Fluchend und prustend stemmte er sich wieder nach oben. Sein Rücken schmerzte und er blutete an mehreren Stellen, aber er konnte sich bewegen. Zum Glück schien er sich nicht ernsthaft verletzt zu haben. Keine Zeit zum Untersuchen. Nach einer kurzen Pause versuchte er, sich weiter vorzuarbeiten. Langsam kam er voran und endlich erreichte er den Rand des Hindernisses. Gegenstände trieben im Wasser vorbei. Nachdenklich grübelte er. Wie schon vermutet, bestand seine einzige Chance offensichtlich darin, das Floß auf der rechten Seite vorbei zu manövrieren. Dazu musste es ihm aber gelingen, das Gefährt aus der Umklammerung der Insel zu lösen. Nach einigen, schier endlosen Minuten des Kriechens und Balancierens befand er sich wieder auf den Holzpaletten. Mittlerweile waren einige dünnere Äste von hinten an das Floß angeschwemmt worden. Noch war das nicht bedenklich aber irgendwann würde er wohl tatsächlich eingeschlossen sein. So lange durfte er nicht warten. Er versuchte, sich und sein Gefährt mit dem Spaten vom Hindernis wegzuschieben, vergeblich. Verzweiflung kam in ihm hoch. Da er nicht erkennen konnte, wo er eigentlich festhing, tastete er mit den Händen unter Wasser die Umgebung ab. Nach einer Weile meinte er, die Ursache der Fixierung erkannt zu haben. Etwas erleichtert richtete er sich auf. Plötzlich schob sich ein mächtiger, dunkler Schatten von hinten heran. Entsetzt drehte er sich um und sah noch, wie eine mehrere Meter hohe Wand gegen sein Floß und das Hindernis krachte. Holz splitterte, Äste knackten, er wurde in die Luft geschleudert. Dann wurde ihm schwarz vor Augen.

÷

Annika saß immer noch geduldig am Bett ihres Retters. Zögerlich hatte sie seine Hand losgelassen, nachdem er aus seiner Bewusstlosigkeit aufgewacht war. Sie wusste nun, dass sein Name Jens war und er einer Gebirgsaufklärungsgruppe angehörte. Nur wenige Jahre älter als sie selbst, schien er allerdings schon über wesentlich mehr Lebenserfahrung zu verfügen. Das junge Gesicht hatte auch einige harte Züge an sich. Genau konnte sie das nicht erklären. Sie ahnte, dass er im Gegensatz zu ihr nicht nur die netten und sorglosen Dinge im Leben erfahren hatte. Wenn er lächelte, verengten sich seine Augen und die kleinen Fältchen gaben ihm ein sympathisches Aussehen, fand sie. Genau wie bei Alex... Der Gedanke an ihren verschollenen Freund brachte sie unvermittelt in die Realität zurück. Ruckartig stand sie auf und verließ grußlos die Krankenstation. Jens sah ihr überrascht hinterher.

÷

Es war Abend geworden. In der TG40 zog langsam die übliche Ruhe ein. In der sowieso schon schummrigen Tiefgarage wurde es noch dämmriger. Die kleineren

Kinder schliefen schon und die meisten Bewohner hatten sich in ihre Unterkünfte zurückgezogen. Einige, Wenige saßen noch in kleinen Grüppchen zusammen und unterhielten sich. Auch Paul hatte es sich auf seinem Klappstuhl bequem gemacht. Er wartete zusammen mit einigen Frauen auf die Rückkehr der Männer, die gemeinsam mit den Soldaten aufgebrochen waren. Wenn der Trupp nicht die Nacht draußen verbringen wollte, mussten sie langsam wieder hier eintreffen. Von dem Erfolg dieser Mission hing einiges ab, das war allen klar. In den letzten zwei Stunden hatten einige übereifrige Teenager schon mehrmals die vermeintliche Ankunft der Männer angekündigt, aber es war jedes Mal ein Fehlalarm gewesen. Die Frauen ließen sich ihre Unruhe nicht anmerken und erzählten sich bewusst belanglose Dinge aus der „alten Welt", aber Paul wusste genau, wie es in ihrem Inneren aussah. Auch er sorgte sich, natürlich um alle aber vorrangig um seinen Freund Robert, der den Trupp anführte. Endlich meinte er, ein leises Fahrzeugbrummen zu hören. Auch die Frauen waren aufmerksam geworden. Paul erhob sich, bedeutete den Frauen ruhig zu bleiben. Solange sie nicht sicher wussten, dass es sich um ihre eigenen Leute handelte, war Vorsicht geboten. Er flüsterte den Frauen einige Anweisungen zu und begab sich eiligen Schrittes zum Ausgang. Er berührte den dort hockenden Wachposten vorsichtig an der Schulter, um ihn nicht zu erschrecken. Dieser nickte ihm nur stumm zu und deutete in die Richtung, aus der das Geräusch nun schon deutlicher zu hören war. Angestrengt blickten beide in die Dämmerung und schoben ihre Waffen zurecht. Seit die Soldaten zu ihnen gestoßen waren, hatte sich ihre Situation diesbezüglich deutlich gebessert. Der Wachposten war mit einem automatischen Gewehr ausgestattet und Paul hatte eine Pistole dabei. Trotzdem, eine Schießerei war das letzte, das sie gebrauchen konnten. Paul musste sich eine Träne aus dem Auge wischen, so angestrengt schaute er nach vorn. Langsam schälte sich die Kontur eines Fahrzeuges in Tarnfarben aus dem Nebeldunst, einen Anhänger im Schlepptau. Ganz oben winkte eine Person mit beiden Armen in ihre Richtung. Nun erkannte Paul seinen Kumpel Robert, der ihnen deutlich signalisierte, dass Freunde im Anmarsch waren. Erleichtert steckte Paul seine Pistole in den Gürtel und erwiderte die Armbewegungen. Nach einigen Minuten hatte der Transporter den Eingang der TG erreicht. Zunächst sprangen die Männer ab, die sich an der Außenseite des Fahrzeuges festgeklammert hatten, dann öffneten sich die Türen und die Insassen stiegen aus. Alle waren bis auf die Haut durchnässt aber froh gelaunt. Paul schloss zunächst Robert in die Arme, danach herzte er den Oberleutnant. „Wir konnten leider nur ein Fahrzeug flott machen, für das zweite hatten wir keine Zeit mehr", setzte dieser an. „Mensch, mach dir keine Vorwürfe, Oberleutnant. Damit sind wir schon gut bedient und morgen ist schließlich auch noch ein Tag. Verdammt gute Arbeit". Paul schüttelte die Hände des Offiziers. „Jetzt kommt erst mal rein, zieht euch trockene Klamotten an und wärmt euch auf. Die Frauen werden sich freuen, sie haben für euch schon was Warmes gekocht." Er deutete mit den Händen ins Innere der TG und die Kolonne der Männer setzte sich zum letzten Mal für den heutigen Tag in Bewegung. Auf der Plazza der TG hatten sich inzwischen sämtliche Bewohner versammelt und klatschten den Ankömmlingen begeistert zu. Der Oberleutnant eilte zu seiner jungen Frau und nahm sie und das Baby in seine Arme. Nach einem langen Kuss entwand sie sich ihm und meinte trocken: „Jetzt wird es aber Zeit für eine Wäsche, sie stinken, sind dreckig und ganz erbärmlich nass, Herr Oberleutnant. Ich muss mich dringend um sie kümmern." Mit einem Augenzwinkern zu den Umstehenden entführte sie ihren Mann unter dem Beifall und Schmunzeln der Zuhörer.

÷

Irgendwann war wieder Ruhe eingekehrt. Die Männer des Bergungstrupps hatten heißhungrig das Essen verschlungen und sich erschöpft zur Ruhe begeben. Wie so oft in letzter Zeit saßen Paul und Robert noch zu später Stunde beisammen und ließen bei einer Tasse Tee den Tag Revue passieren. Robert erzählte von den Schwierigkeiten, das Fahrzeug flott zu bekommen. „Die Männer haben unglaublich geschuftet und auf die Soldaten kannst du absolut zählen". Beide schwiegen im stillen Einverständnis. Morgen sollte der Trupp versuchen, auch das zweite Fahrzeug zu bergen. Mit den Erfahrungen von heute rechneten sie sich ganz gute Chancen auf einen erfolgreichen Ausgang aus.

÷

Die Wache am Eingang der TG schreckte auf. Verdammt, jetzt war er doch eingenickt. Schon zum zweiten Mal, dass ihm dieses Missgeschick ereilte. Er musste sich zusammennehmen. Ein Blick auf seine Uhr zeigte kurz nach sechs Uhr morgens an. Irgendetwas war anders. Beunruhigt spähte er in die Ferne. Die grauen Wolken hingen tief wie immer und zogen träge von West nach Ost. Eine unheimliche Ruhe lag in der Luft. Da wurde ihm schlagartig klar, der Regen hatte aufgehört! Unglaublich, seit Wochen nichts als Wasser von oben und nun war es vielleicht vorbei. Der Mann warf schnell noch einen prüfenden Blick nach Draußen. Er konnte keine Gefahr erkennen und so entschloss er sich, schnellstmöglich die frohe Botschaft seinen Mitbewohnern in der TG40 zu überbringen. Wenige Minuten später drängten sich die Menschen am Ausgang. Wie ein Lauffeuer hatte sich das Ereignis herumgesprochen, keinen hielt es noch Drinnen. Die Menschen standen im Freien, sogen die noch feuchte aber frische Luft ein und umarmten sich. Alle redeten gleichzeitig durcheinander, niemand hörte zu aber alle waren glücklich in diesem Moment. Hoffnung. Paul und Robert hatten schon lange nicht mehr so fröhliche Menschen gesehen. Doktor Claudia Weber und ihr Mann Frank, standen nebeneinander, die Arme gegenseitig um die Hüften geschlungen und schauten ihren herumtollenden Kindern zu. Überhaupt die Kinder, nach wochenlangem eingesperrt sein in der Tiefgarage genossen sie ihre Bewegungsfreiheit an der frischen Luft. Verständnisvoll standen die Erwachsenen am Rand des TG-Einganges und ließen die Jüngsten gewähren. Viel Platz stand auch hier nicht zur Verfügung. Wenige Meter nach dem Eingang befand sich der meterhohe Schutzwall, teilweise mit Stacheldraht bestückt. Und doch genossen alle die neue Freiheit. „Seht doch", eine Frau zeigte in Richtung Osten. Für einen kurzen Augenblick, nicht länger als eine Minute, waren ein paar wenige Sonnenstrahlen zu erkennen. Wie von Geisterhand schossen die Arme der Bewohner in die Höhe, als wollten sie die Sonne greifen oder sich wenigstens an den Strahlen erwärmen. „Wie die Sonnenanbeter", flüsterte Robert Paul mit belegter Stimme zu, die Arme der Sonne entgegengestreckt. Der zauberhafte, fast magische Augenblick dauerte nur einen kurzen Moment. Aber dieser hatte genügt, die Herzen der Menschen wieder mit Hoffnung zu füllen. Wenig später saß die Führungsriege der TG40 beieinander. Paul hatte die Zusammenkunft kurzfristig angeordnet. Einige Dinge mussten schnellstens neu geregelt werden. Sie diskutierten heftig über die plötzliche Wetterbesserung, aber niemand konnte natürlich genau sagen, ob es sich dabei lediglich um ein kurzfristiges Phänomen oder einen tatsächlichen Umschwung handelte.

Spekulationen nützten ihnen wenig. Trotzdem mussten sie sich auf neue Dinge vorbereiten. „Ich sehe zwei Probleme auf uns zukommen", Paul schaute seine Mitstreiter an. „Klarer Weise wollen alle an die frische Luft. So verständlich das auch ist, wir haben nicht den Platz dafür. Bisher konzentrierten wir uns auf das Überleben innerhalb unserer TG, nun wird es Zeit, dass wir uns auch die Möglichkeiten im Freien erschließen. Allerdings können wir nicht alle Dinge gleichzeitig erledigen. Wir müssen Prioritäten setzen. Ganz vorn steht für mich morgen der Versuch, auch das zweite Fahrzeug zu bergen. Da müssen alle noch mal raus, die auch heute schon dabei waren. Das Aufräumen im Untergeschoss muss auch weitergehen und ganz wichtig ist die Stromversorgung. Die beiden Wachen können wir auch nicht einfach abziehen. Wir haben sozusagen einen personellen Engpass." Er sah mit fragendem Blick in die Runde. Zunächst hatte aber keiner der Anwesenden eine Idee. Dann meldete sich Sonja, die Küchenleiterin zu Wort. „Dann machen wir das eben." – Wer, wir. Wen meinst du?" Paul sah die resolute Frau etwas ratlos an. „Na wir Frauen sind ja auch noch da. Sobald wir mit der Küchenarbeit fertig sind, können wir uns draußen umsehen und vielleicht schon etwas aufräumen. Ich denke die eine oder andere Frau aus der TG wird sich uns anschließen. Vielleicht schaffen wir es, zumindest einen Platz freizumachen, auf dem unsere Kinder toben und spielen können. Das wäre ja schon mal ein Anfang." - „Ich helfe auch gerne mit. In meiner Krankenstation liegen keine schweren Fälle mehr. Aus psychologischer Sicht sehe ich es auch als wichtig an, dass vor allem die Kinder, aber natürlich auch die Erwachsenen wieder regelmäßig an das Tageslicht können." Doktor Weber nickte Sonja zu. „Okay, dann ist es ja gut. Ich werde mich ebenfalls anschließen", Paul blickte von einem zum anderen. „Gut, dann kommen wir zum zweiten Problem, das ziemlich mit unserer Außentätigkeit zu tun hat. Der Oberleutnant hat mich darauf angesprochen und ich gebe zu, seine Warnung können wir nicht so einfach ignorieren." Nach einer kurzen Pause fuhr er fort. „Wenn wir draußen sind machen wir Lärm, die Kinder vermutlich sehr viel Lärm. Das bedeutet Gefahr. Wir haben keine Ahnung, wie viele Menschen sich noch in der Nähe aufhalten. Alle haben sie mit Sicherheit Schreckliches hinter sich, sind am Verhungern und Verdursten und vermutlich zu allem fähig. Ihr habt die Berichte der Soldaten gehört. Wir dürfen das Problem auf keinen Fall unterschätzen." - „Aber wir können die Kinder doch nicht auf ewig hier unten einsperren. Die bekommen einen Koller und dann haben wir auch ein Problem." Sonja verschränkte ihre Arme vor der Brust. „Das sehe ich genauso", bekam sie wieder Unterstützung von Claudia Weber. „So habe ich das ja auch nicht gemeint", Paul ärgerte sich etwas über die seiner Meinung nach zu forschen Einwürfe der beiden Frauen. „Aber seht das doch mal so. Wir haben uns hier ziemlich gut versteckt, einen Schutzwall aufgebaut, damit wir von weitem nicht entdeckt werden können. Bisher haben uns auch der Regen und der Sturm geholfen. Dadurch sind sämtliche Geräusche aus unserer TG schnell unterdrückt worden. Schon in wenigen Metern Entfernung hat man selbst einen lauten Schrei nicht mehr hören können. Das wird sich jetzt vermutlich ändern. Vielleicht gibt es da draußen inzwischen Banden oder Gangs, wenn die auf uns aufmerksam werden, dann Gnade uns Gott." Betretenes Schweigen war Antwort genug. Sie brauchten Ideen. Schließlich einigte man sich darauf, die bereits angesprochenen Dinge schnellsten in Angriff zu nehmen. Auch der Aufräumtrupp an der Oberfläche sollte so sorgfältig und unauffällig wie möglich mit der Arbeit beginnen.

÷

Ihm brummte der Schädel. Sein erster Kater nach einer wilden Feier vor zwei, drei Jahren war Kindergeburtstag dagegen. Der Versuch, sich aufzusetzen, endete jäh mit einem stechenden Schmerz im Rücken. „Langsam Alex" murmelte er leise. „Mach's wie beim Flugzeugcheck, eines nach dem anderen", hatte sein Vater ihm einmal für den Fall eines Unglücks oder von Verletzungen am Berg erklärt. „Und immer die Ruhe bewahren, zuerst die Lage peilen." Zunächst versuchte er, die Finger zu bewegen, dann die Hände, danach die Arme. Gut so. Jetzt die Beine. Rechter Fuß auch gut. Linker Fuß, Schmerz!!! Die Beine schienen in Ordnung zu sein. Vorsichtig versuchte er eine leichte Drehung des Oberköpers in beide Richtungen. Das war unter leichten Schmerzen möglich, also nichts Schlimmes. Nun brachte er seinen Oberkörper ein wenig nach oben, indem er sich auf die Unterarme aufstützte. Geschafft, jetzt noch ein letzter Ruck und er saß aufrecht. So weit so gut. Der Boden unter ihm schaukelte. Also befand er sich noch auf dem Wasser, genauer gesagt auf seinem Floß. Auf den ersten Blick sah es ziemlich ramponiert aus, aber offensichtlich noch funktionstüchtig. Eine der drei Kisten hatte er verloren und auch den Spaten, den er zum Steuern benutzt hatte, konnte er nirgendwo entdecken. Was war eigentlich passiert? Er konnte sich noch an die dunkle große Masse erinnern, die von hinten auf das Floß und das Hindernis gekracht war. Dabei musste es sich um eine schwimmende Insel gehandelt haben, die von der Strömung getrieben an der gleichen Stelle hängengeblieben war, wie er mit seinem Floß. Irritiert schaute sich Alexander um. Das Hindernis, welches er gestern Abend noch vor sich gehabt hatte, befand sich nun hinter ihm! Vor sich konnte er freies Wasser erkennen und noch viel weiter entfernt die große, dunkle Wand aus Gehölz und Gestrüpp. Es konnte nur eine Erklärung dafür geben. Die dunkle Wand war seitlich auf das Hindernis vor ihm geprallt, hatte durch die Strömung angefangen sich zu drehen und so die ganze Insel um einhundertachtzig Grad gedreht um dann wieder von der Strömung weitergetrieben zu werden. Unglaublich, aber die dunkle Wand hatte ihm geholfen. Nun rechnete er sich gute Chancen aus, sich von der festsitzenden Insel unter Ausnutzung der Strömung zu lösen und seine Fahrt fortzusetzen. Aber zunächst musste er sich um seinen linken Fuß kümmern. Vorsichtig drehte er ihn von einer Seite zur anderen. Die Bewegung schmerzte zwar, aber er ging davon aus, dass der Fuß nicht gebrochen war. Vermutlich handelte es sich um eine Verstauchung. Damit konnte er hoffentlich umgehen. Jetzt leistete ihm sein Sanitätspäckchen, das er in irgendeinem Haushalt aufgetrieben hatte, gute Dienste. Er wickelte sich eine elastische Binde um das Fußgelenk, schnappte sich einen Stock, der in der Nähe lag und versuchte vorsichtig aufzustehen. Sich auf die provisorische Gehhilfe stützend, konnte er den verletzten Fuß so leidlich belasten. So weit, so gut. In seinem Kopf dröhnte es immer noch mächtig, aber er hatte das Gefühl, die Lage wieder im Griff zu haben. Als nächstes schaute er sich das Floß genauer an. Bis auf ein paar Kanister, die an einer Seite fehlten und für ein wenig Schräglage im Wasser sorgten, konnte er nur noch eine Beschädigung des Geländers erkennen. Das war alles zu reparieren, kein Problem. Der Verlust einer der drei Kisten ärgerte ihn da schon mehr. Auf einen Schlag hatte sich sein Vorrat an Verpflegung halbiert. Seufzend machte er sich daran, sein Wasserfahrzeug wieder flott zu bekommen. Mit der Verletzung war das nicht so ganz einfach, aber nach einer Weile saß er wieder zufrieden auf dem schwankenden Floß, gönnte sich ein paar Riegel und eine halbe Flasche Wasser. Entschlossen schnappte er sich dann sein neues Ruder, das er sich aus einem langen Ast mit einer Astgabel am Ende und einem kurzen Brett zusammengebastelt hatte und schob sich vorsichtig von der

Insel ab. Viel Kraft musste er nicht aufwenden, die Strömung unterstützte ihn und das Floß löste sich ganz sanft von der Insel, die ihn nun wieder hergeben musste.

÷

Einige Tage waren vergangen. In der TG und auch außenherum wurde intensiv gearbeitet. Es war tatsächlich gelungen, ein erstes Windrad in Betrieb zu nehmen und Strom zu erzeugen. Dieser reichte zunächst geradeso für eine spärliche Beleuchtung in beiden Etagen und zum Aufladen von mehreren Autobatterien. Das zweite Windrad war noch in Arbeit. Die Frauen hatten es außerdem geschafft, eine kleine Fläche im Freien zu räumen und so ein wenig Platz für die Kleinen zum Spielen herzustellen. Allerdings hatte der Regen nun wieder eingesetzt, nicht mehr so intensiv und mittlerweile mit einigen Unterbrechungen. In den kurzen Regenpausen tobten die Jüngsten der TG40 an der Oberfläche und konnten ihrem lang unterdrückten Bewegungsdrang nachgeben. Die Mannschaft um Robert hatte auch den zweiten Hägglund wieder flott machen können. Nach mehreren Tagen Quälerei und Schufterei waren sie dreckverschmiert, patschnass aber stolz lächelnd mit dem Spezialfahrzeug eingetroffen. Heute hörte man fröhliche Stimmen und Lachen in der TG. Der Vorstand hatte einen Feiertag beschlossen. Der erste FEIERTAG in der TG40! Überall wurde geputzt, aufgeräumt, Bänke, Stühle und Tische am Rande der Plazza neu geordnet.

Das Küchenteam um Sonja war mit einem Sonderauftrag beschäftigt und auch die Elektriker taten geheimnisvoll und bastelten an irgendetwas herum. Am Nachmittag war es dann soweit. Sämtliche Bewohner hatten sich herausgeputzt, soweit das nach Lage der Dinge möglich war. Aus der Küche strömten ungewohnte Düfte. „Verdammt, haben die etwa Kuchen gebacken?" Den Anwesenden lief das Wasser im Munde zusammen. Neugierig schauten sie auf die großen, provisorischen Vorhänge aus Bettlaken, Decken und Tüchern, die den Blick auf das Treiben dahinter verbargen. Dann erklang Musik, erst ganz leise dann lauter. Fasziniert lauschten die Menschen. Schon lange hatten sie so etwas Schönes nicht mehr gehört. Sämtliche Gespräche waren verebbt, viele hielten sich an den Händen. Als die Klänge wieder leiser wurden, trat der Vorstand der TG40 auf die Plazza. Alle Blicke richteten sich auf Paul, der noch einen weiteren Schritt nach vorn gemacht hatte. Dieser räusperte sich und begann zu sprechen. „Liebe Mitbewohner, wir haben heute allen Anlass, unseren Alltag zu unterbrechen und zu feiern. Ich finde es unglaublich, mit wie viel Ausdauer, Ideenreichtum und Geduld ihr alle, äh, ich meine wir alle, in den letzten Wochen geschuftet haben. Speziell in den letzten Tagen sind wir dafür auch belohnt worden. Wie ihr bemerkt habt, können wir seit gestern Strom selbst erzeugen und das ohne den Einsatz von Diesel oder Benzin. Damit verbessert sich unsere Lage wesentlich. Unser Expertenteam arbeitet daran, die Versorgung stabil zu halten und die

Kapazität durch den Einsatz weiterer Windräder zu vergrößern. Dank der Autobatterien, die wir ja reichlich zur Verfügung haben, können wir auch kurzzeitige Windunterbrechungen einigermaßen überbrücken. Wir werden bald in der Lage sein, zu den Wachposten außerhalb der TG eine Telefonverbindung herzustellen und ein Alarmsystem aufzubauen. Die Beleuchtung kann wesentlich verbessert werden. Keiner muss mehr im Dunkeln tappen." Leises Gelächter unterbrach ihn kurzzeitig. „Na, jedenfalls wird sich mit einer stabilen Stromversorgung unsere Situation deutlich verbessern. Dankt unserem Elektroteam", forderte er die Anwesenden auf. Umgehend brandete Beifall auf und die gelobten Männer um den Elektromeister senkten ihre Blicke verlegen zum Boden. „Das war natürlich noch nicht alles", fuhr Paul fort. „Unsere Kinder haben erstmals seit Wochen wieder die Möglichkeit, im Freien zu spielen. Im Moment geht das nur in den kurzen Regenpausen, aber wie ihr sicherlich auch bemerkt habt, werden die Regenunterbrechungen immer länger und kommen immer öfter vor. Und auch wir Erwachsenen sind froh, wenn wir zwischendurch mal an die die frische Luft können, ohne durchweicht zu werden. Vielen Dank an unsere Frauenpower, allen voran Sonja!" Wieder erhob sich Beifall in der TG. Er blickte die robuste Frau an, diese grinste spitzbübisch zurück und zeigte auf ihre Mitstreiterinnen. „Kommen wir zu unseren Maulwürfen", Paul lächelte und legte dem langen „Schlaks" einen Arm um die Schulter. Dabei musste er sich auf die Zehenspitzen stellen. Die übertriebene Art und Weise, wie er das tat, sorgte für Gelächter in der Menge. „Es ist unglaublich, was euer Team alles in der unteren Etage der TG „ausgegraben" hat. Viele, viele nützliche Dinge wurden geborgen und sortiert. Bald werden wir in der Lage sein, auch die Tiefen unserer Behausung zu nutzen. Wir haben da schon so einigen Ideen. Auf einen besonderen Wunsch von euch wurde die Beleuchtungssituation im Gewölbe wesentlich verbessert. Ab sofort könnt ihr auch die letzten verborgenen Schätze heben. Wir sind schon mächtig gespannt". Paul machte wieder eine kurze Pause, dann richtete er seinen Blick auf die Uniformierten. Die Soldaten hatten sich bescheiden in der hinteren Reihe der Anwesenden aufgestellt. „Liebe TG40ler, mit besonderer Freude darf ich auch auf unsere Freunde von der Bundeswehr verweisen. Ihr, liebe Soldaten, Männer, habt euch uns angeschlossen. Wir haben euch aufgenommen. Mit Hilfe eurer Unterstützung haben sich unserer Chancen deutlich verbessert, auch mittelfristig die Katastrophe zu überstehen. Schon bald wird sich ein Trupp aufmachen, die Depots der Bundeswehrkaserne in Füssen zu erkunden und wichtige Lebensmittel, Medikamente und andere Dinge mit Hilfe der „Häggis" für uns zu bergen", tosender Applaus unterbrach seine Rede. Die Menge johlte und trampelte vor Freude. Die Soldaten salutierten lässig aber stolz. - „Und nicht zu vergessen, hat sich mit eurer Anwesenheit unsere Situation in Punkto Sicherheit wesentlich verbessert. - Damit komme ich zum Ende meiner lang einstudierten Ansprache. Mir bleibt für heute nur noch eines übrig: Lasst diesen Tag freudig ausklingen, vergesst die Sorgen für heute Nachmittag und auch noch heute Abend. Die Küche hatte heute einen Sonderauftrag bekommen und dem Duft nach zu urteilen, wurde dieser auch erfüllt". In diesem Moment wurden die Vorhänge und Tücher beiseite gezogen und gaben den Blick auf ein Büfett frei. So etwas hatte man schon lange nicht mehr gesehen. Den Bewohnern gingen schier die Augen über. „Guten Appetit und eine tolle Feier, damit ist das Buffet eröffnet!"

Spät am Abend, die letzten Tanzwütigen hatten sich zurückgezogen, saßen Paul und Robert wie üblich zusammen und sinnierten über dieses und jenes. „Ob es richtig war, die Reserven für die Feier freizugegeben? Unsere Lebensmittel reichen höchsten noch für zwei Wochen", Paul stellte sich diese Frage heute schon zum x-ten Mal. Robert schaute seinen Freund an und wiederholte nun auch schon zum wiederholten Mal „Das war genau der richtige Moment, die Menschen brauchen ein wenig Freude und Hoffnung zwischendurch. Ob das große Hungern in zwei oder in drei Wochen beginnt, spielt eigentlich keine Rolle. Aber ich bin mir sicher, dass die Soldaten in den nächsten Tagen bei der Besorgungsfahrt zu den Armeedepots erfolgreich sein werden. Mach dir keine Sorgen." Paul nickte und seufzte „Dein Wort in Gottes Ohr".

÷

Alexander war nun bereits den dritten Tag auf dem Wasser unterwegs und mehrmals nur knapp einer Katastrophe entgangen. Oft hatte er es nur unter größter Anstrengung geschafft, sich von den sperrigen Hindernissen in oder auf den Fluten fernzuhalten. Trotzdem kam er beständig vorwärts. Ab und an machte er sein Floß an einem aus dem Wasser ragenden Mast oder Baum fest, um sich eine Ruhepause zu gönnen oder um sich auf die Nachtruhe vorzubereiten. Immer noch war es schier unmöglich, eine genaue Standortbestimmung durchzuführen. Nach seiner Schätzung konnte er aber nicht mehr allzu weit von der Staumauer am Ende des Forggensees entfernt sein. Ihm kam es so vor, als wäre die Strömung inzwischen schneller als zu Beginn seiner Reise. Manchmal meinte er auch, bereits das Tosen des Wassers zu hören, das über die Staumauer in die Tiefe stürzte. Bisher hatte er sich aber immer getäuscht. Er hatte keine Ahnung, was ihn weiter vorn erwartete. Ihm war bewusst, dass er höllisch aufpassen musste. Deshalb versuchte er nun schon seit einiger Zeit, an das linke Ufer des Sees zu gelangen. Dazu stemmte er sich immer wieder entschlossen gegen sein provisorisches Steuer, aber die Strömung drückte ihn jedes Mal wieder in Richtung Mitte zurück. Leicht verzweifelt, machte er am nächst möglichen Fixpunkt fest. Er brauchte dringend eine Idee und musste nachdenken. Mit purer Muskelkraft war das Problem nicht zu lösen. Grundsätzlich gab es immer einen Ausweg, er musste ihn nur finden.

Früher hatte er viele Abenteuerromane gelesen. Die Helden waren darin geübt, immer im entscheidenden Moment die richtige Lösung zu finden. Aber offensichtlich gehörte er wohl nicht zu dieser Kategorie. Das wirkliche Leben war anders, härter, schonungslos und ein Happyend stand in den Sternen. Aufgeben kam jedoch für ihn nicht in Frage. Seine Motivation hatte einen Namen, Annika! Nachdenklich schaute er in Richtung Südosten. Dort mussten sich die heimatlichen Berge, die Ammergauer Alpen befinden. Sehen konnte er sie nicht, dazu war es immer noch zu dunstig und die Wolken hingen tief, vermischten sich mit dem nebligen Dunst, der vom Wasser aufstieg. Immerhin gab es mittlerweile schon ein paar längere Regenpausen, vielleicht ein kleiner Hoffnungsschimmer. Im Moment fiel nur ein leichter Regen. Deutlich konnte man die dünnen Fäden erkennen, die leicht schräg vom Wind in Richtung Nordwesten getrieben wurden. Da dämmerte es ihm. Aber ja doch, das ist es! Er brauchte ein Segel. Mit Hilfe des Windes, der fast ausschließlich von den Bergen kam und genau in Richtung seines Zieles blies, konnte er es vielleicht schaffen, den Staudamm links liegen zu lassen. Geeignetes Material für ein Segel hatte er sogar dabei. Eine Abdeckplane, die er eingepackt hatte und ihm bisher notdürftig als Zeltdach bei seinen Nächtigungen diente, war genau das Richtige. Die Plane bestand aus stabilem Material und war mit Ösen an den Rändern versehen. Problematischer war da schon ein tauglicher Mast, an dem er das Segel befestigen konnte. So etwas hatte er nicht an Bord seines kleinen Floßes. Er sah sich um. Nicht weit weg zeichnete sich im Regendunst eine weitere kleine Insel aus Baumstämmen und Gestrüpp ab. Bisher hatte er solche Hindernisse mühevoll umschifft, nun aber musste er versuchen, genau dorthin zu kommen. Er hoffte, dort das passende Material zu finden. Seufzend löste er sein Gefährt und lies sich in Richtung des Gestrüpps treiben, den Blick geradeaus gerichtet und mit seinem ganzen Gewicht gegen das Steuer gestemmt. Nach erstaunlich kurzer Zeit langte er an seinem Ziel an. Trotz der kurzen Fahrt, fühlte er sich ziemlich erschöpft. Für heute hatte er seine Kraftreserven aufgebraucht. Trotzdem wollte er sich heute noch auf der wackligen Insel umsehen.

÷

Das schlechte Gewissen plagte sie heute Morgen. Gestern noch hatte sie wie befreit auf der ersten Party in der TG40 getanzt bis ihr fast schwindelig wurde. Die bewundernden Blicke von Jens waren Balsam auf ihrer Seele gewesen. Immer wieder hatte sie den Augenkontakt zu ihrem Retter gesucht und gefunden. Der Soldat hatte zwar die Krankenstation verlassen können, aber strengstes Tanzverbot von Dr. Weber bekommen. So schaute er Annika nur zu und lächelte sie immer wieder an. Die TG40-Bewohner hatten ausgiebig gefeiert und für einige Stunden ihr Schicksal verdrängen können. Auch ihre Eltern waren glücklich, die Tochter endlich wieder einmal entspannt und leicht übermütig sehen zu können. Das erinnerte sie ein wenig an frühere Zeiten. Jetzt allerdings dachte Annika an Alex. Wie konnte sie ihn nur vergessen? Den ganzen Abend hatte sie nicht einmal an ihn gedacht, im Gegenteil, sie hatte dem Soldaten schöne Augen gemacht und mit ihm geflirtet. Zugegeben, Jens war ein toller Typ, verdammt gut gebaut und durchtrainiert und er verströmte eine Herzlichkeit und einen Charme, dem man kaum wiederstehen konnte. Dennoch, sie hatte ihren Alex, die Liebe ihres Lebens. Mit geschlossenen Augen dachte sie an die schönen Momente, wenn ihr Freund sie in seine Arme nahm und zärtlich Worte ins Ohr flüsterte, wenn sich ihre Hände fanden und die Fingerspitzen sich berührten. Endlos lange Küsse und pochende Herzen. Das konnte es doch nicht schon gewesen sein, nein, das durfte nicht zu Ende sein. Noch einmal würde sie sich nicht so ohne Sinn und Verstand davonmachen. Sie hatte Hoffnung geschöpft und tief in ihrem Innern glaubte sie wieder daran, dass Alex noch lebte. Sie konnte es förmlich spüren. „Ich brauche eine Idee", hatte er immer gesagt, wenn er ein Problem lösen musste. Jetzt wollte sie es genauso handhaben. „Ich brauche einen Plan", flüsterte sie. Nach einigem Nachdenken kam ihr tatsächlich eine Idee. Jens, ihr Retter, spielte darin eine nicht unwesentliche Rolle.

÷

Wieder hatte er eine unruhige Nacht auf seinem Floß verbracht. Alexander war am Abend zuvor tatsächlich noch erfolgreich gewesen. In der Insel aus Gestrüpp hatte sich nicht allzu weit von seinem schwankenden Gefährt ein ungefähr zwei Meter langes Metallrohr verfangen. Der Durchmesser betrug etwa zehn Zentimeter, vielleicht auch ein wenig mehr. Er hatte das Rohr noch zum Floß geschleppt und nun machte er sich daran, daraus einen Schiffsmast zu basteln. Alex war nie gesegelt und vom Schiffsbau verstand er rein gar nichts. Ihm war nur klar, dass der Mast verdammt stabil, möglichst mittig auf dem Floß befestigt werden musste. Dazu entfernte er zunächst eine Abdeckung auf der hinteren Holzpalette, um dann später für das Rohr einen Einlass zu haben. Danach baute er mit Hilfe verschiedener Bretter und Hölzer, die er zuvor aus dem Wasser gefischt oder auf der Insel gefunden hatte ein Gestell, um den Mast senkrecht stabilisieren zu können. Er konnte von Glück sagen, dass er seine Werkzeugkiste nicht verloren hatte. Diese Sammlung war ihm nun sehr nützlich, insbesondere Säge, Beil und Zange. Am oberen Ende des Mastes entdeckte er ein Loch. Er zog ein Stück Seil hindurch und befestigte eine dünnere Querstange daran, an der bereits die Abdeckplane hing. Dabei achtete er darauf, dass er diese am Mast nach oben und unten ziehen konnte. Er glaubte sich zu erinnern, dass die Querstange in der Seemannssprache „Rahe" genannt wurde. Sicher war er sich jedoch nicht, es spielte auch keine Rolle. Handwerklich war er ziemlich unerfahren, zwar nicht ungeschickt, aber dennoch rutschten ihm die

Werkzeuge ein ums andere Mal aus der Hand. Oft schlug er sich mit der stumpfen Seite des Beils auf den Handrücken oder Daumen. Die Nässe und Feuchtigkeit, aber auch die nachlassenden Kräfte bei der für ihn ungewohnten Tätigkeit spielten dabei sicher auch eine Rolle. Trotzdem bastelte er verbissen weiter, die Stunden vergingen. Als der Tag sich zum Ende neigte und die Dämmerung fast unmerklich einsetzte schmiss er das Werkzeug in die Kiste und setzte sich auf die kleine Bank am Ende des Floßes. Fertig, der Mast war aufgerichtet, Segel und Rahe bereit. Stolz, zufrieden und erschöpft blickte er auf sein Meisterwerk. Morgen würde er sehen, ob die Konstruktion ihren Zweck erfüllte. Müde hüllte er sich in die zweite Plane. Mit einem letzten Gedanken an sein Mädchen fiel er in einen tiefen und traumlosen Schlaf.

÷

Die beiden Fahrzeuge kämpften sich im Schritttempo vorwärts. Hochkonzentriert steuerten die beiden Fahrer die Häggies, bemüht, den Hindernissen über und unter Wasser auszuweichen. Ihr Kommandeur, der Oberleutnant schaute aus der Dachluke des ersten Fahrzeuges und gab ab und an Kommandos. Daraufhin änderten die Häggies ihre Richtung oder blieben kurz stehen. Auf jeden Fall wollten sie es vermeiden, wieder irgendwo aufzusitzen, wie es ihnen auf der letzten Fahrt passiert war. In beiden Hägglunds befanden sich jeweils zwei Soldaten und mehrere Männer aus der TG40. Sie hatten einiges an Ausrüstung dabei und waren darauf vorbereitet, mehrere Tage außerhalb zu verbringen. Die Bergung der wertvollen Vorräte in den Armeedepots hatte begonnen. Alle wussten, vom Erfolg ihrer Mission hing das Leben der TG40-Bewohner ab. Für die wenigen Kilometer benötigten sie fast drei Stunden. Endlich gab der Oberleutnant das Zeichen zum Halten. Sie hatten ihr Ziel erreicht. Die Fahrzeuge waren schnaufend aus dem zuletzt noch Knie tiefen Wasser auf eine sanfte Erhöhung geklettert und standen nun hintereinander vor einem Eisentor. In den Gitterstäben des Zaunes links und rechts hatten sich Müll und Äste verfangen. Der Stacheldraht war noch intakt, hing aber mal auf der hinteren und mal auf der vorderen Seite des Zaunes ein wenig nach unten. Aber er schien seinen Zweck noch zu erfüllen. Der Oberleutnant und seine Männer kannten sich hier aus. Mit gezielten Schritten eilten sie auf das Tor zu, öffneten es und begaben sich schnurstracks zu einem kleinen Erdhügel, der sich kaum von der Landschaft abhob. Unvermittelt standen sie vor einer Tür, die den Zutritt in das Innere des Hügels versperrte. Der Oberleutnant prüfte das Schloss und nickte zufrieden. „Alles in Ordnung, noch keine Plünderer am Werk". Danach gab er Anweisungen an seine Soldaten. Die beiden Fahrer holten ihre Hägglunds nach, die Fahrzeuge wurden ausgeladen. Zwei Soldaten wurden als Wache zurückgelassen, die restlichen Männer folgten dem Oberleutnant ins Innere des Hügels, das sich als ein hervorragend eingerichtetes Vorratsdepot herausstellte. Sogar die Notbeleuchtung funktionierte noch. Die Zivilisten staunten nicht schlecht, als sie durch den großzügigen Tunnel in die Tiefe schritten. Der Gang war sauber und trocken und so breit, dass kleine Transportfahrzeuge mühelos durchkommen konnten. Der leicht abschüssige Gang führte zweifelsohne noch weiter unter die Erde. Der Oberleutnant bestätigte die Vermutung als er vor einer weiteren Stahltür stehenblieb. „Wir befinden uns jetzt acht Meter unter der Erdoberfläche. Wir sind ungefähr zwei Meter nach unten gegangen und gleichzeitig hat sich die Erdschicht über uns durch den Hügel um etwa 6 Meter erhöht. Außerdem sind die Betonwände um und über uns einen Meter dick. Das hält zwar nicht einem direkten Bombentreffer stand, aber ansonsten ist man hier ziemlich gut geschützt. Wir befinden uns hier auf dem Gelände des ehemaligen Schießplatzes mit den Außendepots des Stützpunktes. Die Hauptdepots befinden sich innerhalb, aber da ist jetzt alles überschwemmt und kein rankommen möglich. - So, dann schauen wir mal, was uns die Schatzkammer zu bieten hat." Mit einem leichten Quietschen öffnete er die schwere Stahltür und schaltete das Licht an. Einer nach dem anderen betraten die Männer den Raum und blieben staunend stehen. Akkurat gestapelte Kisten und Paletten füllten die meterhohen Regale. Zwei Gabelstapler standen am Eingang für den Abtransport bereit. Robert, der sich den Männern angeschlossen hatte, schritt langsam durch die Regalreihen und studierte ehrfurchtsvoll die Listen, die an den Regalen angebracht waren und über den Inhalt Auskunft gaben. Mit feuchten Augen ging er dann auf den Offizier zu, drückte ihm die Hand und umarmte ihn schließlich. „Verdammt, Oberleutnant, du hast nicht zu viel versprochen. Es ist einfach der Wahnsinn. Jetzt glaube ich fest daran, dass wir eine Chance haben, diese Apokalypse zu überstehen. Lasst uns anpacken, Männer!" In den darauffolgenden Wochen brachten sie Stück für Stück, Kiste für Kiste vom Depot zur TG40. Es hatte sich schon so etwas wie Routine eingestellt. Der Transport mit den Häggies dauerte inzwischen nicht mehr so lange, da die Fahrer die Wegstrecke mittlerweile mit verbundenen Augen absolvieren konnten. Besonders gefährliche Wegpassagen hatte man markiert. Das Hauptproblem war inzwischen die Unterbringung der vielen Vorräte in der TG. Der lange „Schlaks" stöhnte bei jeder neuen Anlieferung und fand dann doch immer noch eine Lücke zum Verstauen der Kisten und Paletten. Akribisch notierte er alle Eingänge in seinen Listen und erstattete an jedem Abend dem Vorstand Bericht. Einige Güter, wie zum Beispiel Fässer mit Diesel und Benzin hatte man natürlich nicht ins Innere der TG gebracht. Das war einfach zu gefährlich. An der Oberfläche, ganz am Ende des ehemaligen Wohngebietes im Keller einer Hausruine war ein provisorisches Depot eingerichtet worden. Man war nun im Besitz von genügend Stromaggregaten, die bei Bedarf eingeschaltet werden konnten. In der oberen Etage der TG musste ein ehemaliger Keller geräumt werden, um Platz für eine Waffenkammer zu schaffen. Der Oberleutnant hatte darauf bestanden, ein umfangreiches Arsenal zur Verfügung zu haben. Er wollte für den Fall der Fälle so gut wie nur möglich gerüstet sein. Theoretisch war man in der Lage, jeden erwachsenen Bewohner der TG40 mit einer Waffe auszustatten. Paul und die anderen Mitglieder des Vorstandes hatten sich zunächst gesträubt und wollten von einer derartigen Waffensammlung nichts wissen, aber dann doch den Argumenten des Oberleutnants nachgegeben. Auch die Versorgung mit Medikamenten und medizinischen Geräten hatte sich deutlich verbessert. Doktor Claudia Weber und die Krankenschwester packten unentwegt Kisten aus und verstauten die wertvolle Fracht in ihrer Krankenstation und als der Platz dort nicht mehr ausreichte, auch in ihren privaten Unterkünften. Claudia fühlte sich unglaublich erleichtert, hatte sie doch nun Gott sei Dank die Möglichkeit zur Vollnarkose und auch zur Schmerzlinderung. Antibiotika und Fiebermittel standen zur Verfügung. Das würde ihre Arbeit ungemein erleichtern. Die TG40 verfügte nun auch über eine Wasseraufbereitungsanlage und eine mobile Küche, mit der es zukünftig viel einfacher sein würde, die Menschen zu versorgen. Lange haltbare Nahrungsmittel waren in Hülle und Fülle gebunkert worden. Schlagartig hatte sich ihre Lage deutlich verbessert.

Bis dann ein Ereignis eintrat, das einige befürchtet, die meisten jedoch als unwahrscheinlich abgetan oder zumindest verdrängt hatten.   ÷

Der Wind blies ordentlich und zum Glück einigermaßen gleichmäßig in die richtige Richtung, also Nordwest. Seit ungefähr einer viertel Stunde war Alexander mit dem Floß unterwegs. Er hatte alle Hände voll zu tun. Mit seinem Körper stemmte er sich gegen das Steuer, das er sich unter die rechte Achsel geklemmt hatte, mit den beiden klammen Händen versuchte er verzweifelt gleichzeitig die Seile zu fixieren, die das Segel im Wind hielten. Lange konnte er das nicht mehr durchhalten. Vor dem Bug schäumte immer wieder eine Welle auf, die sich auf das Floß ergoss. Im Vergleich zu den Vortagen bewegte er sich nun mit atemberaubender Geschwindigkeit vorwärts. Ein wahres Harakiri Unterfangen. Sein Wasserfahrzeug Marke Eigenbau knirschte und ächzte. Bald würde wohl alles auseinanderbrechen. Aber er hatte keine Wahl. Er wusste nun, dass es bis zum Staudamm nicht mehr weit war, das Rauschen der in die Tiefe stürzenden Wassermassen konnte man jetzt überdeutlich hören, es gab keinen Zweifel. Immer weiter schoss sein Floß schräg gegen die Strömung vorwärts. Endlich tauchte vor ihm das Ufer auf. Seine Fahrt abzubremsen, traute er sich nicht. Das barg die Gefahr, von der Strömung erfasst und in Richtung Staudamm gezogen zu werden. „Alles oder nichts", schrie er in den Wind, bevor er mit Volldampf gegen etwas Hartes am Ufer krachte. Holz splitterte, es knackte entsetzlich, der Mast kippte in seine Richtung, dann wurde es um ihn herum finster. „Nicht schon wieder", war sein letzter Gedanke. Ohnmächtig blieb er am Ufer liegen, sein Gesicht in den Himmel gerichtet, der zum ersten Mal seit

Monaten eine kleine blaue Lücke zwischen den Wolken zeigte.

Der Oberleutant war in Gedanken bei seiner kleinen Familie, während der Fahrer routiniert den Hägglund in Richtung Depot steuerte. Ein glückliches Lächeln lag auf dem Gesicht des Offiziers, als er sich den Moment zurückholte, in dem sein kleines Töchterchen zum ersten Mal ihre Augen geöffnet und ihn angestrahlt hatte. „Wie geht es denn dem Nachwuchs, alles okay?", sprach der Fahrer ihn an. „Alles prima. Ich bin so froh, dass meine Familie in Sicherheit ist. Ohne euch Jungs hätte ich das niemals geschafft. Das vergesse ich euch nie", antwortete der Oberleutnant. „Wir sind nun mal eine eingeschworene Truppe, haben schon so oft zusammen im Dreck gesteckt, da ist das doch wohl selbstverständlich. Du weißt, dass du dich auf uns verlassen kannst. Umgekehrt ist das genauso". Der Fahrer musste sich kurz auf eine besonders schwierige Stelle konzentrieren, dann fuhr er fort: „Ich habe selber zwar noch keine Kinder, frage mich gerade, ob ich überhaupt welche haben möchte, in diesen Zeiten, aber wenn ich deine Glückseligkeit so sehe, Oberleutnant, dann überlege ich es mir vielleicht doch noch mal. Ich muss nur die richtige Frau noch finden". Seit ihrem letzten Einsatz in Mali, bei der die Aufklärungsgruppe in einen Hinterhalt geraten war und nur mit viel Glück die Situation fast unverletzt überstanden hatte, waren die Männer unabhängig von ihrem Dienstgrad beim Du. Nur im reglementierten Alltag, sozusagen im offiziellen Dienst, siezten sie sich. Der Oberleutnant schlug dem Fahrer auf die rechte Schulter und meinte „Du wirst das schon hinbekommen". In diesem Moment machte der Hägglund eine Vollbremsung. „Verdammt, was soll das denn?", der Oberleutnant rieb sich seine Stirn, mit der er wegen unvermittelten Rucks an der Frontscheibe gelandet war. „Pst, hör doch", der Fahrer schaltete den Motor aus. Jetzt hörte es auch der Oberleutnant. Schüsse! Verdammt, die kamen aus der Richtung des Armeedepots, wo zur Zeit der andere Häggie beladen wurde. „Unsere Leute werden angegriffen! Gib Gas, los, los!" Wasser und Schlamm wurde weggeschleudert, als sich die beiden Ketten des Spezialfahrzeuges mit voller Kraft in Bewegung setzten. Der Motor heulte auf und nach wenigen Sekunden bewegten sie sich mit Höchstgeschwindigkeit vorwärts. Der Oberleutnant schnappte sich das Maschinengewehr, öffnete die Dachluke und befestigte die Waffe trotz der holprigen Fahrt mit geübtem Griff. Konzentriert schaute er nach vorn, konnte aber noch nicht erkennen, was da los war. Ihre Fahrt dauerte nur wenige Minuten, die den beiden Soldaten aber wie eine Ewigkeit vorkamen. Kurz bevor sie das Depot erreichten, verlangsamten sie ihr Tempo. Es brachte nichts, sich blind in die Gefahr zu stürzen, auch wenn das Verlangen groß war, ihren Kameraden zu helfen. Auf Befehl des Oberleutnants lenkte der Fahrer den Häggie etwas abseits, eine Anhöhe hoch. Der Grashügel ragte nur zwei, drei Meter aus dem Wasser, sollte jedoch genügen, sich einen Überblick über die Situation zu verschaffen. Sie waren noch ungefähr achthundert Meter vom Depot entfernt. Mit einem Blick durch das Fernglas versuchte sich der Oberleutnant zu orientieren. Er konnte erkennen, dass sich ihre Kameraden am Tunneleingang des Depots verschanzt hatten und sich verzweifelt gegen mehrere Angreifer zur Wehr setzten. Vor dem Tunnel lagen menschliche Körper verstreut, vermutlich Tote und Verletzte. Er zählte mindestens zwanzig Angreifer, die teilweise mit automatischen Waffen schossen. Einige von ihnen versuchten gerade, sich dem Tunnel seitlich zu nähern. Wenn ihnen dieses gelang, sah es schlecht für die Verteidiger aus. Sie mussten sich beeilen und den Überraschungseffekt nutzen. Der Oberleutnant wusste nun, was zu tun war. Hastig entkoppelten sie den Anhänger des Häggies und fuhren langsam mit tuckerndem Motor noch etwa vierhundert Meter näher an das Geschehen heran. Wieder hielten sie auf einem kleinen Grashügel. Entschlossen richtete der Oberleutnant das Maschinengewehr zunächst auf die seitlich angreifenden Gegner und schoss. Drei, vier kurze Feuerstöße reichten aus, um die brenzlige Situation zu klären. Danach widmete er sich mit Dauerfeuer den restlichen Angreifern. Diese waren völlig überrascht und stoben auseinander. Das Gelände gab ihnen jedoch wenig Deckung. Einer nach dem anderen stürzte getroffen zu Boden und rührte sich nicht mehr. „Los", befahl der Oberleutnant dem Fahrer. Der Hägglund raste nun mit Höchstgeschwindigkeit auf das Schlachtfeld zu, nun wieder kurze aber gezielte Feuerstöße abgebend. Die

Verteidiger am Tunneleingang schwärmten aus und schossen ebenfalls auf ihre Gegner. In die Zange genommen, hatten diese nicht die Spur einer Chance. Nach kurzer Zeit verebbte der Gefechtslärm. Die plötzliche Ruhe war unheimlich. Oberleutnant und Robert eilten aufeinander zu. „Verdammt, war das knapp, lange hätten wir uns nicht mehr halten können", kam es schnaufend aus Robert heraus. „Warte, einen Moment noch, wir reden gleich", der Offizier rief seine vier Soldaten zu sich. „Jungs, gut zu sehen, dass ihr okay seid. Ihr wisst, was zu tun ist." Mit einem Nicken nahmen diese seinen Befahl an und verteilten sich auf dem Gelände. Einer von ihnen begann, die Gefallenen zu untersuchen, die anderen sicherten den Bereich. Eine unliebsame Überraschung an diesem Tag reichte. „Und nun erzähle, was passiert ist". Dann begann Robert mit seinem traurigen Bericht. „Zwei meiner Männer sind wegen dieser Scheißkerle tot, ich kann es nicht fassen".

÷

Wenig später fuhr das erste Fahrzeug nur teilweise beladen mit Vorräten aber dafür mit den verletzten Männern an Bord eilig in Richtung TG40. Man musste vor allem die Bewohner warnen und sich vorbereiten. Es konnte gut sein, dass dieser Angriff nur ein Vorgeschmack dessen war, was sie noch erwartete. Sie hatten keine Ahnung, ob die Angreifer Teil einer größeren Banditengruppe waren. Der Oberleutnant, zwei Soldaten,

Robert und zwei weitere Männer blieben noch vor Ort und sahen dem davon brausenden Hägglund nach. Sie hatten noch zwei Aufgaben zu erfüllen, dann mussten sie schnellsten ihren Kameraden folgen. Zunächst nahm der Offizier seine beiden Soldaten bei Seite und gab ihnen einen kurzen Einsatzbefehl. Die Beiden sollten mit äußerster Vorsicht die nähere Umgebung erkunden und feststellen, ob sich noch weitere Banditen herumtrieben. Er gab ihnen dafür zwei Stunden Zeit. „Auf keinen Fall länger und jeden Feindkontakt meiden", lautete seine Anweisung. Beide salutierten und machten damit deutlich, dass aus der zuletzt eher zivilen Mission nun wieder eine militärische geworden war. Kein Problem für die erfahrenen Profis. Einer von Roberts Männern übernahm an einer leicht erhöhten Position in der Nähe des Depoteinganges die Aufgabe eines Wachpostens, nachdem er vom Oberleutnant einige Instruktionen und das Fernglas bekommen hatte. Zu dritt machten sie sich dann daran, den Depoteingang zu verschließen, zu tarnen und die Kampfspuren unmittelbar davor zu beseitigen. Dann sammelten sie die verstreut umherliegenden Leichen ein und warfen sie alle zusammen in eine Senke. Für ein Grab hatten sie keine Zeit. Notdürftig wurden die Körper mit Ästen und Zweigen und ein paar Steinbrocken bedeckt. Die Waffen der toten Angreifer waren bereits im Häggie verladen. Vergeblich hatten Robert und der Oberleutnant versucht, irgendwelche Indizien bei den Toten zu finden, aus denen man auf deren Herkunft schließen konnte. So blieb nur die

Hoffnung, dass die ausgesendeten Kundschafter vielleicht das Rätsel lösen konnten. „Ich habe noch was für euch, kommt mit", der Oberleutnant sah seine beiden Begleiter an und bedeutete mit einer Handbewegung, ihm zu folgen. Mit schnellen Schritten folgten sie dem Offizier auf einem kaum noch erkennbaren Weg hinter einen weiteren unscheinbaren Hügel. Der Weg, der früher mal eine schmale Straße aus Beton gewesen sein musste, nun aber vollständig mit Schlamm und Geröll bedeckt war, endete abrupt vor einem weiteren Bunker. Den Eingang konnte man erst erkennen, wenn man unmittelbar davorstand. „Noch ein Depot?", fragte Robert. „Ja, aber nicht nur das. Da drinnen befinden sich Notunterkünfte für ca. 200 Personen und genügend Proviant und weitere lebensnotwendige Dinge. Es ist zwar ganz schön eng und nicht für einen längeren Aufenthalt gedacht, aber einige Tage kommt man unter. Ich war selbst noch nicht da drinnen, weiß aber aus Einsatzbesprechungen davon. Das könnte ein Rückzugsort für die TG40 sein, falls wir fliehen müssen, deshalb wollte ich es euch unbedingt zeigen." Robert nickte dem Oberleutnant zu. „Ja, du hast Recht. Gut zu wissen, dass wir einen Notfallplan haben. Ich hoffe, wir brauchen diese Unterkunft niemals. Behalten wir das für uns. Ich werde lediglich noch Paul einweihen." Damit war alles gesagt. Die drei Männer eilten zurück zum Wachposten. Dort warteten sie gemeinsam auf die Rückkehr der Kundschafter. Kurz vor der festgelegten Zeit von zwei Stunden trafen diese wieder ein. Plötzlich und unvermittelt tauchten die beiden Soldaten auf. Keiner hatte sie kommen hören oder gar gesehen. Robert staunte über die Fähigkeiten dieser Gebirgsjäger und zog anerkennend seine Augenbrauen hoch. Deren Bericht fiel kurz und knapp aus. In südwestlicher Richtung hatten sie ein großes Lager entdeckt. Dort befanden sich mehrere Dutzend Personen, vorwiegend Männer. Alles sah nach einer großen Banditengruppe aus. Sie mussten davon ausgehen, dass diese bald ihre Kameraden vermissen und auf die Suche gehen würden. Der Oberleutnant, Robert und die Männer rannten zu ihrem Hägglund, stiegen ein und brausten mit schnellstmöglichem Tempo in Richtung TG40 davon. Sie mussten sich vorbereiten.

÷

Der Kopf dröhnte, irgendetwas Schweres lag auf ihm. Es war dunkel oder zu mindestens konnte er nichts sehen. Die Augen ließen sich nicht öffnen. Alexander stöhnte auf, als er versuchte, sich zu bewegen. Schmerzen überall, sein Körper hatte in den letzten Tagen verdammt viel durchmachen müssen. Er verfluchte sich und seine Situation. „Ich habe keinen Bock mehr!", schrie es aus ihm heraus. Aber auch sein Mund blieb stumm, keinen Laut konnte er von sich geben, wie zugeklebt. Das Atmen viel ihm schwer. Langsam wurde ihm bewusst, dass sein Kopf fast vollständig im Schlamm steckte. Und dieser Dreck war es wohl auch, der ihm die Augen verschloss. Mit einem entschlossenen Ruck drehte er seinen Kopf zur Seite, spuckte in einem Reflex den Schlamm aus. Seine Lungen gierten nach Luft und er atmete tief ein, worauf eine hässliche Hustenattacke folgte. Nach einer Weile hatte er seine Atmung wieder einigermaßen unter Kontrolle. Sehen konnte er aber immer noch nichts. Mühsam bewegte er seinen linken Arm und versuchte, mit der Hand den Dreck von seinen Augen zu wischen. So richtig gelang es ihm nicht, da die schlammige Hand selbst erst mal gesäubert werden musste. Der andere Arm und sein gesamter Oberkörper klemmten irgendwo fest. So sehr er sich auch bemühte, er konnte sich nicht befreien. „Das war's dann wohl, diesmal bin ich am Arsch". Sein Adrenalinspiegel sank merklich und der ausweglosen Situation bewusst, verließen ihn die letzten Kräfte. Alexanders Körper erschlaffte und er verfiel in einen dämmrigen Zustand, die Außengeräusche nur noch wage wahrnehmend.

÷

Hektisch ging es in der TG40 zu. Aufgeregt rannten die Bewohner umher und versuchten sich, auf die neue Situation vorzubereiten. Der Vorstand hatte nach dem Eintreffen des zweiten Hägglunds mit dem Oberleutnant und Robert umgehend zusammengesessen, sich beraten und Anweisungen erteilt. Bei genauerem Hinsehen, hatte das scheinbare Durcheinander System. An die Männer waren Waffen ausgegeben worden, ebenso an einige freiwillige Frauen. Zwei Gebirgsjäger befanden sich von nun an auf Spähmission und sollten großräumig um ihren Standort die Lage checken. Es gab auch einen zusätzlichen, vorgelagerten Wachposten. Man wollte Überraschungen auf jeden Fall vermeiden. Im direkten Außengelände, in leicht erhöhter Position waren mehrere Männer unter Anleitung vom Gefreiten Jens Schmidt damit beschäftigt, gut getarnte Stellungen für die Maschinengewehre zu errichten. Der Oberleutnant hatte einen provisorischen Einsatzplan ausgearbeitet. Jeder Mann und jede Frau mit einer Waffe wusste, wo ihr Platz im Falle eines Angriffs war. Widerwillig hatten der „Schlaks" und seine Helfer einen Teil der mühevoll gestapelten Kisten und Kästen aus dem unteren Teil der Tiefgarage wieder an die Oberfläche geräumt. Mann benötigte Platz für die Kinder, Alten und Kranken. Diese sollten sich im Ernstfall in den geschützteren Bereich zurückziehen können. Auch ein notdürftiges Lazarett stand zur Verfügung, eingerichtet von Dr. Weber und der Krankenschwester. Von der aufgelösten Stimmung der Feier vor ein paar Tagen war nichts mehr übriggeblieben. Anspannung lag in der Luft. Selbst die Jüngsten spürten das und verhielten sich instinktiv viel ruhiger als üblich.

Es vergingen mehrere Tage und nichts geschah. Oder doch? Fast nicht spürbar, unmerklich hatten sich die Wolken zurückgezogen, der Regen immer weiter nachgelassen und eines Morgens strahlte die Sonne von ei-

nem azurblauen Himmel, als hätte sie nie etwas anderes getan. Es hätte ein Tag der Freude sein können, aber im Angesicht der möglichen Bedrohung waren die Menschen einfach nicht in der Lage, dieses denkwürdige Ereignis zu genießen und sich zu freuen.
Aufgeregt kam einer der Techniker zu Paul und Robert gerannt. „Leute, ihr werdet es nicht glauben, das GPS funktioniert wieder!" Diese sahen sich an und hatten beide unwillkürlich den gleichen Gedanken. „Das Radio, der Funk, was ist damit?" – „Das checke ich sofort. Dass ich da nicht selber draufgekommen bin!" Schnurstracks lief der Techniker in seine kleine Werkstatt zurück.

÷

Der Mann mittleren Alters, der als vorgelagerter Wachposten seinen Dienst versah, spähte angestrengt in Richtung Osten. Mühsam kniff er die Augen zusammen und blinzelte verzweifelt. Er konnte in der Ferne nur wenig erkennen. Mit beiden Händen formte er ein provisorisches Sonnendach an seiner Stirn. Immer wieder musste er seinen Blick abwenden, da ihm die Augen schmerzten und bereits Tränen seine Wangen hinabliefen. Leise fluchte er vor sich hin. Ein Königreich für eine Sonnenbrille! Wie hatte er aber auch ahnen können, dass ausgerechnet an diesem Morgen, nach monatelangem Regen, die Sonne den lang ersehnten Durchbruch schaffen würde. „Die Natur spielte anscheinend mit den Menschen und war offensichtlich durchgedreht. Kein

Wunder, bei dem, was der Mensch alles der Natur angetan hatte", dachte er bei sich, bevor er nach einer kurzen Pause seinen Blick wieder nach Osten richtete. Über den riesigen Wasserflächen, nur unterbrochen durch kleine Inseln, die früher einmal Hügel gewesen sein mochten, stiegen Dunstschleier auf und gaben der Landschaft ein mystisches Aussehen. Am Horizont konnte er nun wieder die imposante Bergkulisse der Ammergauer Alpen erblicken, die in der Vergangenheit der Region einen ungeheuren Touristenboom beschert hatte. Selbst das weltberühmte Schloss Neuschwanstein war mit bloßem Auge deutlich zu erkennen. Plötzlich spürte er, wie sich ein Körper von hinten an ihn drückte und eine Hand seinen Mund verschloss.

÷

Ein unterdrücktes Kichern, Kinderstimmen ... Was zum Teufel hatte das nun wieder zu bedeuten? Ein neuer Albtraum? Befand er sich überhaupt noch im Diesseits oder bereits im Jenseits? Er spürte Sonnenstrahlen in seinem Gesicht. Also doch eher das Jenseits. Sonne gab es nicht mehr, zumindest nicht mehr seit der Katastrophe. Und dennoch, irgendwie fühlte er sich mehr lebendig als tot. Auf der anderen Seite, wie sollte er auch wissen, wie sich Tot sein anfühlte. „Die Augen, öffne deine Augen, du Idiot", dachte er und blinzelte in die Richtung der Kinderstimmen. „Hallo", mehr geflüstert als gespro-

chen kam nur dieses eine Wort über seine Lippen. Krei-
schend stürzten die Kinder erschrocken davon. Kurz darauf hörte er eilige Schritte näherkommen. Es musste
sich um mehrere Personen handeln. Er spürte, wie sich
eine weiche, warme Hand auf seine Stirn legte. Eine
weibliche Stimme, die wohl zur Hand gehören musste,
stellte fest: „Das Fieber ist endlich weg, er kommt langsam zu sich." Dann sprach ihn dieselbe Stimme direkt
an: „Wer bist, wie heißt du, wo kommst du her?" Er versuchte zu antworten, brachte aber nur ein fürchterli-
ches Krächzen über seine Lippen. Daraufhin spürte er,
wie sein Kopf angehoben und ein Glas Wasser vorsichtig
an seinen Mund gesetzt wurde. Zunächst trank er vorsichtig, dann immer gieriger bis er sich verschluckte und
hustete. Nach einer kurzen Pause wurde ihm das Wasser erneut gereicht. Nun trank er bereits entspannter
und ruhiger. „Alexander, ich heiße Alexander und ich
bin auf der Suche nach meiner Freundin." Später, man
hatte ihm inzwischen eine heiße Suppe eingeflößt und
umquartiert, fand er sich umringt von neugierigen Personen in einer Bauernstube wieder. Für ihn hatte man
eigens eine Liege aufgebaut, das Rückenteil aufrecht
gestellt und Kissen untergestopft, so dass er in einer
fast sitzenden Position die Menschen um sich herum
anblicken konnte. Zunächst hatte Alex von den Erlebnissen der letzten Wochen erzählt. Bei der Schilderung des
Unfalls seines Vaters und dessen Tod war es still im
Raum geworden. Mitfühlende Hände hatten sich auf
seine Schulter und seinen Arm gelegt. Alexander spürte
die aufrichtige Anteilnahme der Anwesenden. „Es tut

uns furchtbar leid, was du alles hast erleben müssen. Wir alle haben viel durchgemacht und schreckliche Verluste erlitten", der Chef des Hauses, ein Mann in den Sechzigern zeigte auf die Personen in der Runde. „Das ist meine Familie, besser gesagt, was davon übriggeblieben ist. Ich bin Otto, neben mir meine Frau Maria, meine Tochter Katharina kennst du schon. Sie hat dich in den letzten Tagen gepflegt. Meine Enkel Tobi und Jenny haben dich gefunden, als sie am Ufer spielten. Ihnen hast du dein Leben zu verdanken. Und dort hinten sitzt noch Isabella, meine jüngere Tochter, sie sollte ungefähr in deinem Alter sein. Vielleicht kennt ihr euch sogar." Nach einer kurzen Atempause fuhr er fort: "Uns gehört dieser Bauernhof am nördlichen Ende des Forggensees seit Generationen. Der Hof selbst liegt ein wenig abgelegen vom nächsten Dorf auf einer Anhöhe. Der Staudamm ist nicht weit entfernt. Die Wiesen ringsum haben wir früher bewirtschaftet. Nun sind wir hier eingeschlossen vom Wasser wie auf einer Insel und leben von unseren Vorräten. Die Strömung ist sehr stark, ein Wegkommen nahezu unmöglich. Thomas, mein Schwiegersohn, hat das vor einigen Wochen versucht und musste das mit seinem Leben bezahlen. Seit dem versuchen wir uns hier selbst zu versorgen und warten ab, wie sich die Lage weiterentwickelt." Alexander sah bei diesen Schilderungen unwillkürlich zu Katharina, die bei der Erwähnung ihres gestorbenen Lebenspartners die Tränen unterdrücken musste. „Danke euch allen, dass ihr mich gerettet und aufgenommen habt", Alexander blickte in die Runde. Ein Gefühl von Sicherheit, Angekommen sein und Vertrautheit durchströmte ihn.

÷

„Keine Angst, ganz ruhig bleiben. Wir sind es vom Kundschafterteam. Das Losungswort lautet: TG40". Der Mann auf dem Außenposten der TG40 entspannte sich und wollte schon ärgerlich losbrüllen, was das soll, als sich der Griff um ihn wieder verstärkte. Der Soldat hatte die Reaktion des Zivilisten geahnt und flüstere ihm ins Ohr: „Pst, halt bloß die Klappe, keine Vierhundert Meter von hier sind die Banditen unterwegs. Vermutlich die Vorhut, nur drei Leute. Alles klar?" Der Mann nickte und sah sich um, als der Soldat langsam seine Umklammerung löste. „Ich habe euch gar nicht kommen hören, verdammt, wie macht ihr das?", flüsterte er zurück. „Alles eine Sache der Übung, das spielt jetzt aber keine Rolle. Die da draußen sind auch nicht gerade Amateure, sonst hättest du sie vermutlich bemerkt." Lass uns ganz schnell zurückgehen, die Sache wird jetzt anscheinend ernst." In geduckter Haltung eilten sie zunächst zu dritt in Richtung TG40, bemüht, keine Spuren zu hinterlassen. Das an dieser Stelle noch knietiefe Wasser half ihnen dabei. Einer der Soldaten blieb nach ein paar Metern zurück, um den Gegner weiter zu beobachten. Er verständigte sich mit seinem Partner per Handzeichen und versteckte sich in einer einsam aus dem Wasser ragenden Hausruine. Eine Viertelstunde später erreichten die beiden Männer ihr Zuhause. Sofort wurde der Alarmplan umgesetzt. Frauen, Kinder, Alte und Verletzte begaben sich in das untere Geschoß der Tiefgarage. Die Waffenträger rannten zielgerichtet zu ihren zugewiesenen Positionen. Die Gebirgsjäger unter ihnen taten dies mit betonter Ruhe und Gelassenheit aber die Zivilisten konnten ihre Nervosität nicht wirklich verbergen. Mit pochenden Herzen lagen sie wenig später in ihren Stellungen und versuchten mit zittrigen Händen die Gewehrläufe ruhig zu halten. Der Oberleutnant huschte von einem zum anderen, mahnte zur Ruhe und sprach Mut zu. Er wusste gut, wie sich die Menschen fühlten, die vermutlich zum ersten Mal in ihrem Leben eine Waffe benutzen mussten, konnte er sich doch noch sehr genau an seinen ersten Waffengang in Afghanistan erinnern. Eine besonders gute Figur hatte er damals nicht gerade abgegeben, seine Kameraden und sein Vorgesetzter hatten ihm das aber niemals nachgetragen. Von Einsatz zu Einsatz war er routinierter unterwegs gewesen, aber eine gewisse Grundnervosität blieb immer, auch heute noch. Als Vorgesetzter durfte er sich das niemals anmerken lassen. Manchmal hatte er mit seiner Frau darüber gesprochen. Sie sagte dann immer: „Falls du jemals mit Spaß und ohne Gewissensbisse in einen Kampfeinsatz gehst, bist du nicht mehr du selbst, dann bist du eine Tötungsmaschine. So einen Mann will ich nicht haben."

÷

Die Zeit dehnte sich scheinbar endlos für die Verteidiger der TG40. Wie aus dem Nichts tauchte der letzte Späher auf und erstattete dem Oberleutnant Bericht. Dieser entschied sich daraufhin zu einer aktiven Operation. Drei seiner Leute bekamen die Aufgabe, die feindlichen Späher unschädlich zu machen und „verschwinden zu lassen". Der Oberleutnant und der Vorstand der TG40 wussten, dass mindestens dreißig Angreifer dem Spähtrupp folgten. Vielleicht gelang es ihnen, den Haupttrupp von ihrem Ziel abzulenken, wenn die Späher nicht mehr auftauchten. Der Offizier wollte versuchen, die Zivilisten aus dem Kampf herauszuhalten. Das hatte er für sich entschieden, ohne den Vorstand einzuweihen. Nach dem Ausschalten des feindlichen Spähtrupps, wollte er zunächst die Reaktion der Banditen abwarten. Falls diese weiter vorrückten, würden er und seine Jungs diesen Typen durch gezielte Ablenkungsmanöver die Hölle heiß machen. Momentan hatten die Banditen noch keine Ahnung davon, wo sich die Einwohner der TG40 versteckten. Das sollte auch so bleiben. Das Versteck der TG40 preiszugeben war die schlechteste Option der Menschen hier. Eine Stunde verging, ein scheinbar endloses Warten der Verteidiger. Endlich tauchten zwei der Gebirgsjäger wieder auf. Einer war am Arm verletzt. Der Oberleutnant schickte ihn umgehend zu Dr. Weber ins untere Geschoß der Tiefgarage.

Der andere Soldat berichtete vom erfolgreichen Ausgang ihrer Mission. Nun hieß es zunächst wieder Warten. Ein ums andere Mal machte der Offizier seine Runde und besuchte die Verteidiger, sprach ihnen Mut zu, klopfte ihnen auf die Schulter und versuchte, sie ein wenig abzulenken. Die nervösen Menschen waren ihm dankbar dafür und drückten seine Hände.

Mittlerweile neigte der Tag sich dem Ende zu. Nichts geschah. Die Nerven der Menschen waren gespannt wie Drahtseile. Dann meldete sich das Sprechfunkgerät des Oberleutnants. „TG1 an TG, bitte melden!". Schnell drückte der Offizier die Sprechtaste „TG hört". Kurz und präzise berichtete der Späher, dass der Haupttrupp der Gegner in etwa zwei Kilometer Entfernung ein Lager aufgeschlagen hatte. „Ok. weiter beobachten, Ende!" Dann besprach er sich kurz mit dem Vorstand der TG. Die Anweisung „absolute Ruhe und kein Licht" wurde ausgegeben. Nur wenige Posten blieben über Nacht besetzt, die Verteidiger sollten sich ausruhen und ausschlafen. Letzteres würde vermutlich keinem tatsächlich gelingen. Keiner wusste, was der nächste Tag bringen würde.

÷

Ein lautes Schreien weckte die Bewohner der TG40 am frühen Morgen aus ihrem unruhigen Schlaf. Eines der kleinen Kinder hatte wohl geträumt und weinte. Es dauerte viel zu lange, bis die erschrockenen Eltern das

Kleine beruhigen konnten. Zu dieser Zeit der morgendlichen Stille war der Lärm vermutlich sehr weit zu hören. Die Banditen wussten nun sicherlich, dass ihr Angriffsziel nicht mehr weit entfernt sein konnte. Umgehend beorderte der Oberleutnant wieder alle auf ihre Posten. Der Späher in der Nähe der Gegner meldete sich leise per Sprechfunk. „Die Banditen sammeln sich, scheinen aber zunächst einen weiteren Voraustrupp loszuschicken. Einen Moment – ja, genau, zwei Mann machen sich soeben auf den Weg in unsere Richtung!" Der Oberleutnant überlegte kurz und entschied dann: „TG an TG1 – Die beiden verfolgen und möglichst geräuschlos ausschalten! – Ende". Er wartete noch kurz die Bestätigung des Spähers ab, dann nahm er zwei seiner Männer beiseite und besprach mit ihnen die weitere Vorgehensweise. Die Beiden erhielten die Aufgabe, ein Ablenkungsmanöver zu organisieren und so den Gegner von ihnen wegzulocken. Dazu mussten sie zunächst einen weiten Bogen schlagen, um in den Rücken der Banditen zu gelangen. Das war keine leichte Aufgabe bei den extrem schlechten Wegverhältnissen. Umgehend machten sich die Soldaten auf den Weg. Robert, Paul und zwei ältere Männer aus der TG40 saßen währenddessen auf ihren Klappstühlen in der Nähe der Küche, die heute Morgen geschlossen blieb. Im Hintergrund hörte man leise Geräusche. Die Frauen bereiteten leise Proviantpakete vor, die man später an alle ausgeben wollte. Die vier Männer hatte der Oberleutnant als seine „Einsatzreserve" festgelegt. „Ich brauche dafür Männer, die Ruhe bewahren können, wenn es brenzlig werden sollte. Dafür seid ihr genau die Richtigen". Robert und Paul hatten sich der Anweisung des Oberleutnants gefügt, obwohl sie viel lieber draußen bei ihren Leuten in der ersten Reihe gewesen wären. „Der Junge weiß, was er zu tun hat. Oh Gott, bin ich froh, dass wir den Oberleutnant und seine Leute bei uns haben." Paul schnaufte durch die Nase und versuchte so, seine Aufregung in Grenzen zu halten. Sein Freund Robert nickte nur zustimmend und die beiden anderen Männer dachten wohl genauso, denn auch sie reagierten ähnlich. Die Stille in der Tiefgarage war bedrückend. Es war, als würden alle gleichzeitig den Atem anhalten. Einmal ließ eine der Frauen in der Küche ein Messer oder einen Löffel fallen. Das Geräusch war nicht sehr laut, aber alle hatten das Gefühl, es würde eine Alarmglocke geläutet. Unwillkürlich zuckte jeder zusammen und man hörte das leise, unglückliche Murmeln einer Frauenstimme: „Mist, verdammter". Daraufhin grinste der Mann neben Paul verlegen und flüsterte entschuldigend „Das war wohl meine Anne, die Arme ist sicher völlig übernervös." – „Sind wir doch alle", Robert zuckte mit den Schultern und gab damit zu verstehen, dass man in dieser Situation niemanden verteufeln sollte. So etwas konnte man nicht vorher üben und schließlich gab jeder hier sein Bestes. Das Warten war zermürbend, die Zeit schien sich endlos zu dehnen. Die Frauen in der Küche hatten inzwischen die Proviantpakete verteilt und waren dazu fast geräuschlos unterwegs gewesen. Das Essen und ein paar Schlucke aus der Wasserflasche hatten zumindest ein wenig Abwechslung in die Warterei gebracht. Dann knackte es leise im Sprechfunkgerät. Der Oberleutnant stellte schleunigst die Verbindung her. „TG2 an TG, sind in Position und bereit". „Operation los", kam der knappe Befehl. Kurze Zeit darauf waren Salven aus automatischen Gewehren und Explosionen zu hören. Das Ablenkungsmanöver hatte begonnen. „Hoffentlich kommen deine Leute da heil raus, Oberleutnant", Paul sprach aus, was alle unwillkürlich dachten. „Das hoffe ich auch", dem Offizier war die Anspannung nun ebenfalls deutlich anzumerken. Er drehte sich weg, hantierte mit einer Geländekarte und war in Gedanken bei seinen Männern, die es mit einer vielfachen Übermacht aufgenommen hatten. Wie so oft in solchen Situationen, verdammte er sein Los als Befehlshaber im Hintergrund. Nach einer Weile verstummte die Schießerei. Einige Minuten vergingen, dann setzte sich das Gefecht fort um danach wiederum abzuebben. Mehrmals ging das so hin und her. Der Gefechtslärm entfernte sich dabei immer weiter von der TG40, ein gutes Zeichen. Demnach konnte man davon ausgehen, dass die Operation gelang. Fast zwei Stunden später meldete sich das Funkgerät. „TG2 an TG, Operation beendet. Befinden uns etwa sechs Kilometer entfernt. Ungefähr ein dutzend Gegner vernichtet. Uns hat es ziemlich erwischt. Versuchen, uns zu euch durchzuschlagen. Ende". Der Oberleutnant bestätigte den Empfang der Nachricht und bemerkte zu den vier Männern, die nun nicht mehr saßen, sondern von ihren Stühlen aufgesprungen waren: „Offensichtlich waren die Jungs erfolgreich" und fügte noch leise an: „Hoffentlich war der Preis nicht zu hoch".

÷

„Sag Isa zu mir, Isabella nennen mich nur meine Eltern." Das blonde, zierliche Mädchen saß neben Alexander auf einem Baumstamm, den das Wasser am Ufer angespült hatte. Beide blickten auf die Strömung, die scheinbar gemächlich dahinfloss. Nur an den vorbeidriftenden Gegenständen, meistens Sträucher, Baumstämme oder ein Gemisch aus Beidem, konnte man erahnen, welche Kraft das Wasser hatte. Seit zwei Tagen war Alex wieder soweit fit und in der Lage, kleine Spaziergänge zu unternehmen. Seit zwei Tagen schien auch wieder die Sonne vom strahlend blauen Himmel. Er fühlte sich fast wie neu geboren. Die Anwesenheit des Mädchens, das sich rührend um sein Wohlergehen und seine Genesung kümmerte, ließen ihn die vergangene, schmerzhafte Zeit fast vergessen. Entspannt schaute Alex einem Spatzenpärchen zu, wie es mit aufgeregtem Gezwitscher umherflog, sich kurzzeitig auf einem Zweig niederließ oder in einem Tümpel Wasser aufnahm. Der Sonnenuntergang stand kurz bevor und tauchte die Umgebung in ein angenehmes, weiches und warmes Licht. Isabella war etwas näher gerückt, ihr linker Arm berührte ihn immer ein wenig, wenn sie sich bewegte. Er konnte ihre Wärme spüren und er genoss das Zusammensein. Für diesen Moment schien die Welt in Ordnung, vergessen die Strapazen der letzten Wochen. Wie zufällig berührten sie sich an den Händen, zuckten beide erschrocken und verlegen zurück. Dann suchte sie seine Hand wieder und schaute ihm ihn die Augen. Er ließ die Berührung geschehen und erwiderte ihren Blick mit einem Lächeln. Der leichte Wind, nur eine kleine Brise, wehte in ihr langes, blondes Haar und kitzelte ihn. Als er ihr die Strähnen sanft zur Seite schob, näherten sich ihre Gesichter unwillkürlich. Der darauffolgende Kuss war innig und scheinbar endlos. Die Zeit stand still, alles Ungemach lag weit hinter ihnen. Keiner von beiden wagte es, ein Wort zu flüstern. Für diesen Moment hatte das Pärchen nur den Wunsch, dass er ewig dauern möge. „Isabella, Alexander! Essen ist fertig!", der Ruf von Isabellas Mutter holte beide unvermittelt in die Realität zurück. Widerwillig erhoben sie sich und gingen zögerlich in Richtung des Bauernhauses zurück. Erst kurz vor der letzten Biegung des Pfades lösten sie ihre Hände voneinander. Als sie die Stube betraten, saß der Rest der Familie bereits am Tisch. Schnell nahmen beide ihre gewohnten Plätze ein. „So, da seid ihr ja. Gibt es was Neues da Draußen?", Otto sah zunächst zu Isabella und musterte dann Alex. Dieser fühlte sich irgendwie ertappt, hielt dem Blick aber Stand. „Nö, alles wie immer. Das Wasser fließt immer noch recht schnell, da ist noch kein Wegkommen möglich." Er war froh, als sich die kleine Jenny zu Wort meldete. „Ich will endlich zu meiner Freundin!" – „Und ich zu Max, der wartet bestimmt schon lange auf mich", Tobi wischte sich mit seinem Ärmel über den Mund. Den missbilligenden Blick seiner

Mutter ignorierte er trotzig. „Ach Kinder, schön wäre es ja. Habt noch ein wenig Geduld. Bald ist unser Inseldasein vorbei, dann sehen wir alle gemeinsam nach, wie es unseren Freunden geht und werden sie besuchen, versprochen", Katharina streichelte Tobi über den wilden Haarschopf und drückte ihre Tochter an sich. Später, die Kinder waren bereits zu Bett gegangen, drehten sich die Gespräche um die Zukunft. Während die älteren Leute die Meinung vertraten, in dieser Abgeschiedenheit am sichersten aufgehoben zu sein, wollten Katharina und Isabella so schnell als möglich in Erfahrung bringen, wie es „da Draußen" aussah und ihre Bekannten und Freunde wiedersehen. Unwillkürlich befand sich Alexander im Mittelpunkt. Zu diesem Thema konnte er am meisten beisteuern. Er hatte zwar in den vergangenen Tagen bereits das eine oder andere geschildert, kam nun aber nicht umhin, ausführlicher von „da Draußen" zu berichten. Und es war nichts Gutes, was er zu erzählen hatte. Fast eine Stunde lang berichtete er von seinen Erlebnissen, die Erinnerungen brachen immer mehr aus ihm heraus. Er redete sich sein Leid von der Seele und bemerkte gar nicht, wie leise es im Raum geworden war. Als er endete war es mucksmäuschenstill. Maria war blass, Otto hatte seinen Arm um ihre Schultern gelegt. Katharina sah starr geradeaus und ihrer Schwester, Isabella, rannen die Tränen über das Gesicht. „Tut mir leid, ich wollte euch nicht so erschrecken", Alex wurde erst jetzt klar, wie entsetzlich seine Schilderungen auf die Anwesenden wirken mussten. „Ist schon gut, mein Junge, hätte nicht gedacht, dass es so schlimm geworden ist. Dann wissen wir nun wenigstens, was vermutlich noch auf uns zukommt. Bereiten wir uns darauf vor. Alexander, du bist herzlich eingeladen, bei uns zu bleiben. Hilfst du uns bei den Vorbereitungen?" Otto reichte dem jungen Mann seine Hand und dieser schlug ein. „Natürlich, gerne, ich schulde euch viel und ihr seid wie eine Familie zu mir". Noch eine Weile saßen sie schweigend am großen Tisch. Nachdem kein richtiges Gespräch mehr zustande kommen sollte, begaben sich alle in ihre Zimmer und legten sich in die Betten. Schlafen konnten sie noch lange nicht.

Viel später, gerade als Alex am Einschlummern war, hörte er ein leichtes Quietschen an der Tür. Ein Schatten huschte auf Zehenspitzen in sein Zimmer und legte sich neben ihn. Ein Finger legte sich auf seinen Mund, „Pst, kein Wort", flüsterte Isa in sein Ohr und drückte ihren warmen, nackten Körper gegen den seinen. Ein wohliger Schauer durchströmte Alexander, der sie mit einem Arm umfasste und zu streicheln begann. Sie reagierte mit Küssen und Liebkosungen. Für beide junge Menschen brach die bis dahin schönste und aufregendste Nacht ihres Lebens an, allen Widrigkeiten da Draußen zum Trotz. Und sie genossen es leidenschaftlich.

÷

Eine Nacht war vergangen, die Lage war ruhig geblieben. Die Menschen in der TG40 wurden mit jeder Stunde wieder zuversichtlicher. Vereinzeltes Lachen und flapsige Bemerkungen zeugten davon, dass sich die Nervosität langsam legte. Nur der Oberleutnant fand keine Ruhe. Er sorgte sich um seine beiden Männer, die vermutlich schwer verwundet um ihr Leben kämpften. Robert und Paul verstanden den Offizier. „Mach, dass du loskommst und suche deine Leute. Ich kann dich gut verstehen", Paul schlug dem Oberleutnant auf die Schulter. „Wir kommen hier schon klar, auch bei uns wird niemand im Stich gelassen". Der Angesprochene warf den Beiden einen dankbaren Blick zu und murmelte entschuldigend „Es ist verdammt schwer, untätig zu sein, während sich meine Jungs draußen verletzt durchschlagen müssen. Ich fühle mich für die Sicherheit der Menschen in der TG genauso verantwortlich wie ihr. Wenn ich gehe, dann habt ihr noch weniger Schutz". Die Erlebnisse der letzten Tage hatten bei allen Beteiligten ein Zusammengehörigkeitsgefühl wachsen lassen. Keiner war allein, man war füreinander da, ein verdammt gutes Gefühl. Robert räusperte sich und schlug dem Oberleutnant auf die andere Schulter, „Passt schon. Ich komme mit, und helfe dir. Eine Hand wäscht die andere." Der Oberleutnant drückte beiden die Hand und krächzte mit belegter Stimme „Danke, Aufbruch in 30 Minuten", drehte sich um und verließ eilig den Raum.

÷

Wenig später verließen die zwei Männer mit leichtem Gepäck die TG40. Paul sah ihnen versonnen hinterher. Kurz vorher hatte der Vorstand in einer Schnellsitzung beschlossen, den Ausnahmezustand noch um einen Tag zu verlängern und abzuwarten, ob die Lage ruhig blieb. Die Menschen, die sich in die untere Ebene der Tiefgarage zurückgezogen hatten, durften zwar wieder nach oben, mussten sich aber noch ruhig und leise verhalten und durften auch kein Feuer machen, das weithin sichtbar war. Sämtliche Außenposten, insbesondere die vorgeschobenen Wachen blieben auf ihren Plätzen und behielten die Umgebung genau im Auge. Der Oberleutnant ging voran. Robert hatte Mühe ihm zu folgen, konnte aber Schritt halten. Die erste halbe Stunde stapften sie schweigend durch knietiefes Wasser und kamen relativ zügig voran. Dann gelangten sie in tieferes Wasser, sie wurden merklich langsamer im Tempo und auch vorsichtiger. Ein falscher Schritt konnte ihre Mission schnell zum Erliegen bringen. Mit einem langen Stock tastete der Offizier den Untergrund vor sich ab, bevor er den Fuß setzte. Mehrmals war er bereits gestrauchelt, als er plötzlich keinen Halt mehr fand, konnte sich aber immer gerade noch aufrecht halten. Robert bot ihm nach einer Weile an, ihn abzulösen, war aber dann doch froh, als der Oberleutnant meinte „Nein danke, bleib du hinter mir und pass auf mich auf. Das hier ist Knochenarbeit. Es ist gut zu wissen, dass ich mich auf dich verlassen kann." Mittlerweile waren sie bereits über eine Stunde unterwegs. Sie benötigten dringend eine Pause. Auf einer einsamen Hausruine, die aus dem dunkelbraunen Wasser ragte, legten sie sich erschöpft hin. Vom Haus war nicht mehr allzu viel übriggeblieben. Das Erdgeschoss stand halb unter Wasser und die erste Etage lag im Freien, das Dach war offensichtlich vom Sturm weggerissen worden. Einrichtungsgegenstände gab es keine mehr, nur noch nackte, von Wind und Regen gebeutelte Wände. Sie lehnten sich mit dem Rücken an eine Wand, an der man die Kinderzimmertapete noch erahnen konnte. An einigen Stellen waren die Motive von Teddybären zu erkennen. Für einen kurzen Moment dachte der junge Oberleutnant an seine Frau und sein neugeborenes Töchterchen. Beide wusste er in bestmöglicher Sicherheit. Dann konzentrierte er sich auf seine Aufgabe und nahm das Funkgerät zur Hand. „TG an TG2, bitte kommen. TG an TG2 bitte kommen." Nach mehreren Versuchen, meldete sich die Gegenstelle. Die Stimme klang leise, verzerrt und nervös. „Hier TG2. Bin allein und schwer verletzt. Kann mich nicht mehr bewegen. Kumpel wurde von Banditen geschnappt." Dann gab er noch seine Position durch und brach die Verbindung ab. Der Oberleutnant war blass geworden. „Bist du soweit?", war mehr eine Aufforderung als eine Frage an Robert. Dieser nickte nur und erhob sich zum Zeichen seiner Bereitschaft. Wortlos packten sie ihre Sachen und machten sich wieder auf den beschwerlichen Weg. Roberts Vordermann legte nun ein höllisches Tempo vor, jede Vorsicht außer Acht lassend. Den langen Stock trug nun Robert für den Fall, dass der Oberleutnant plötzlich in ein Loch treten sollte und unter Wasser verschwand. Ihm Stand der

Schweiß auf der Stirn, er hatte keinen trockenen Faden mehr am Leib. Keuchend, mit zusammengebissenen Zähnen versuchte er seine Erschöpfung auszublenden und stapfte stoisch hinter seinem Vordermann her. Die Orientierung hatte er schon lange verloren, er konzentrierte sich nur noch auf den Abstand zum Oberleutnant. Dieser hatte die GPS-Koordinaten ihres Ziels gespeichert und prüfte alle paar Minuten, ob ihre Richtung noch stimmte. Dazu blieb er jedes Mal für ein paar Sekunden stehen, Sekunden für die Robert verdammt dankbar war. Unmerklich hatte der Himmel sich verdunkelt und ein frischer Wind begann immer heftiger zu wehen. Der Oberleutnant schaute nach oben und meinte kurz „Das ist gut", dann ging der Höllenritt weiter. Robert hatte kein Gefühl mehr für die Zeit, er war fertig, fix und fertig. „Ich schaffe keinen Meter mehr", sagte sein innerer Schweinehund im Sekundentakt zu ihm. Dennoch hielt er mit schier übermenschlicher Kraft das Tempo. Plötzlich blieb der Oberleutnant stehen und hob seine Hand. Das Zeichen kannte Robert. „Stehenbleiben und ruhig sein", bedeutete das. Nichts lieber ... Dann ging der Offizier langsamer weiter und suchte auf einer kleinen Anhöhe, die wie eine Insel aus dem Wasser ragte, Deckung. Sie zwängten sich zwischen mehrere dichte, dornige Büsche und ließen sich erschöpft fallen. Nachdem sich ihr Atem beruhigt hatte und Robert seinen Kreislauf wieder einigermaßen unter Kontrolle meinte, sprach der Oberleutnant. „Pass auf, wir sind jetzt noch ungefähr zwanzig Minuten von meinem Mann entfernt. Wir wissen nicht, ob sich die Banditen noch in unmittelbarer Nähe befinden, müssen aber davon ausgehen. Wir ruhen uns jetzt noch ein paar Minuten aus. Es nutzt niemandem, wenn wir fix und fertig dort ankommen und in einen Kampf verwickelt werden. Dann haben wir keine Chance. Ich versuche jetzt zum letzten Mal, Kontakt mit TG2 aufzunehmen, danach tasten wir uns wieder langsam vor, das Tempo etwa so wie heute zu Anfang. Immer schön die Augen und Ohren offen halten. Unseren Mann finden wir Dank der GPS-Daten auf jeden Fall. Ich möchte aber vermeiden, dass wir seine Position durch unser Kommen dem Feind verraten. Außerdem will ich den zweiten Mann noch nicht abschreiben. Falls wir eine Chance haben, holen wir ihn da raus. Zumindest will ich es versuchen." Der anschließende Händedruck der beiden Männer zeugte von Entschlossenheit. Mehrmals versuchte der Offizier, Funkkontakt zu seinem Kameraden herzustellen, musste aber nach mehreren Fehlversuchen abbrechen. Genau in dem Moment, als sie aufbrachen, öffnete der Himmel alle seine Schleusen. Mit voller Wucht donnerte der Regen herunter. „Alles zurück auf Anfang" ging es Robert durch den Kopf. „Genau im richtigen Moment", freute sich der Gebirgsjäger. Beide zogen unvermittelt den Kragen ihren Jacken höher, obwohl das den Regen nicht im Geringsten aufhalten konnte. Entschlossen stapften sie ihrem Ziel näher, in der Hoffnung, nicht zu spät zu kommen. Die Dunkelheit und der Regen waren ab jetzt ihre Freunde.

÷

Alexander war am nächsten Morgen allein erwacht. Isa hatte sich rechtzeitig wieder aus dem Zimmer geschlichen. „Habe ich die letzte Nacht nur geträumt?", war sein erster Gedanke. Aber der süße Geruch des Mädchens haftete noch an der Bettdecke. Also war es keine Phantasie. Er fühlte sich wohlig und entspannt. Voller Tatendrang sprang er auf, schlüpfte in eine kurze Hose, schnappte sich das Handtuch und ging über den kurzen Gang zum Badezimmer. Die Tür war nicht verschlossen, also war das Bad frei. Bald darauf stand er unter der Dusche und ließ das kalte Wasser über seinen Körper rinnen. Nun waren auch seine letzten Lebensgeister geweckt. Froh gelaunt und pfeifend begab er sich zurück in sein Zimmer, zog sich an und sprang die Treppe hinab. Die Familie saß bereits am langen Tisch beisammen, er kam gerade rechtzeitig zum Frühstück. „Guten Morgen allerseits", grüßte er in die Runde. Sein erster Blick galt Isabella, sie wich ihm jedoch aus und schüttelte nur unmerklich mit dem Kopf. „Entschuldigt bitte, ich bin immer der letzte am Tisch, das gehört sich nicht. Ab morgen helfe ich euch beim Frühstück, versprochen", Alex senkte seinen Blick. Die anderen meinten, er wäre beschämt wegen des Zuspätkommens, aber er wollte nicht in diesem Moment Isa, die ihm gegenüber saß, in die Augen schauen. Obwohl er genau das jetzt verdammt gerne getan hätte! Der Frühstückstisch war nicht übermäßig gedeckt, aber im Vergleich zu den meisten Menschen, hatte man dank des bäuerlichen Anwesens und der Lebensart auf dem Lande dennoch genügend zu essen. Das musste aber nicht zwangsläufig so bleiben. Alex sprach das Thema an, nach dem alle ihre Mahlzeit beendet hatten. „Du hast Recht, Junge. Genau das möchte ich heute mit euch allen besprechen. Wir müssen uns vorbereiten. Jenny und Tobi, ihr zwei bekommt einen wichtigen Auftrag. Ihr geht auf Beobachtungsposten und schaut, ob ihr irgendetwas ungewöhnliches da draußen entdeckt. Beobachtet vor allem das andere Ufer. Falls ihr andere Menschen seht, bleibt still, kommt schnell zurück und macht Meldung. Verstanden? Das ist ein offizieller Kundschafterauftrag!" Hoch motiviert sprangen die beiden Kinder auf, „Oh ja Opa, machen wir, du kannst dich auf uns verlassen!". Schnell rannten sie zur Tür hinaus und verschwanden hinter dem Stall. „Mal sehen wie lange der Enthusiasmus anhält", lächelte Otto und meinte weiter: „Dann wollen wir mal beratschlagen, wie wir uns auf die nächsten Monate vorbereiten. Der Herbst steht vor der Tür, dann der Winter. Einkaufen ist nicht. Wir müssen unsere Vorräte neu sortieren und auch daran denken, wie es im Frühjahr weitergehen soll. Können wir die paar Kühe, die wir noch haben, über den Winter bringen? Reicht das Futter? Gleiches gilt für die Schafe. Die Hühner werden wir so lange wie möglich halten. Bald müssen wir heizen, reicht das Holz? Wasser haben wir aus dem eigenen Brunnen, da sehe ich kein Problem. Wie schützen wir uns vor Plünderern, wie gehen wir mit Menschen um, die vielleicht zukünftig an unsere Tür klopfen und etwas zu essen haben wollen?" Er musste kurz Luft holen und wurde vehement von Katharina unterbrochen. „Das ist doch wohl keine wirkliche Frage, oder? Selbstverständlich werden wir jedem helfen, der darum bittet", entrüstet blickte sie auf ihren Vater. Wie kam der nur auf die Idee, diesen Grundsatz in Frage zu stellen. Ausgerechnet ihr Vater. Otto holte abermals tief Luft und schaute allen Anwesenden der Reihe nach in die Augen. „Seht ihr, das ist vielleicht der wichtigste Punkt von allen. Wir können uns noch so gut vorbereiten. Wenn der erste Hilfsbedürftige zu uns findet und ihm geholfen wird, ist damit zu rechnen, dass wenig später ganze Heerscharen von ausgehungerten Menschen hier auftauchen. Jeder hat seine ganz persönliche, herzzerreißende Geschichte und kämpft vermutlich ums nackte Überleben. Vermutlich reichen unsere Vorräte dann nur noch für Tage oder wenige Wochen und was dann? Ich sage nicht, dass das eine einfache Entscheidung ist, aber wir müssen darüber reden." „Das kann ich nicht, niemals!", Katharina liefen die Tränen. Maria und Isabella konnten das Weinen gerade noch unterdrücken, mussten aber schwer schlucken. „Also gut, wir vertagen dieses Thema, aber ihr müsst euch damit auseinandersetzen, ihr kommt nicht drum herum. Beschäftigen wir uns zunächst mit den praktischen Punkten. Das sind Verpflegung, Heizung, Versorgung der Tiere und Verteidigung." – „Verteidigung? hast du nun ganz den Verstand verloren?", kam es daraufhin wie aus einem Munde aus dem Kreis der weiblichen Anwesenden. „Wir sind doch nicht im Krieg!".

Vielleicht doch, dachten sich Otto und Alexander.

÷

Claudia Weber saß in der Krankenstation, sortierte Medikamente und glich den Bestand mit verschiedenen Listen ab. Die Regale hatten sich merklich gefüllt, seitdem die Soldaten den Nachschub gebracht hatten. Kein einziger Patient war heute Morgen in ihre Sprechstunde gekommen. Sie wollte sich gerade zufrieden zurücklehnen, als die Tür aufging und eine ältere Frau tränenüberströmt hereinkam. „Ich brauche ihre Hilfe, Frau Doktor, bitte", schluchzte sie und ließ sich mit zitternden Beinen auf dem angebotenen Stuhl nieder. „Was ist denn los? Beruhigen sie sich erst mal und dann erzählen sie mir", Claudia Weber berührte die Seniorin am Arm und sprach mit betont ruhiger Stimme. „Mein Mann, wissen sie, er ist doch Diabetiker, er braucht seine Spritzen täglich und nun sind die fast aufgebraucht. Heute früh habe ich die letzte Packung angerissen und dabei ist sie mir aus der Hand gefallen. Nur noch drei Stück sind ganz geblieben. Das bedeutet, wir haben nur noch für drei Tage Vorrat. Und was dann?" Betreten schaute Claudia Weber die Frau an. Beide wussten nur zu gut, dass es ohne Spritze oder Medikament für den Patienten kaum eine Chance gab. Er würde Höllenqualen leiden müssen und sterben. Die Ärztin schaute ihre Listen durch, keine Spritze, kein Medikament! Ausgerechnet für diesen Fall war sie nicht gerüstet. Verdammt, was sollte sie bloß tun? Ein wenig konnte sie ja improvisieren, aber das ging nur für eine kurze Zeit. Sie nahm die Frau in ihre Arme und flüsterte „Keine Angst, ich lasse mir etwas einfallen, versprochen". Dann brachte sie die Frau zurück in ihr Quartier und lief schnurstracks zu Paul. Mit wenigen Worten schilderte sie ihm das Problem. Dieser nickte nachdenklich, stöhnte fast unmerklich und meinte: „Kein Tag ohne neue Herausforderung. Da müssen wir wohl die umliegenden Apotheken plündern, falls da noch was zu holen ist. Vermutlich eher nicht, aber wir haben keine andere Wahl. Ich rede gleich mit dem Schlaks, vielleicht hat er eine Idee". Mit eiligen Schritten begab er sich daraufhin in das Untergeschoß, in das heimliche Reich des langen Vorstandsmitglieds. Dieser war wie fast immer damit beschäftigt, Kisten umzustapeln und zu sortieren. Ein junges Mädchen half ihm dabei. Der Schlaks runzelte die Stirn, als er vom neuen Problem hörte. „Wenn ich was vorschlagen darf", wandte sich das Mädchen an die beiden Männer. „Nur zu, Annika", ermutigte Paul sie. „Ja, ähm, ich habe in den letzten beiden Jahren ganz oft in der Apotheke in Schwangau ausgeholfen und mir ein paar Euro als Taschengeld verdient. Ich weiß, wo die Sachen für die Diabetiker aufbewahrt werden. Ich könnte dorthin und schauen, ob ich die Spritzen finde. Ich brauche nur jemanden, der mich hinbringt." „Bis dahin schaffst du es nie, Annika, da liegt eine grässliche Wasser- und Schlammwüste dazwischen und vielleicht auch die Banditen", der Schlaks schüttelte seinen Kopf. Aber das

Mädchen ließ nicht locker. „Wir könnten doch mit einem der Hägglunds fahren. Da sind wir auch sicher". Und wer soll das Ding fahren? Die Soldaten sind alle im Einsatz. Außerdem verraten wir durch das Starten des Fahrzeuges vermutlich unseren Standort". Annika verschränkte ihre Arme vor der Brust. „Dann muss der alte Mann also sterben, weil wir zu feige und egoistisch sind?" Paul zog die Augenbrauen hoch. „Nun komm mal runter, Mädchen, der Schlaks hat nicht unrecht, das Ganze will wohlbedacht sein. Außerdem, Fahrer haben wir trotzdem keinen". „Doch, das kann der Jens übernehmen, der ist schon wieder ziemlich fit und kennt sich mit dem Fahrzeug bestimmt aus". Annika ließ nicht locker. „Der Soldat, der dich gerettet hat und in der Krankenstation war? Okay, das könnt funktionieren. Wir werden das gleich im Vorstand besprechen". Daraufhin begaben sich Robert und der Schlaks schnurstracks nach oben. Zurück blieb eine zufriedene Annika, schien doch ihr spontaner Plan aufzugehen. Die Besorgung der Spritzen spielte in diesem nur eine untergeordnete Rolle, hatte sie doch ein ganz anderes Ziel vor Augen.

÷

Robert und der Oberleutnant hatten den letzten Kilometer fast im Schneckentempo zurückgelegt. Sie waren so geräuschlos wie möglich unterwegs, immer nach Deckung suchend. Augenscheinlich waren sie nun am Ziel.

Der Offizier hob warnend seine Hand. Beide blieben stehen und lauschten in die nass-trübe Dämmerung. Vor ihnen befanden sich Personen, die sich lautstark unterhielten. Offensichtlich waren sie sich uneinig, was sie mit ihrem Gefangenen machen sollten. „Der ist doch sowieso fertig. Sollen wir den etwa den ganzen Weg schleppen? Das wird eine Mordsschinderei und für was? Machen wir hier kurzen Prozess mit dem Kerl und Basta!" Der Mann mit der tiefen Stimme klang ungehalten und schrie seinen Kumpel fast an. „Aber der Boss …", weiter kam der Andere nicht. Er wurde abrupt unterbrochen. „Der Boss, der Boss, … der ist weit weg. Wir machen dem Kerl ein Ende und dann nichts wie weg hier. Jetzt schifft es schon wieder. Ich habe die Schnauze voll von dem Scheiß Wasser. Ich will hier nur noch raus in meine trockene Bude und mir den Bauch mit einer Flasche Fusel von Innen wärmen." Bei diesen Worten zuckte Robert unwillkürlich zusammen. Er nahm sein Gewehr von der Schulter und hielt es im Anschlag auf die Stimmen. Sehen konnte er die Gegner nicht. Der Oberleutnant vor ihm legte seinen leichten Rucksack und das Gewehr ab. Mit gezogener Pistole und einem Messer in der anderen Hand bewegte er sich zielstrebig vorwärts. Ein oder zwei Minuten vergingen, dann hörte Robert erst einen Schrei, dann einen Schuss, danach war Stille. „Du kannst kommen, alles erledigt", die Stimme vom Oberleutnant ließ ihn aufatmen. Eilig stürzte er nach vorn und konnte bald den Offizier erkennen, der gerade seine Waffen wieder einsteckte. Im Wasser lagen seine beiden toten Gegner. „Das ist schon fast gruselig", dachte er im ersten Moment, war dann aber heilfroh, dass er nicht hatte mitkämpfen müssen. Dann sah er eine weitere Person im Wasser liegen, blutüberströmt aber offensichtlich lebte er noch. „Das ist Klaus, einer meiner Männer. Er ist ziemlich schwer verletzt und muss Höllenqualen leiden. Ich gebe ihm jetzt eine Morphiumspritze, dann geht es im besser. Du bleibst bei ihm, ich schaue noch, ob ich meinen zweiten Mann finde und etwas für ihn tun kann. Warte hier eine Stunde, wenn ich bis dahin nicht zurückgekommen bin, musst du los. Versuche nicht, mir zu folgen. Egal was passiert, kümmere dich um Klaus. Hast du verstanden?" Robert nickte zum Zeichen seines Einverständnisses mit dem Kopf, er konnte noch kein Wort herausbringen. Nachdem der Oberleutnant dem Verletzten die Injektion verabreicht hatte, schnappte er sich seine Waffen und verschwand in der Dunkelheit. Der Regen hatte inzwischen fast wieder zu alter Stärke gefunden. Wenigstens hielt sich der Wind zurück. Robert hockte sich neben Klaus unter die Regenplane, die nur notdürftig das Wasser abhielt. Es schien, als wären die zwei, drei Sonnentage nur ein kurzes Zwischenintermezzo gewesen, eine kurze Erholungspause, die auf Grund der Geschehnisse aber nicht wirklich eine gewesen war. Die Minuten unter der Plane zogen sich schier endlos dahin. Das laute Klopfen der Regentropfen war unheimlich. Robert beobachtete, wie die Tropfen beim Auftreffen auf die Wasseroberfläche Kreise erzeugten, die in schneller Folge auseinanderdrifteten um sich dann mit anderen Kreisen zu überlagern oder zu vereinigen. Es kam auch vor, dass einzelne Tropfen wie ein Pingpongball von der Wasseroberfläche zurückprallten. Irgendwann wurde der Niederschlag dünner, ging in einen feinen Nieselregen über. Das war nicht weniger unangenehm. Die Kälte kroch von allen Seiten in den Körper des Mannes, der über einen anderen wachte und inbrünstig hoffte, dass der Oberleutnant zurückkehren möge. Irgendwann war die Stunde um. Robert konnte sich nicht dazu durchringen, aufzubrechen. Er gab sich noch Fünfzehn Minuten. Er wartete. Er wartete noch weitere fünfzehn Minuten. Dann plötzlich, wie aus dem Nichts, stand der Oberleutnant vor ihm, erschöpft und durchnässt. Ihre Augen trafen sich, der Oberleutnant senkte seinen Blick. Robert wusste Bescheid. Wortlos machten sie sich auf den beschwerlichen Rückweg zur TG40, den Verletzten abwechselnd auf dem Rücken tragend. Noch schwerer wog allerdings die Last der Botschaft, die sie mitbrachten.

÷

Annika saß neben Jens in einem der Hägglunds. Der Vorstand hatte sich trotz aller Bedenken, dennoch dazu entschlossen, die Mission durchzuführen. Das Geländefahrzeug machte einen Höllenkrach und konnte so die Banditen wieder anlocken. Aber Ihnen blieb nichts anderes übrig, wenn sie das Leben des alten Mannes retten wollten, der dringend die Medikamente und Injektionen gegen die Zuckerkrankheit benötigte. Vor einer halben Stunde waren die Beiden aufgebrochen und hatten dabei den Umstand ausgenutzt, dass der Himmel wieder seine Schleusen geöffnet hatte. Der Lärm des Windes und des Wassers, das sich wie aus Kübeln über der Erde ergoss, dämpfte das Motorengeräusch ganz erheblich. So hofften sie, unerkannt zumindest die ersten Kilometer zu fahren. Annika schaute verstohlen zu Jens hinüber, der routiniert das Fahrzeug durch das unwegsame Gelände manövrierte und dabei konzentriert seine Umgebung im Blick hatte. Der blonde Typ mit den strahlenden Augen war ihr verdammt sympathisch. Sie fühlte sich sicher in seiner Nähe und vertraute ihm. Vermutlich war Jens in sie verknallt. Sein Verhalten sprach Bände, aber sie hatte ein ganz anderes Ziel. Sie musste unbedingt Alexander, ihren Alex, finden und würde dem alles unterordnen. Sie spielte ein unfaires Spiel mit Jens, das war ihr durchaus bewusst. Aber was war in dieser beschissenen Zeit schon fair? Ihre Zukunft, wie sie es sich vorgestellt hatte, war weggeblasen, nichts mehr davon übrig. Sie hatte nur noch ein Ziel, diese verfluchte Zeit zusammen mit dem Kerl zu überstehen, den sie liebte. Zu zweit würden sie den Widrigkeiten schon trotzen. Sie würden zusammen träumen und neue Ideen haben. Sie sehnte sich nach den Umarmungen von Alex und seiner zurückhaltenden, fast schüchternen Art. Unwillkürlich entrang sich ein tiefer Seufzer ihrer Brust. Jens schaute kurz zu ihr herüber. „Alles in Ordnung, Annika?". Das Mädchen antwortete knapp „Ja, ja. Alles okay" und wich seinem Blick aus. Mittlerweile fuhren sie durch das ehemalige Stadtzentrum, besser gesagt das Fahrzeug schwamm dank seiner Amphibienfähigkeiten über das Wasser und schob kleinere Hindernisse mühelos bei Seite. Links und rechts ragten leere Fensterhöhlen der meist drei- bis viergeschossigen Gebäude gespenstisch in die Höhe. Kein Lebenszeichen war zu sehen. Ein wenig fühlte Annika sich an eine Reise mit ihren Eltern nach Venedig erinnert. Auch Füssen war nun zu einer Lagunenstadt mutiert. Jede Straße und jede Gasse war zu einem Kanal geworden. Rostig braunes Wasser, Schlamm, Unrat und die Regenschleier sorgten für eine düstere Stimmung. Annika erschauerte. Mit Wehmut dachte sie an die unbeschwerten Kindheits- und Jugendjahre, die sie in dieser einst so fröhlichen, vom Tourismus bestimmten Stadt erlebt hatte. Lag' diese Zeit wirklich erst ein paar Monate zurück? Ihr kam das alles so verdammt unwirklich vor. Sie hatte Jens zu einem kleinen Zwischenstopp überredet und nun hielt er das Fahrzeug an einem der mehrstöckigen, typischen Stadthäuser an. „Ist es das?", fragte er. „Ja, das war mal mein Zuhause". Annika war aufgeregt und wollte sofort los. „Warte, soll ich nicht doch lieber mitkommen?", Jens sah sie fragend an. „Nein, ich bin nur kurz weg. Pass du lieber auf das Fahrzeug auf, ich bin gleich wieder da." Sie kletterte geschickt aus dem Hägglund und auf dessen Dach. Von dort konnte sie mühelos in eines der offenen Fenster im ersten Stock in das Gebäude einsteigen. Sie kannte sich aus, war sie hier doch aufgewachsen. Sie durchquerte die Wohnung ihrer Nachbarn und über die Haustreppe zwei Etagen nach oben. Es roch muffig, feucht und schimmlig. Die Umgebung hatte so gar nichts mehr mit ihrem Zuhause zu tun. Dann stand sie vor der unverschlossenen, leicht geöffneten Wohnungstür. Langsam drückte sie die Tür auf, trat ein und blieb stehen. Offensichtlich war die Wohnung geplündert worden. Natürlich, warum sollte es hier anders sein. Die Möbel standen noch an ihrem alten Platz, aber sämtliche Schranktüren und Schubladen standen offen. Alle Dinge, die die Plünderer nicht hatten gebrauchen können, waren wild auf dem Fußboden verstreut. Vorsichtig stieg sie darüber und begab sich in ihr ehemaliges Zimmer, ganz am Ende des langen Flures. Auf den ersten Blick erkannte sie, dass sich hier jemand aufgehalten hatte. Das Zimmer wirkte im Vergleich zum Rest der Wohnung aufgeräumt. Offensichtlich hatte jemand hier übernachtet. Der Staub auf dem Mobiliar und dem Bett deutete aber darauf hin, dass das schon eine Weile her sein musste. Sie setzte sich auf die Bettkante und verdrückte die Tränen, die ihr in diesem Moment unwillkürlich kamen. Sie wischte sich die Augen und schaute sich um. Gebannt blieb ihr Blick an der Wand hängen. Ein Zettel mit einer Nachricht! Sie sprang auf und riss mit zittrigen Händen den Zettel von der Wand. „Meine liebe Annika, solltest du jemals diese Nachricht finden, dann weist du jetzt, dass ich zumindest zum Zeitpunkt, als ich diese Nachricht schrieb, am Leben war. Ich such dich und ich werde dich finden. Ich liebe dich. Dein Alex. PS: Ich gehe nach Lechbruck, in der Hoffnung, dich dort bei deinen Bekannten zu finden. Nun gab es doch kein Halten mehr. Die Tränen rannen

Annika nur so über das Gesicht. Sie schluchzte und fühlte eine Woge der Hoffnung, die sie überrollte. Vielleicht meinte es das Leben doch noch gut mit ihr. Noch ein paar Minuten blieb sie sitzen, dann faltete sie den Zettel klein, steckte ihn ein und ging zurück zum Fahrzeug, wo Jens schon ungeduldig auf sie wartete. Er sah sofort, dass sie geweint hatte. „Ist nicht leicht, Annika, wenn man so mit seinen Kindheitserinnerungen konfrontiert wird. Das war mal dein Zuhause und jetzt ist davon nichts mehr übrig.“ Sie nickte nur, dankbar und froh, dass er ihre Tränen falsch gedeutet hatte. Bemüht, sich ihre innere Freude nicht anmerken zu lassen, drehte sie den Kopf zur Seite und meinte nur kurz, „Danke, nun fahr schon los.“ Jens ließ sich das nicht zweimal sagen und setzte den Hägglund in Bewegung. Wieder fuhren sie durch leere Straßen. Ab und zu gab es einen kleinen Ruck, immer dann, wenn sie mit einem Gegenstand kollidierten. Zumeist handelte es sich dabei um Baumstämme, Mülltonnen und andere Dinge, die im Wasser umherschwammen oder die sich knapp unter der Wasseroberfläche befanden, im ersten Moment aber nicht zu erkennen waren. Plötzlich stoppte Jens das Fahrzeug und blickte angestrengt voraus. „Was ist?“, fragte Annika erschrocken, unvermittelt aus ihren Gedanken gerissen. „Ich glaube, da vorn steht jemand“, Jens versuchte den Regenschleier zu durchblicken. „Der bewegt sich kein bisschen, das gibt's doch nicht“. Nun schaute auch Annika in die von Jens gezeigte Richtung und fing dann an zu lachen. Der blickte das Mädchen irritiert an. Annika kicherte und sprudelte heraus „Das ist doch nur der Prinzregent". Jens reagierte verärgert. „Erzähl keinen Scheiß, was denn für ein Prinzregent, Tickst du noch ganz richtig? Märchen kannst du einem anderen erzählen". Annika gluckste und klärte ihren Fahrer auf. „Der Prinzregent ist ein Denkmal. Wir sind im Stadtzentrum angelangt. In unmittelbarer Nähe befindet sich die ehemalige Kurverwaltung. Wir sind genau richtig. Wenn wir diese Richtung beibehalten, sind es nur noch ein paar hundert Meter bis zum Lech, der aus den Tiroler Bergen kommend in den Forggensee fließt. Auf der anderen Seite des Lechs beginnt das Schwangauer Gebiet. Dort wollen wir hin." Nun musste auch Jens lachen. „Eigentlich sollte mich ja nichts mehr erschrecken, puh". Dann wurde er wieder ernst. „Gut, dann fahren wir ab jetzt noch vorsichtiger weiter. Vermutlich wird es eine starke Strömung geben, da müssen wir aufpassen." Konzentriert schaute er nun wieder nach vorn und beschleunigte den Hägglund langsam. Sie ließen das Hotel „Hirsch" zur Linken und den mittelalterlichen Pulverturm zur Rechten hinter sich. Tatsächlich nahm die Strömung merklich zu. Jens musste heftig gegenlenken, um die Richtung zu halten. Inzwischen hatten sie das ehemalige Sportgelände am Stadtrand erreicht. Dort, wo einst ganze Generationen von Kindern und Jugendlichen herumtobten, war nur noch ein einziger großer See zu sehen. Aus den Bergen kommend, ergoss sich ein schier endlos breiter Strom aus schlammigen Wassermassen in den See. Der Übergang war fließend. Aus dem einst zumeist harmlosen Lech, der nur ab und an einen gefährlichen Pegelstand erreichte, war ein reißender Strom geworden. Das gegenüberliegende Ufer konnte man nicht erkennen. „Das wird eine heikle Partie", murmelte Jens leise. Annika schaute blass und mit weit aufgerissenen Augen auf das Inferno, das sich vor ihnen abspielte. Entschlossen gab Jens Gas und fuhr weiter. Das Fahrzeug stemmte sich mit seiner ganzen Motorengewalt gegen die Strömung, die seitlich drückte und zunächst fast unmerklich, dann aber immer mehr mit einem gewaltigen Druck dafür sorgte, dass der Hägglund seine Richtung nicht mehr halten konnte. Jens fluchte, „Mist, so kommen wir nie nach Schwangau, wir treiben geradewegs daran vorbei und ich kann nichts machen. Der Motor packt das nicht, unglaublich." Neben ihm saß ein innerlich jubelndes Mädchen. Annika wusste genau, wohin sie die Strömung trieb, in Richtung Lechbruck! „Ja, das ist wirklich schade", brachte sie etwas gekünstelt über ihre Lippen und schloss die Augen, während Jens mit der Strömung kämpfte.

÷

In der Tiefgarage herrschte Trauer. Die völlig erschöpften Männer hatten ihren Kameraden bis zum Eingang der TG40 geschleppt. Helfer waren ihnen sofort entgegengesprungen und hatten den Verwundeten in die Krankenstation gebracht. Trotz aller Bemühungen von Doktor Weber war er aber noch in der Nacht seinen schweren Verletzungen erlegen. Zum Begräbnis am Folgetag hatten sich sämtliche Bewohner eingefunden, um den beiden Soldaten, die ihr Leben für sie gegeben hatten, die letzte Ehre zu erweisen. Paul hatte die Trauerrede übernommen, kurz und knapp auf seine Art eben, aber mit bewegenden Worten. Der Oberleutnant wollte ebenfalls einige Abschiedssätze sagen, brachte jedoch kein Wort über seine Lippen. Daraufhin kniete er sich vor den beiden Gräbern nieder und senkte seinen Kopf. Stumm taten es die Anwesenden ihm nach. Einer nach dem anderen sank in die Knie. Sie fühlten alle die gleiche, tiefe Trauer. Sie hatten zwei der Ihren verloren, unwiederbringlich. Aber zugleich durchströmte sie ein unglaubliches Gefühl der Gemeinschaft. So hatten das die Menschen bisher nicht gespürt. Aus diesem Gefühl wuchs eine innerliche Kraft. Sie würden die Zukunft meistern, für sich, für ihre Kinder und aus Trotz.

÷

Einige Tage waren vergangen. Die Inventur auf dem Bauernhof war abgeschlossen. Katharina hatte alles fein säuberlich in Listen notiert. Die Bilanz war ziemlich ernüchternd. Mit den vorhandenen Vorräten würden sie vermutlich knapp über den Winter kommen. Aber wie sollte es danach weitergehen? Das Futter für die verbliebenen 3 Kühe würde mit Sicherheit nicht ausreichen. Also musste früher oder später geschlachtet werden. Das Fleisch konnte man verwerten, nur hatte keiner von Ihnen Erfahrung im Schlachten und auch nicht im Herstellen von Wurst, die man über längere Zeit haltbar machen konnte. Otto kannte das immerhin noch aus seiner Kindheit. „Ich werde darüber nachdenken, wie das meine Eltern in der Vergangenheit gemacht haben. Damals war es üblich, einen Metzger auf den Hof zu holen, der das erledigt hat. Die Eltern haben ihm dann dabei immer geholfen. Ich hoffe, mir fällt das Wichtigste dazu wieder ein." Auch Alexander hatte eine Idee. „Wir sollten eine Räucherkammer bauen. Mein Vater und ich waren öfters beim Angeln und haben die Fische dann geräuchert. Vermutlich kann man das Verfahren auch für das Fleisch anwenden." Sie diskutierten fast den ganzen Tag. Ihr Plan nahm so langsam Gestalt an. Nur das Thema Verteidigung hatten sie stillschweigend ausgenommen. Nach dem gemeinsamen Abendessen zerstreuten sich die Bewohner und Isabella und Alexander trafen sich etwas abseits am Ufer des Forggensees. Unter einer Abdeckplane, die sie zwischen den Bäumen aufgespannt hatten, saßen sie aneinander gekuschelt und schwiegen. Sie hatte ihren Kopf an seine Schulter gelehnt, er drückte Sie mit dem Arm an sich. Beide beobachteten das träge dahin fließende, schlammig-braune Wasser. Ein feiner Nieselregen legte sich wie ein Schleier über die Umgebung. Beide fröstelten und rückten unwillkürlich noch etwas näher zueinander. In Alexanders Kopf wirbelten die Gedanken durcheinander. Er mochte Isabella, die Nähe zu ihr tat unglaublich gut, aber gleichzeitig spürte er in seinem Innersten Zweifel. Es hatte sich einfach so ergeben, und ja, die Initiative war von Isa ausgegangen. Natürlich hätte er sie zurückweisen können, aber er hatte es nicht getan. Auf gar keinen Fall wollte er ihr wehtun, ahnte jedoch, dass es dazu inzwischen zu spät war. Die herzliche Aufnahme in der Familie, die Geborgenheit, die er nach Wochen des Kampfes erlebt hatte, waren für ihn zu einer Falle geworden. Er hatte sein Ziel aus den Augen verloren, es war unglaublich. Wie konnte er nur seine Annika so hintergehen? Sie würde ihm diese Verfehlung nie verzeihen, soviel war wohl klar. In seinem Arm hielt er ein sehr sympathisches Mädchen, seine Liebe aber galt zweifelsohne Annika. Er musste eine Entscheidung treffen. Und es würde wehtun.

÷

Nach wie vor war die Stimmung in der Tiefgarage gedrückt. Der Verlust der Männer, die Tage der Anspannung und Unsicherheit hatte sich tief in die Herzen der Menschen gegraben. Einmal mehr war allen bewusst geworden, an welch seidenem Faden ihr aller Schicksal hing. Und trotzdem ging es ihnen besser, als den meisten Menschen da draußen. Sie hatten eine einigermaßen vernünftige Unterkunft, Nahrung und Wasser, ein wenig Strom, Sicherheit soweit wie das unter diesen Umständen möglich war und sie hatte die Geborgenheit der Gemeinschaft. Unwillkürlich rückte man täglich näher zusammen, jeder spürte das und trug dazu seinen Teil bei. Nachdem nun die Gefahr eines unmittelbaren Angriffs gestoppt war und die Bewohner der TG40 den Umständen entsprechend gut versorgt waren, hatte der Vorstand die Devise herausgegeben „Vorbereitung auf den Winter". Sie mussten unbedingt entsprechende Vorkehrungen treffen. Bereits jetzt war es empfindlich kühl, in den Nächten sogar ziemlich kalt. Die Betonwände der Tiefgarage waren trocken, aber eisig. Viele trugen schon ihre dicke Winterkleidung. In den Nächten half man sich mit zusätzlichen Decken, von denen war Dank des geräumten Armeedepots genügend vorrätig. Vermutlich würde es unmöglich sein, die beiden großen Hallen der Tiefgarage auf eine annehmbare Temperatur zu beheizen. Sie brauchten ein Idee, ein Konzept. Deshalb war der lange „Schlaks" zusammen mit einigen Männern beauftragt worden, einen Vorschlag zu erarbeiten. Die kleine Gruppe saß nun bereits seit geraumer Zeit in einer Ecke der TG zusammen. Manchmal hörten die Bewohner laute Diskussionen, dann wieder minutenlanges Schweigen. Keiner wagte es, die Gruppe zu stören. Jeder machte sich aber seine eigenen Gedanken und flüsterte der Gruppe eine Idee oder ein Stichwort zu. Ganz andere Sorgen machten sich die Eltern von Annika. Ihre Tochter hätte längst mit Jens zurücksein müssen. Auch Paul, Robert und Claudia Weber wurden von Stunde zu Stunde ungeduldiger. Ihnen war bewusst gewesen, dass die Mission gefährlich sein würde. Einen zweiten Versuch sollte es nicht geben, ebenso wenig eine Rettungsmission. Das war von Anfang an klar gestellt worden. Es machte einfach keinen Sinn, einen nach dem anderen ins Ungewisse loszuschicken. Das Risiko war einfach zu hoch, dabei noch mehr Menschen zu verlieren. Alle hofften auf einen glücklichen Ausgang und vertrauten vor allem auf die Erfahrung des jungen Soldaten.

Am frühen Abend, kurz vor Einbruch der Dunkelheit kehrten zwei Männer von einem Erkundungsgang zurück. Sie hatten im Auftrag des Vorstandes das Wasserreservoir auf dem angrenzenden Hügel begutachtet. Mit Brechstangen bewaffnet, war es ihnen gelungen, die schwere Eisentür aufzubrechen und sich einen Überblick über die dort befindlichen Wasserreserven zu machen. Die Nachricht, die sie mitbrachten, war beunruhigend. Paul hatte es geahnt, das Wasserbecken war bereits weit über die Hälfte leer. Wenn sie nichts unternahmen, hatten sie höchstens noch für zwei Monate Wasser. Und das, obwohl es ringsum nun wirklich nicht daran mangelte! Aber mit der Schlammbrühe außerhalb der Tiefgarage konnten sie nichts anfangen. Es war zum Verzweifeln, die Herausforderungen nahmen einfach nicht ab.

÷

Der Hägglund jaulte ein letztes Mal auf bevor Jens den Motor resigniert abstellte. Es machte einfach keinen Sinn, weiter gegen die Strömung anzukämpfen. So ließ er das Fahrzeug mit der Strömung treiben. Annika und er sahen zu, wie sie sich immer weiter von ihrem Ziel entfernten. Um sie herum türmten sich Haufen aus Treibholz und Gestrüpp. Zeitweise waren sie davon regelrecht umzingelt. Der Häggie war ein robustes Fahrzeug. Hier drinnen fühlten sie sich sicher, es drohte keine unmittelbare Gefahr. Was aber, wenn sie sich irgendwo in dieser Wasser- und Schlammwüste verfingen und nicht weiter konnten? Jens drängte den Gedanken beiseite. Er staunte ein wenig, wie relativ unbekümmert Annika die Situation annahm. Sie schien keine Angst zu haben und wirkte eher zufrieden und entschlossen. Vermutlich unterschätzte sie die Gefahr, dachte er bei sich. „Dann will ich es mal dabei belassen und sie nicht weiter beunruhigen". Sie hatten während ihrer bisherigen Fahrt wenig miteinander gesprochen, für seinen Geschmack zu wenig. Er mochte Annika, war vielleicht sogar in sie verknallt. Vor einigen Tagen, als sie wie losgelöst in der TG getanzt und ihm immer wieder Blicke zugeworfen hatte, war ihm ganz warm ums Herz geworden und er hatte sich ernsthaft Hoffnungen gemacht. Irgendetwas musste danach passiert sein, denn er spürte, dass sie ihm auswich. Die Mission zur Besorgung der Medikamente war ihm dann gerade recht gewesen. Vielleicht war es die Gelegenheit, vielleicht auch die einzige Gelegenheit, ihr näher zu kommen. Mal sehen, er musste geduldig sein, bloß nichts übereilen. Auch wenn es ihm schwer viel.

Mittlerweile trieben sie nun schon fast zwei Stunden in Richtung Norden. Vom Ufer war nichts zu erkennen.

Kleine Nebelbänke und Regenschleier verhinderten jegliche Sicht, die maximal zwanzig Meter betrug. Mal mehr, Mal weniger. Ein ohrenbetäubender Krach, ein Knirschen und ein plötzlicher Ruck ließ die Insassen aufschrecken. Annika wurde vom Beifahrersitz in Richtung Fahrersitz geschleudert. Ihre Köpfe krachten zusammen, beide verloren augenblicklich das Bewusstsein.

÷

Er wusste nicht, wie lange sie bereits so dagelegen waren. Jens spürte Annikas Körper auf sich. Ihm war Kotz übel, der Schädel hämmerte und er hatte Mühe, seine Augen zu öffnen. Vorsichtig schob er Annikas Kopf ein wenig zur Seite. Wie er es in der Ausbildung als Gebirgsjäger gelernt hatte, machte er zunächst einen Eigencheck. Kopf, Rumpf, Gliedmaßen, keine äußeren Verletzungen. Arme und Beine konnte er bewegen, gut so. Nur das Dröhnen im Kopf deutete auf eine Gehirnerschütterung hin. Schon wieder, verdammt! Er wusste, damit war nicht zu spaßen, aber zunächst musste er sich um das Mädchen kümmern. Sie hatte offensichtlich mehr abbekommen als er. An der linken, oberen Stirn bildete sich bereits eine riesige Beule, daneben sah er eine Platzwunde, aus der Blut sickerte. „Sieht zum Glück nicht tief aus", stellte er fest. Vorsichtig schob er dann Annika zurück auf den Sitz. Dabei fiel ihm die unnatürliche Armhaltung auf. „Mist, Mist, Mist!" Offensichtlich hatte sie sich ihren linken Oberarm gebrochen. Er ahnte, nein er wusste, das tat höllisch weh! Vielleicht war es ganz gut, dass sie für den Moment noch ohne Bewusstsein war. Er musste sich beeilen und bugsierte das Mädchen nach hinten. Dort konnte er sie ablegen, stopfte eine zusammengerollte Decke unter ihren Kopf. Die kleine Platzwunde an der Stirn konnte warten, zunächst kümmerte er sich um ihren Arm. Vorsichtig schnitt er mit seinem Messer die Jacke auf, dann den Pullover. Sie trug keinen BH. Für einen kurzen, klitzekleinen Moment verharrte sein Blick auf ihren Brüsten, dann aber konzentrierte er sich wieder. Der Bruch sah widerlich aus. Ein Teil des weißen Knochens spießte aus der Haut, Blut floss, mehr als an der Stirnwunde aber vermutlich nicht lebensgefährlich. Jens atmete tief ein. Das war nichts für schwache Nerven. Zum Glück waren die Fahrzeuge der Gebirgsjäger gut mit medizinischer Notfallausrüstung bestückt. Er öffnete den Sanitätskasten, entnahm Material zum Schienen, ein großes Dreiecktuch, Verbandszeug, Desinfektionsmittel und eine Morphiumspritze. Mit zittrigen Händen versuchte er den Knochen wieder zurückzuschieben, was ihm halbwegs gelang, reinigte und desinfizierte die Wunde und legte einen Verband an. Danach legte er die formbaren Schienen an und stellte den Arm mit Hilfe des Dreiecktuches ruhig. Während der ganzen Prozedur hatte Annika nicht einen Laut von sich gegeben. Doch nun schien sie zu sich zukommen. Vermutlich ließ das Adrenalin nach, der Schmerz erreichte ihr Schmerzzentrum in Höchstform. Sie schrie markerschütternd auf und viel gleich darauf wieder in eine tiefe Ohnmacht. Jens verabreichte ihr die Morphiumspritze. Das Schmerzmittel würde es dem Mädchen hoffentlich gleich besser gehen lassen. Nun hatte er Zeit für die Platzwunde am Kopf, reinigte auch diese und klebte eine kleine Kompresse auf die Stirn. Zu guter Letzt wickelte er Annika in zwei Decken. Mehr konnte er nicht tun. Erschöpft ließ er sich in einen Sitz fallen. Hoffentlich hatte er alles richtig gemacht. Er betrachtete lange das hübsche Gesicht des Mädchens und schwor sich, Annika heil da raus zu bringen. Dabei bekam er gar nicht mit, dass sich die Gestrüpp- und Treibholzberge um und über das Fahrzeug zu türmen begannen. Sie saßen fest in einem eisernen Käfig und hatten es noch nicht bemerkt.   ÷

Einer der beiden Hähne krähte, das übliche Zeichen für die Bewohner des Bauernhofs am Nordufer des Forggensees, aufzustehen. Für gewöhnlich waren die beiden Ältesten der kleinen Gruppe zuerst auf den Beinen. Ihnen folgte dann Katharina, die ihre beiden Kinder weckte und mit etwas Abstand ließen sich dann auch Isabella und Alexander blicken. Doch irgendetwas war anders an diesem Morgen. Der Stuhl, auf dem in den letzten Tagen Alex gesessen hatte, blieb leer. So spät war der junge Mann noch nie erschienen, seit er seine Verletzungen auskuriert hatte. „Schau doch bitte mal nach, wo der Alex bleibt, Isabella", schickte Otto seine jüngste Tochter nach oben. Er runzelte ein wenig verärgert die Stirn. Er mochte den Jungen ganz gern, aber ein paar Regeln im Haus galten für alle. Den Gaststatus hatte Alexander mittlerweile nicht mehr, das war auch gut so. Alle empfanden die Anwesenheit des jungen Mannes als eine Bereicherung und hatten sich schnell an den Neuzugang gewöhnt. Ein Schrei, gefolgt von einem Herz zerreisenden Schluchzen ließ die versammelten Familienmitglieder in der Wohnküche des Bauernhauses zusammenzucken. Alle sprangen gleichzeitig auf und starten zur Tür, in der mit kreideweisem Gesicht Isabella erschien, einen Zettel in der zittrigen Hand. Tränen strömten ihr über die Wangen. Katharina eilte auf ihre Schwester zu, nahm ihr vorsichtig das Stück Papier aus der Hand und schob sie vorsichtig auf den Stuhl. Dann warf sie einen Blick auf den Zettel, setzte sich und bedeutete den anderen, es ihr gleich zu tun. „Okay, dann werde ich euch das mal vorlesen", sprach sie und begann mit leiser Stimme den Inhalt des Papiers wiederzugeben.

„Lieber Otto, liebe Maria. Liebe Katharina und liebe Isabella, liebe Jenny und lieber Tobi. Zunächst möchte ich euch von ganzem Herzen für die liebevolle Aufnahme in eure Familie bedanken. Ihr habt mich gerettet, gepflegt und vor allem, ihr habt mir ein Stück Geborgenheit gegeben, ein Gefühl, das ich schon sehr lange vermisst habe. Sehr, sehr gerne wäre ich auch weiterhin bei euch geblieben. Aber es gibt da etwas, das ich euch verschwiegen habe und das ich immer wieder von mir weggeschoben habe. Der eigentliche Grund meines Hierseins ist die Suche nach Annika. Sie ist das Mädchen meines Herzens. Wir wurden in den Wirren der Chaostage vor vielen Wochen getrennt. Ich werde sie weiter suchen und hoffentlich auch finden. Diese Nachricht, wird vor allem dir, liebe Isa, wehtun. Ich mag dich sehr gern, aber ich liebe nun mal Annika. Ja, ich bin ein Feigling und wünschte, ich hätte den Mut gehabt, euch das alles persönlich zu sagen. Ich konnte es nicht. Ich hoffe, ihr behaltet mich trotzdem in guter Erinnerung und ich wünsche euch viel Glück. Ihr seid eine starke Familie, ihr werdet diese Zeiten überstehen, da bin ich mir sicher. Mich werdet ihr vermutlich nie wieder sehen. Ich liebe euch alle – Euer Alex". Die letzten Worte kamen nur noch im leisen Flüsterton über Katharinas Lippen. Sie legte den Zettel langsam auf den Tisch und blickte den Anwesenden ins Gesicht. Alle saßen sie wie versteinert da. Das Schweigen wurde nur von Isabellas Schluchzen, in das die kleine Jenny einstimmte, unterbrochen. Dann erhob sich Otto, schob seine Hände in die Hosentaschen und verließ kommentarlos den Raum. Seine Frau sah ihm hinterher. Sie kannte ihren Mann nur zu gut um zu wissen, wie es jetzt in seiner Seele rumorte. Dann stand auch Katharina auf, ging langsam auf Isabella zu und flüsterte, „Komm Schwesterherz, lass uns rausgehen und dann erzähl mal". Damit schob sie das schluchzende Mädchen aus der Wohnküche hinaus ins Freie. Auch der Himmel weinte bittere Tränen, die, wie so oft in den letzten Wochen, als große dunkle Tropfen die aufgeweichte und geschundene Erde erreichten und hässliche Pfützen hinterließen.

÷

Das Baby hatte Hunger und meldete diesen Anspruch erbarmungslos und vehement an. Seufzend und müde richtete sich die junge Mutter in ihrem Bett auf, knöpfte ihr Nachthemd auf und gab der Kleinen ihre Brust. Augenblicklich war Stille, nur vom zufriedenen Schmatzen des Säuglings unterbrochen. Der Oberleutnant lag neben seiner Frau und beobachtete die Szenerie. Er hatte die ganze Nacht kaum ein Auge zugemacht, wie auch schon in den Nächten davor. Die schmerzlichen Ereignisse der letzten Tage, insbesondere der Verlust seiner Kameraden raubten ihm den Schlaf. Vielleicht hätte er seine Kameraden nicht in diese aussichtslosen Schlachten schicken sollen. Aber was hätte er anders machen sollen? Die Zweifel rieben ihn innerlich auf. Was geschehen war, war geschehen, unumkehrbar. Das war das Los eines Offiziers im Kampfeinsatz. Das hatte er in seiner Ausbildung immer wieder zu hören bekommen, reine Theorie in der Ausbildungszeit. Bei seinem ersten Kampfeinsatz in Afghanistan und später in Mali durfte er erfahren, wie das genau in der Praxis aussah. Und nun wieder. Er seufzte und blickte auf die kleine Idylle neben ihm. Seine schlaftrunkene, verdammt hübsche Frau, die Kleine an ihrer Brust. Sie waren alle beisammen. Sie hatten ihre kleine Familie aber sie hatten auch eine große Familie in der Tiefgaragengemeinschaft gefunden. Er empfand tiefe Dankbarkeit. Es hätte weitaus schlechter für sie kommen können. Noch wusste er nicht, wie sie sich eine vernünftige Zukunft aufbauen konnten, aber es war möglich. Es musste einfach möglich sein. Er würde darum kämpfen, das schwor er sich in diesem Augenblick. Zärtlich legte er seiner Frau einen Arm über die Schulter und schob die Decke ein wenig zurecht. Als er den Zeigefinger seiner rechten Hand dem Baby anbot, griff die Kleine mit ihrem angeborenen Reflex zu, umfasste seinen Finger mit ihrem winzigen, weichen Händchen ohne auch nur für einen kurzen Augenblick die Nahrungsaufnahme zu unterbrechen. Ihm wurde warm ums Herz, er drückte seine Frau noch ein wenig fester an sich und wurde mit einem langen, ausgiebigen Kuss belohnt.

÷

Nur wenige Meter weiter, in ihrer kleinen Notunterkunft im Keller saß die Familie Weber beisammen. Die Ärztin und ihr Ehemann hatten es zur Routine gemacht, jeden Abend mit den Kindern zu spielen, zu erzählen oder einfach nur gemeinsam Zeit zu verbringen bis man sich zur Ruhe begab. Im schwachen Licht einer kleinen Lampe, die mittlerweile zu jeder TG-Wohnung gehörte, war heute der „Große" dran, eine Geschichte zu erzählen. Und der konnte das richtig gut. Claudia und ihr Mann waren stolz auf ihn. Mit großen Augen lauschte die jüngere Tochter ihrem großen Bruder und blies ab und zu ihre Backen auf, wenn sie mit einer Stelle der Phantasiegeschichte nicht ganz einverstanden war. Fast immer drehten sich die Erzählungen um phantastische

Welten mit Elfen, Riesen und Zwergen, bösen Zauberern und fast immer waren Kinder die Helden. Unglaublich, wo der Kerl diese Phantasie her hatte. Manchmal, wenn die Erzählung stockte, weil Nicolas für einen Moment den Faden verloren hatte, halfen ihm die Eltern mit einem kurzen Stichwort oder einer Frage wieder auf die Sprünge. Dankbar setzte dann der Junge die Geschichte fort. Oft kam er so in Fahrt, dass er gebremst werden musste und der zweite Teil der Erzählung auf den Folgetag verlegt wurde. Auch heute war Nicholas in voller Fahrt, die Sätze sprudelten nur so aus ihm heraus. Er merkte zum Glück nicht, dass seine Mutter mit ihren Gedanken nicht wirklich bei seiner Geschichte war. Sie machte sich Sorgen um ihren Diabetes-Patienten, dem es von Tag zu Tag schlechter ging und sie ihm nur wenig helfen konnte. Annika und Jens, die beiden jungen Leute auf der Suche nach einem passenden Medikament beziehungsweise den Insulinspritzen, waren überfällig. Sie selbst machte sich wenig Hoffnung, dass die beiden wieder auftauchten. Noch mehr beschäftigte sie allerdings der Umstand, für bestimmte Krankheits- und Verletzungsfälle überhaupt nicht vorbereitet zu sein. Ihr fehlte in vielen Fachgebieten das komplette KnowHow und vermutlich auch das entsprechende technische Equipment. Sie konnte unmöglich Spezialist für alles sein. Weder war sie Zahnärztin noch Chirurgin. Es gab auch keinen Zugang zu entsprechender Fachliteratur, vom Internet ganz zu schweigen. Die Menschen hier vertrauten ihr, aber sie kannte ihre fachlichen Grenzen ziemlich genau. Früher oder später würde der Fall auftreten, in dem sie nicht mehr helfen konnte. Was würden die Menschen dann über sie denken und sagen? Ihr grauste vor diesem Moment. Unwillkürlich drückte sie die Hand ihres Mannes ein wenig fester, der sie daraufhin verstohlen von der Seite ansah.

÷

Die beiden Freunde Robert und Paul gingen ihrer Lieblingsbeschäftigung am Abend nach. Sie saßen beide schweigend nebeneinander, gönnten sich eine winzigen Schluck Selbstgebrannten und schauten auf die in der Zugluft flackernde Kerze. Der Vorrat ging langsam zur Neige und beide schoben das unvermeidliche Ende dadurch weiter hinaus, dass sie sich selbst die Rationen immer weiter kürzten. „Das ist wie langsamer Entzug", bemerkte Robert, woraufhin Paul nur müde nickte. Es gab Schlimmeres, ganz klar, aber trotzdem ... Den Männern konnte man die Anstrengungen und Strapazen der letzten Wochen und Monate ansehen. Merklich ergraut, müde Augen und aschfahle Haut zeugten von den nahezu täglich neuen Sorgen und ihren Bemühungen, sich und ihren Mitmenschen das Überleben zu ermöglichen. Die Hauptlast der Verantwortung in der TG40 trugen die beiden Freunde. Sie hatten viele zuverlässige Mitstreiter und dennoch, die wesentlichen Entscheidungen trafen sie. Das war zum Teil sehr hart, wussten sie doch oft selbst nicht, ob sie richtig lagen. Eine Fehlentscheidung konnte Menschenleben kosten oder vielleicht sogar die ganze Tiefgaragengemeinschaft aufs Spiel setzen. Selten gab es einen „Plan B". Zu zweit schulterten sie diese Verantwortung leichter. „Prost", Robert hob das halbvolle Schnapsglas, stieß mit Paul an und schüttete die brennende Flüssigkeit in seine Kehle. Sein Freund tat es ihm gleich. Für den Rest des Abends würden sie weiter ihren Gedanken nachhängen und vermutlich schweigen.

÷

Neben Jens lag die fiebernde Annika. Das Mädchen fror erbärmlich, zitterte am ganzen Körper und hatte gleichzeitig Schweißperlen auf der Stirn. Vor einer Stunde hatte sie angefangen, zu phantasieren. Sämtliche Decken, die er im Fahrzeug fand, hatte Jens um den Körper des Mädchens geschlungen. Mit einem Tuch tupfte er vorsichtig und regelmäßig ihre nasse Stirn ab und verabreichte ihr eine weitere Spritze mit einem Stärkungsmittel. Dabei brach er fast die Nadel ab. In seinem Kopf dröhnte und hämmerte es zum wahnsinnig werden. Nebenbei war ihm übel, Kotz übel. Alles deutliche Zeichen für eine Gehirnerschütterung, so hatte es ihm die Ärztin in der Krankenstation der TG40 erklärt. Wenn sie nur hier wäre! Er fühlte sich so verdammt hilflos. Ein wiederholtes Krachen an der Außenwand des Fahrzeugs erinnerte ihn daran, sich ein Bild von der Lage zu machen. Bisher hatte er sich um das Mädchen gekümmert, mehr schlecht als recht, aber er hatte sein Bestes gegeben.

Rausholen würde sie hier niemand. Sie konnten sich nur selbst helfen, genau genommen, er musste sich zusammenreißen. Seufzend kletterte er nach vorn auf den Beifahrersitz, dann auf den des Fahrers, danach wieder nach hinten. Überall versuchte er, durch die kleinen Fenster und Luken nach Draußen zu schauen. Außer absoluter Dunkelheit konnte er nichts entdecken. Ein kurzer Blick auf die Armbanduhr an seinem Handgelenk zeigte ihm ein paar Minuten nach Vierzehn Uhr an. Nun versuchte er, eine Tür nach der anderen zu öffnen. Alle waren blockiert, nur bei der Fahrertür gelang es ihm, einen kleinen Spalt zu öffnen, so dass er geradeso seine Hand nach Draußen strecken konnte. Weiter kam er jedoch nicht. Der Hägglund schaukelte ab und zu, also schwammen sie wohl nach wie vor auf dem Forggensee, eingekeilt von Bäumen, Sträuchern und Ästen. Blieb nur noch die Dachluke. Er löste die Verriegelung und stemmte sich dagegen. Zunächst tat sich nichts aber dann spürte er, dass sich da oben etwas bewegte. Vermutlich kam die Last ins Rutschen. Tatsächlich, nach einigen weiteren Versuchen und vielen Flüchen gelang es ihm endlich, die Luke zu öffnen. Frische, sehr feuchte Luft strömte herein. Mit einem weiteren Ruck stemmte Jens seinen schlanken Körper nach oben und befand sich wenige Augenblicke später auf dem Dach des Fahrzeugs. „Gott sei Dank, ich bin draußen", murmelte er erleichtert vor sich hin. In der Ferne vernahm er ein dumpfes Brausen. Neugierig stellte er sich auf und blickte über das Gestrüpp hinweg nach vorn. Da ahnte er, was die Ursache für das Geräusch war und er erschauerte.

÷

Keine fünf Kilometer weiter nördlich kämpfte sich eine einsame Gestalt durch den Regen und den böigen Wind. Mit viel Glück und unter Aufbringung seiner ganzen Willenskraft hatte er es mit einem alten, rostigen Ruderboot geschafft, die relativ kurze Strecke zwischen der Insel mit dem Bauernhof und dem „Festland" zu überwinden. Alexander stemmte sich mit viel Wut im Bauch gegen die Naturgewalten. Wut deshalb, weil er Menschen enttäuscht hatte, die ihm vertrauten, die auf seine Unterstützung gehofft hatten. Er war enttäuscht über sich selbst. Er hatte gleich zu Anfang seine Annika verloren, dann seinen Vater und nun Otto und seine Familie, besonders Isabella. Annika hatte er betrogen, seine geliebte Annika. Er war eben einfach nur ein Nichtsnutz, unzuverlässig und egoistisch. Innerlich völlig zerrissen suchte er sich den Weg nach Lechbruck. Dazu musste er eigentlich immer nur Richtung Norden gehen, aber der Weg war nicht mehr so geradlinig wie in früheren Zeiten. Ständig versperrten ihm neue Seen und Wasserläufe den Weg. Die Landschaft hatte sich total verändert. Aus der ehemaligen Hügellandschaft des Voralpenlandes war eine neue Seenlandschaft entstanden, aus der die Hügel wie Inseln aus dem Wasser ragten. Wenn er nicht jedes Mal ein Floß bauen wollte, sobald wieder ein Wasserlauf seinen Weg kreuzte, musste er weite Umwege in Kauf nehmen. Es war schwierig, die Orientierung zu behalten. Die ihm ehemals so vertraute Landschaft wies nur noch wenige der ihm bekannten Merkmale auf. Hier mal eine alte Kapelle, dort ein Gehöft, das ihm bekannt vorkam. Er war nun schon einige Zeit unterwegs und immer noch tief in Gedanken versunken, als er über einen Draht stolperte und der Länge nach hinfiel. Gerade als er sich fluchend wieder aufrichten wollte, fühlte er sich von mehreren Händen gepackt und zu Boden gedrückt. Er spürte, wie ihm der Rucksack und die Jacke entrissen wurden. Dann zog ihm jemand die Schuhe aus und durchsuchte seine Hosentaschen. Schließlich ließ man von ihm ab und gerade, als er sich mühsam aufrichten wollte, traf ihn ein Fausthieb im Gesicht. „Das war's dann wohl", schoss es ihm durch den Kopf. Er hörte noch eilige Schritte davon laufen, dann verlor er kurz das Bewusstsein.

Lange konnte er so nicht dagelegen haben, denn er spürte noch seine Körperwärme. Langsam setzte er sich auf. Nun war er wohl wirklich am Ende. Ausgeraubt, ohne Schuhe und Jacke hatte er keine gute Chance mehr, aus dieser Situation einigermaßen glimpflich heraus zu kommen. Aber irgendetwas in seinem Innersten wollte noch nicht aufgeben. Völlig abgestumpft stand er auf und setzte seinen Marsch in nördliche Richtung fort, barfuß, ohne Jacke und Ausrüstung, den Blick auf den

Boden gerichtet. Ein Fuß nach dem anderen in den matschigen, kalten Boden setzend. Ein einziger Gedanke
hielt ihn am Leben: „Annika".

÷

Die geniale Idee hatte der lange „Schlaks" gehabt. Auf
dem etwas abseits gelegenen Hügel, der die Wasserzis-
terne unter seiner Oberfläche verbarg, werkelten viele
Mitglieder der TG 40, Männer wie Frauen. Sie hatten
bereits mehrere große Segeltuchplanen aufgespannt,
die das Regenwasser auffangen und über provisorische
Rinnen und Rohre in die Zisterne weiterleiteten. Dabei
hatte man auch daran gedacht, kurz vor der Einleitung
in das riesige unterirdische Becken das Wasser durch
behelfsmäßige Filter zu führen. So lange der Regen also
anhielt, hatte man nun einen zuverlässigen Nachschub
an Wasser und zunächst ein Problem weniger. Robert
und Paul atmeten auf. Die Verbauungen waren zwar
sehr provisorisch und man würde ständig prüfen müssen, ob das System funktioniert, aber das sollte vorerst
ihre geringste Sorge sein. „Was ist, wenn der Regen
aufhört?", eine Frau mittleren Alters hatte sich zu den
beiden Männern gesellt und die Frage gestellt. „Na,
dann graben wir halt einen Brunnen, das Grundwasser
sollte in den nächsten Monaten nicht so schnell ausgehen, denke ich". Die Antwort von Paul kam wie aus der
Pistole geschossen, so dass klar war, auch er hatte sich

bereits darüber seine Gedanken gemacht. „Klar, logisch" war die kurze, zufriedene Erwiderung der Frau. „Wir haben schon eine tolle Truppe hier, jeder packt an wo er nur kann und bringt seine Ideen ein", Robert schaute zufrieden auf das rege Treiben auf dem Hügel. Dann fiel sein Blick auf die kleine Bank ganz oben, dort wo die kleine Erhebung am schmalsten war und einen kompletten Rundblick ermöglichte. Früher war das ein beliebtes Ausflugsziel für Spaziergänge am Abend gewesen. Besonders die verliebten jungen Pärchen waren gerne hier hinauf gegangen um die Sonnenuntergänge und manchmal auch noch die Sonnenaufgänge zu genießen. „Komm mal mit", meinte Robert und stupste seinen Kumpel an, ihm zu folgen. Bald darauf standen sie neben der Bank, von der sämtliche Farbe abgeblättert war und blickten in das weite Rund. Bei wolkenlosem Himmel hatte man früher von hier aus dutzende Kilometer im Umkreis auf die Hügellandschaft mit den vielen Ostallgäuer Seen im Norden und auf die nahe Alpenkulisse im Süden schauen können. „Hier richten wir unseren wichtigsten Beobachtungsposten ein, gut getarnt und geschützt, mit Übernachtungsmöglichkeit, so dass mindesten zwei Leute hier einige Zeit verbringen können, ohne das ständig für Ablösung gesorgt werden muss." – „Und eine Funkverbindung zur Tiefgarage brauchen wir", stimmte Paul zu, „dann können wir die drei Außenposten aufgeben und uns wieder auf die Wachen in unmittelbarer Umgebung konzentrieren. Das spart Leute und wir haben wieder mehr Arbeitskräfte zur Verfügung." Die Gemeinschaft der TG40 war nicht groß und das Personal für die vielen Wachposten, die auch noch ständig ausgewechselt werden mussten, zehrte an den menschlichen Ressourcen. Vor dem Winter gab es noch verdammt viel zu tun. Sie hatten Wasser, Nahrungsmittel und Kleidung aber bereits jetzt froren sie alle oft ganz erbärmlich in ihren Unterkünften. Dabei war erst Frühherbst. Gedanken verloren schauten beide Männer nach Norden, über die schier unendlichen Wassermassen, die nur zeitweise von kleinen Inseln oder Inselketten durchbrochen wurden. Aus der ehemals Ostallgäuer Hügellandschaft mit vielen Seen war nun eine Seenlandschaft mit vielen Hügeln geworden. Nirgendwo waren Anzeichen von menschlichem Leben zu erkennen. Die Wolken hingen nicht mehr so schwer und so tief, wie noch vor einigen Wochen. Ab und zu riss der Vorhang ein wenig auf und man konnte in die Ferne blicken. Einmal glaubte Robert eine dünne Rauchfahne zusehen, die sich ganz am ehemaligen Ende des Forggensees senkrecht in die Luft schlängelte, etwa dort, wo früher die Staumauer mit dem Wasserkraftwerk das nördliche Ende des Sees begrenzt hatte. Er blinzelte und schaute noch mal in diese Richtung, versuchte sich zu konzentrieren, musste dann aber aufgeben, als ihn vor lauter Anstrengung die Augen tränten und wieder dicke Wolken die Sicht nahmen. Er konnte nichts von dem verzweifelten Kampf zweier junger, verliebter Menschen ahnen, die genau dort, nur wenige Kilometer voneinander entfernt versuchten, ihrem Schicksal eine positive Wendung beizubringen.

÷

Jens wusste nur zu genau, was da auf sie zukam. Oder besser, auf was sie da zu schwammen. Er stand immer noch wie erstarrt auf dem Dach des Fahrzeugs, eingekreist von Unmengen Gestrüpp. Immerhin konnte er noch erkennen, dass sie sich inmitten einer künstlichen Insel befanden, die gnadenlos auf die Staumauer des Forggensees hin steuerte. Er musste schleunigst etwas unternehmen. Ihm blieb nur eine Wahl, Motor anwerfen und versuchen, gegen zu steuern. Zum Glück hatte er noch genügend Treibstoff im Tank. Er schwang sich durch die Dachluke hinunter auf seinen Fahrersitz, brachte mit zitternden Händen den Motor in Gang, der zunächst stotterte aber dann wild aufheulte. Dann gab er Gas, Vollgas, und versuchte, das Ufer links vom Staudamm anzusteuern. Zunächst tat sich scheinbar nichts, aber dann, fast unmerklich, begann sich der Hägglund schräg zur Strömung zu bewegen. Gleichzeitig kam der Staudamm, oder genauer gesagt, die beiden kleinen Türme, die ihn begrenzten, unaufhaltsam näher. Jens konnte das alles nur mit Mühe erkennen, eher erahnen. Das würde eine verdammt knappe Kiste werden. Der Schweiß lief ihm über das Gesicht und brannte in den Augen. Er konnte seine Hände nicht von der Steuerung losreisen, er musste mit aller Kraft gegenhalten. Hinter sich hörte er ein leises Stöhnen von Annika. Es tat ihm Leid, in diesem Moment konnte er ihr nicht helfen. Das

Fahrzeug wurde mehrmals kräftig durchgeschüttelt, hielt aber seinen Kurs. Nur noch wenige Meter bis zum Ufer, vielleicht einhundert oder weniger, nahm er an. Plötzlich begann sich der Hägglund um seine eigene Achse zu drehen und Jens verlor komplett die Kontrolle. Vermutlich hatten sich vom Fahrzeug lösende Äste und Stämme diese Bewegung verursacht. Er wusste es nicht, konnte es aber auch nicht beeinflussen. Für einen Moment hatte er wieder volle Sicht durch die Frontscheibe und duckte sich unwillkürlich, um den Aufprall abzufangen. Mit einem ohrenbetäubenden Krach stieß das Fahrzeug gegen einen Vorsprung des Steilufers, kippte zur Seite, wurde noch einige Meter weiter geschleift und blieb seitlings liegen. „Wir müssen raus hier", schoss es Jens durch den Kopf. Er hatte keine Zeit, sich um eventuelle weitere Verletzungen zu kümmern. Das Adrenalin kam ihm zu Hilfe. Er stemmte sich mit aller Wucht gegen die Beifahrertür und es gelang ihm auf Anhieb, diese nach oben zu öffnen. Ein kurzer Blick nach Draußen machte ihm Beine. Höchstens zwanzig Meter entfernt ergossen sich tosende Wassermassen über den Staudamm. Das Fahrzeug wackelte bedenklich, vermutlich würde es nicht mehr lange an dieser Position hängen bleiben. Er stieg nach hinten um Annika zu holen. Er packte sie und schob sie mit schier übermenschlichen Kräften nach oben. Das Mädchen schrie aus vollem Hals, es musste in diesem Augenblick Höllenschmerzen erleiden. Aber er hatte keine Wahl. Hier ging es zunächst um Leben oder Tod. Dann war Annika endlich außerhalb des Hägglunds. Nun drückte sich Jens durch die Tür hinaus, schob sich unter den Körper des Mädchens, schulterte sie mit geübtem Griff und kletterte vom Fahrzeug herunter. Das letzte Stück rutschte er ab und krachte unsanft auf den sandigen Boden, trotzdem bemüht, Annikas Aufprall abzufedern. Mit letzter Kraft zog er sie noch ein paar Meter vom Wasser weg und lies sich erschöpft neben sie fallen. „Gerettet, Gott sei Dank", war sein letzter Gedanke, bevor er in eine tiefe Ohnmacht viel, nicht ahnend, dass sie wieder-mal in einer Falle saßen.

÷

Erzgebirge, Ende Oktober

An der Oberfläche musste es schon ziemlich kalt geworden sein, dachte sich Tim. Hier unten, war davon nichts zu bemerken. In der Tiefe des Berges waren die Temperaturen und die Luftfeuchtigkeit über das ganze Jahr ziemlich konstant. Der junge Mann wartete wie immer um diese Uhrzeit in der Cafeteria auf seinen Kumpel. Mac war erst vor zwei Tagen von einer Expedition durch die Stollen zurückgekehrt. Erfolglos, wie auch schon bei den vorangegangenen Versuchen, einen Ausweg zu finden. Der Weg hinaus ins Freie blieb ihnen nach wie vor verwehrt. Seit zehn Wochen saßen die Menschen hier unten fest, die einen freiwillig, die anderen gezwungener Maßen. Entsprechend geteilt war auch die Stimmung unter den knapp dreihundert Bewohnern von BIOS III. Während sich der Großteil der Forscher in ihre Arbeit vertiefte, um voller Enthusiasmus ihren Auftrag bestmöglich erfüllen zu können, gab es auch diejenigen, die das Schicksal hierher verbannt hatte. Diese Gruppe hatte keinen Auftrag und wurde zunehmend unruhiger. Bereits das ein oder andere Mal hatte es kleinere Pöbeleien gegeben. Ein Art Lagerkoller schien sich breit zu machen. Die Psychologen würden diese Situation vermutlich als „interessant" bezeichnen, aber es gab keine Psychologen in BIOS III. Diese Spezialisten waren erst zu einem viel späteren Zeitpunkt eingeplant gewesen. Tim war nicht ganz wohl bei dem Gedanken, hier unten komplett auf sich gestellt zu sein. Es gab keine Polizei oder irgendeine Ordnungsmacht, die im Notfall für Ruhe sorgen konnte. Tim hatte bereits mehrmals versucht, dem Professor das Problem näherzubringen, bisher aber erfolglos. Dieser schüttelte immer nur den Kopf und meinte er solle sich nicht verrückt machen, schließlich seien hier doch gebildete Menschen. Außerdem habe er wichtigeres zu tun. Tim hatte sich auf die Zunge gebissen und sich jegliche Erwiderungen verkniffen. Er kannte seinen Chef mittlerweile genau. Also würde er die Situation, obwohl überhaupt nicht sein Aufgabenbereich, im Auge behalten. Mitten in diesen Gedanken wurde der gegenüberliegende Stuhl mit einem lauten Geräusch nach hinten gezogen und Mac ließ sich krachend darauf nieder. Leicht erschrocken blickte Tim auf und sah seinen Freund strafend an. „Du kannst es einfach nicht lassen. Setz' dich doch mal wie ein zivilisierter Mensch hin. Ich wäre dir echt dankbar dafür!". Grinsend zuckte Mac nur mit den Schultern und verkniff sich eine Entgegnung. Dafür ergriff er sofort das Glas, prostete Tim zu und leerte es in einem Zug bis zu Hälfte. „Lauwarme Brühe, was Besseres hast du nicht zu bieten. Wenn's wenigsten Bier wäre, aber Wasser …", er schüttelte sich gekünstelt und hielt dann aber inne, als er den nachdenklichen Blick des Freundes sah. „Okay, ich merke schon, du bist heute nicht so nach Scherzen aufgelegt. Was ist los? Erzähle!" Daraufhin schilderte Tim ihm seine Bedenken ausführlich. Mac konnte trotz seines oft poltrigen und draufgängerischen Wesens auch ein guter Zuhörer sein. Er unterbrach Tim nicht sondern zog nun seine Stirn in Falten und legte einen

Zeigefinger auf die Nasenspitze. Das war seine typische Art, intensiv über etwas nachzudenken. Nachdem Tim seine Schilderungen beendet hatte, pflichtete er ihm bei. „Ja, wenn du das so sagst, ist mir das eine oder andere auch schon aufgefallen, habe dem aber keine Bedeutung geschenkt. Jedes Mal, wenn wir von einer der mehrtägigen Expeditionen zurückkamen, hatte ich das Gefühl, dass sich die Stimmung unter den Leuten in der Basis irgendwie verschlechtert hatte. Ich habe das aber verdrängt und geglaubt, selber einer Art Koller oder Trauma unterworfen zu sein. Schließlich ist man bei diesen Unternehmungen in den unendlichen Gängen und Stollen dauernd unter höchster Anspannung und freut sich einfach auf ein paar ruhige, ungefährliche Tage, ein ordentliches Bett, ein wenig Wärme und gutes Essen. Stress kannst du da nicht mehr gebrauchen." Er unterbrach kurz seinen kleinen Redeschwall, schüttete sich das restliche Wasser in die Kehle und deutete einen Prost mit dem Glas an. „Gestern zum Beispiel, da habe ich zufällig mitbekommen, wie sich zwei Männer und eine Frau anschrien und gegenseitig beschuldigten, die letzte Flasche Wein gestohlen zu haben. Und vorgestern Abend gab es fast eine Schlägerei, als es um die Videoauswahl für das Abendprogramm im Fernsehraum ging. Da habe ich mich gleich verdrückt, weil mir das zu blöd war." Mac schnappte sich die beiden leeren Gläser und ging zur kleinen Bar, hinter der immer noch der gleiche Barkeeper seinen Dienst tat. „Zwei Mal voll bitte, aber was anständiges!" Grinsend fragte der Keeper zurück „Mit oder ohne"? – „Natürlich mit …" erwiderte Mac, auf das Spiel eingehend, woraufhin der Mann hinter dem Tresen aus der Flasche mit Kohlensäure das Wasser in die beiden Gläser eingoss, als handele es sich um Whisky oder ein anderes hochprozentiges Getränk. Nun grinste auch Mac, schnappte sich die beiden Gläser und erwiderte nur „Dein Job war auch schon mal abwechslungsreicher, deine Getränkeauswahl übrigens auch". Er wusste ganz genau, dass der Barkeeper im Hauptjob Doktor der Physik war und sich abends immer die Zeit hinter dem Tresen vertrieb, um unter Leute zu kommen.

Ein paar Scherze hier und ein paar Witze da über das Wetter von Morgen, wohl wissend, dass sich das hier unten nie ändern würde. Diese Art miteinander umzugehen, tat allen Beteiligten gut. Warum nur konnten nicht alle Menschen so ticken?

÷

An nächsten Morgen, Tim betrat später als gewöhnlich sein Büro, hörte er nebenan eine aufgeregte Diskussion, wohl eher einen Streit. Er erkannte sofort die Stimme seines Chefs, Professor Schoppenmüller. Bei der anderen Person musste es sich um die Oberärztin, Doktor Langemann handeln. Diese redete aufgeregt auf den Professor ein. Tim war die Situation unangenehm, also ging er ein paar Schritte rückwärts und öffnete die Tür zu seinem Büro nochmals, nun aber mit einem nicht zu überhörenden lauten Geräusch. Sofort erstarb die Diskussion im Nachbarbüro. Er bekam nur noch mit, wie sein Chef die Oberärztin barsch und mit einem sehr bestimmten Tonfall anwies, „die Klappe zu halten". „Wie Sie meinen, aber das wird böse enden, glauben Sie mir". Dann knallte eine Tür und Doktor Langemann entfernte sich mit kurzen, schnellen Schritten. Worüber sich die beiden wohl gestritten hatten? Im Allgemeinen war die Ärztin für ihr ruhiges Wesen bekannt, sie erledigte ihren Job sehr professionell und war allseits beliebt und anerkannt. Was hatte sie aus der Fassung gebracht? Den Professor brauchte er nicht zu fragen. Seine Erfahrung hatte ihm gelehrt, dass der entweder von selbst darüber zu erzählen begann oder er würde es wohl nie erfahren. Neugierige Fragen von Untergebenen in solchen Situationen waren definitiv kontraproduktiv und endeten für gewöhnlich in der Aufforderung, sich um die eigenen Aufgaben zu kümmern, gepaart mit der Bemerkung „Sie haben wohl nicht genug zu tun? Ich hätte da noch eine kleine Sonderaufgabe. Morgen früh erwarte ich einen fundierten Lösungsvorschlag!". Das wollte sich Tim dann doch ersparen. So widmete er sich in den nächsten Stunden seiner Arbeit und hatte das Streitgespräch darüber schon fast vergessen. Bis kurz nach der Mittagspause die Tür zum Chefbüro erneut aufgerissen wurde. Das war ziemlich ungewöhnlich, denn wenn das passierte, flog derjenige für gewöhnlich im hohen Bogen aus dem Büro, da war sein Chef unerbittlich. Er behandelte in diesem Punkt seinen engsten Mitarbeiter genauso wie einen gewöhnlichen Botenjungen. Tim kannte nur einen einzigen Menschen, der sich dieses Recht herausnahm und auch herausnehmen konnte. Es musste sich also um Doktor Siegfried Bach, den Chef des Trupps von der Bergakademie Freiberg handeln. „So geht das nicht, du kannst doch diese wichtige Erkenntnis den Menschen nicht vorenthalten. Die haben ein Recht darauf, das zu erfahren und selbst zu entscheiden …!“. – „Jetzt reicht's aber, erst die Langemann und jetzt du, ausgerechnet du. Ich hätte nicht gedacht, dass du einem langjährigen Freund in den Rücken fallen würdest, verdammt noch mal. Denke an das Projekt, das hat absoluten Vorrang. Wir haben die einmalige Gelegenheit, das unter absolut realistischen Bedingungen wissenschaftlich durchzuziehen. Ein Abbruch oder Hilfe von außen ist unmöglich. Realistischer könnten wir das Szenario in BIOS III gar nicht gestalten. Die Ergebnisse werden revolutionär und bahnbrechend sein. Da werden selbst die Amerikaner staunen und wir haben endlich mal den Fuß vorn. Geht das in dein Hirn nicht rein?“ Für eine Weile blieb es ruhig, dann hörte Tim Doktor Bach leise, aber noch laut genug, dass er es hören konnte, sagen: „Tut mir leid, ich kann dir da nicht folgen. Mit den Ereignissen der letzten Monate haben sich für mich die Prioritäten vollkommen geändert. Das Projekt ist doch völlig Nebensache im Angesicht der Probleme da draußen. Falls du nicht zur Vernunft kommst, sehe ich mich gezwungen, die Wahrheit den Menschen hier mitzuteilen. Überlege es dir noch mal und komme bitte zur Vernunft. Ein paar Tage gebe ich dir, aber dann

…" Doktor Bach entfernte sich grußlos, die Tür offen stehen lassend.

Nun war es wieder an Tim, zu grübeln. Was war da bloß los? Irgendetwas ging hier vor, vom dem er keine Ahnung hatte. Bisher hatte er geglaubt, selbst in die tiefsten Geheimnisse von BIOS III eingeweiht zu sein. Da irrte er sich wohl gewaltig. Was verheimlichte der Professor? Es musste von nicht unerheblicher Bedeutung sein, wenn sich zwei führende Köpfe des Projektes mit ihm anlegten. Die Gedanken schwirrten Tim nur so durch den Kopf. Zu keiner vernünftigen Arbeit mehr fähig, machte er für heute früher Schluss, schob die Aktenstapel in den verschließbaren Schrank zu seiner Rechten und fuhr den Computer herunter, nicht ohne vorher das magere Ergebnis seiner heutigen Arbeit zu speichern.

÷

Tim hatte schlecht geschlafen. Noch schlechter, als in der Nacht davor. Die Ereignisse des Vortages waren ihm einfach nicht aus dem Kopf gegangen. Über zwei Stunden hatte er am Abend in der Cafeteria gesessen und auf Mac gewartet, doch sein Freund war nicht erschienen. Gerne hätte er mit seinem Kumpel gesprochen, doch dieser hatte vermutlich an diesem Abend mal wieder ein Date. Das kam bei Mac öfter vor, im Gegensatz zu ihm. Tim war sich nicht sicher, ob er seinen Freund darum beneiden sollte. In dieser Beziehung waren sie beide grundverschieden. Tim schob sich das übliche Frühstück, Müsli mit Wasser und einen Erdnussriegel rein, dazu einen Roibuschtee. Besonders abwechslungsreich war das Essen in BIOS III nicht. Das lag vor allem daran, dass einige der geplanten Anlagen zur Selbstversorgung noch nicht fertig gestellt waren. Lediglich die Tomaten-, Gurken und Kürbiszucht war in Vorbereitung. Es dauerte aber wohl noch einigen Wochen, bis da die ersten Ernten eingefahren werden konnten. Das wusste er selbst ziemlich genau, da er täglich die Fortschritte dazu protokollieren musste und die Statistiken führte. Mit müden Schritten begab er sich den langen Gang entlang in Richtung seines Büros im Zentralbereich. Das Licht war auf Sparflamme geschaltet, also nicht gerade dazu geeignet, die morgendliche Stimmung zu heben. Tim bog um eine Ecke und blieb wie angewurzelt stehen. Ein paar Meter weiter hatte sich ein kleiner Menschenauflauf gebildet. Mehrere Frauen standen da, die Hände entsetzt vor das Gesicht geschlagen. Alle blickten in einen Raum, dessen Tür weit geöffnet war. Es handelte sich um die kleine Wohnung von Doktor Langemann. Drinnen machten sich zwei Männer zu schaffen. Sie hoben gerade den leblosen Körper der Ärztin auf ihr Bett. Offensichtlich war sie tot. Tim erschauerte, das erste Todesopfer in BIOS III und ausgerechnet die Ärztin! Er drängelte sich durch die Frauen und stand nun in der ersten Reihe, wollte den Raum aber nicht betreten. Er erblickte ein Glas Wasser und eine fast leere Packung Tabletten auf dem Waschbecken. Am Spiegel darüber war ein Zettel geklebt, den einer der Männer in diesem Moment abnahm und vorlas: „Tut mir leid. Ich habe es hier unten nicht mehr ausgehalten. Viel Glück euch allen – Doktor Langemann". Ein ungeheurerer Gedanke schoss Tim durch den Kopf. Er musste unbedingt mit seinem Freund sprechen. Er drängelte sich rückwärts durch den Menschenauflauf und rannte los. Er brauchte ungefähr fünf Minuten im Laufschritt, bis er vor dessen Wohnung anlangte und keuchend gegen die Tür hämmerte. Keine Antwort. Verdammt, ausgerechnet heute musste Mac bei irgendeiner Tussi pennen. Er lehnte sich mit dem Rücken an die Wand und ließ sich zu Boden rutschen. Seine Gedanken kreisten wie wild im Kopf. Nach einiger Zeit, er wusste nicht so genau, wie lange er so gesessen hatte, hörte er eilige Schritte. „Du, hier?", Mac stand vor ihm, auch er war gerannt und sah ziemlich übernächtigt aus. Tim blickte zu ihm auf und erwiderte vorwurfsvoll: „Scheiße, ich hätte dich gebraucht, aber du musst ja mal wieder bei so einer Tussi deinen Trieb ausleben." Irritiert half ihm Mac auf und schob ihn durch die Tür in sein Zimmer. „Blödsinn. Was denn für eine Tussi. Ich komme gerade von Doktor Bach, war die ganze Nacht bei ihm. Du glaubst nicht, was der mir erzählt hat." Die beiden Freunde ließen sich nebeneinander auf das zerwühlte Bett fallen und tauschten die Erlebnisse der letzten Stunden aus. Und in beiden reifte daraufhin ein Entschluss.

÷

Vierundzwanzig Stunden später saß Tim wie üblich im Büro und erledigte seine Aufgaben, zumindest dem Anschein nach. In Wirklichkeit sammelte er Daten, studierte Pläne aus dem Neunzehnten Jahrhundert über Stollen, die sich dutzende Meter über ihnen durch den Berg erstreckten. Die Daten und Pläne waren ungenau, aber Mac hatte ihm ein paar wichtige Anhaltspunkte liefern können. Professor Schoppenmüller war nicht in seinem Büro und so konnte er sich ungestört der Recherche widmen. Vermutlich musste er sich beeilen. Er arbeitete hochkonzentriert, druckte Pläne und Skizzen aus. Er bereitete ihre Flucht aus BIOS III vor.

÷

Eigentlich war es fast unglaublich, klang wie in einem schlechten Film. Aber sie hatten eins und eins zusammengezählt und ihr Entschluss stand fest. Sie würden schnellstmöglich die Versuchsanlage unter Tage verlassen. Sie hatten einen Weg gefunden, besser gesagt, Doktor Bach hatte ihn entdeckt. Er war gefährlich und nicht für eine Massenevakuierung geeignet. Tim und Mac wussten, es gab genau zwei Gründe, weshalb dieser Weg nicht für alle Eingeschlossenen geeignet war. Grund eins war die Tatsache, dass der Weg nur für erfahrene Höhlenforscher zu bewältigen sein würde. Der zweite Grund wog noch viel schwerer. Der Professor wollte gar nicht, dass die Menschen BIOS III verließen, denn damit wäre sein Projekt komplett gescheitert. Im Gegenteil, unter den durch die äußeren Umstände verschärften Bedingungen sah dieser die Möglichkeit, besonders präzise und realitätsgetreue Ergebnisse zu erzielen. Dabei spielte es für ihn offensichtlich überhaupt keine Rolle, dass ein Großteil der Eingeschlossenen nicht freiwillig hier unten war. Offensichtlich ging er sogar über Leichen. Tim hatte es zunächst nicht wahrhaben wollen, aber die Tatsachen sprachen für sich. Der Tod der Ärztin konnte noch Zufall sein, seit gestern war aber auch Doktor Bach verschwunden, einfach verschwunden. Zuletzt war Mac bei ihm gewesen. Sobald das herauskam, würde er vermutlich verdächtigt werden, damit etwas zu tun zu haben. Nach allem, was sie bisher wussten war der Professor gefährlich und durchaus in der Lage, die Ermittlungen in diese Richtung zu lenken. Tim hatte Unterlagen im Computer gefunden, die bewiesen, dass Professor Schoppenmüller in einer gewissen Phase des Projektes daran gedacht hatte, mit Hilfe einer kleinen Ordnungstruppe ein gewisses System einzurichten, das die Fortführung des BIOS III – Projektes unter allen Umständen garantierte. Dazu sollten sogar einige „Spezialkräfte" eingestellt werden. Vermutlich befanden sie sich nun genau in der Projektphase, in der diese Kräfte aktiviert wurden. Die Schilderungen von Doktor Bach ließen gar keine andere Schlussfolgerung zu. Die beiden Freunde hatten ihre Sachen bereits gepackt. Noch in dieser Nacht würden sie

aufbrechen. Sie wollten, falls möglich, draußen Hilfe an-
fordern und sich danach auf den Weg ins Allgäu zu Tim's
Eltern machen.

Einige Stunden später, es war bereits weit nach Mitter-
nacht, schoben sich die beiden Freunde durch die
Gänge und verließen BIOS III.

÷

Allgäu, Ende Oktober

Robert's Gedanken kreisten mal wieder um seine Frau und seinen Sohn. Wie so oft, wenn er ein wenig zur Ruhe kam und am Abend allein auf seinem alten Klappstuhl saß, übermannten ihn die Gefühle. Wie viele Jahre er gemeinsam mit seiner Frau verbracht hatte. Bis auf ein paar bedeutungslose Streitigkeiten war ihre Ehe immer harmonisch verlaufen. Der Sohn Tim war ihr ganzer Stolz. Wenn ihr „Großer" mal wieder die Zeit fand, seine Eltern im Allgäu zu besuchen, war das Familienglück perfekt. Robert hielt große Stücke auf ihn und traute ihm durchaus zu, die schlimmen Ereignisse überstanden zu haben. Tim war sportlich fit und zudem ein verdammt schlauer Kopf. Tim würde sich durchschlagen, das hoffte er inständig. Robert konnte nichts von den Ereignissen im Erzgebirge wissen, aber in seinem tiefsten Innern fühlte er, dass sein Sohn auf dem Weg nach Hause war.

Paul lag auf seinem Bett und starrte zur grauen Betondecke hoch. Die letzten Wochen waren sehr ereignisreich und oft auch hektisch gewesen. Er hatte Entscheidungen treffen müssen, bei denen er sich nicht sicher gewesen war. Es hatte Tote und Verletzte gegeben, aber die Gemeinschaft in der TG40 hatte in den wichtigen Augenblicken zusammengestanden. Das erfüllte ihn mit Stolz. Das war sein Zuhause, seine Heimat. Diese Menschen, mit denen er bisher durch Dick und Dünn gegangen war, sind ihm ans Herz gewachsen. Paul ging davon aus, dass es im Allgäu, in Bayern und in Deutschland oder sogar auf der gesamten Nordhalbkugel viele solcher Gemeinschaften gab. Früher oder später sollte es diesen Gruppierungen gelingen, Kontakt miteinander aufzunehmen. Man würde sich gegenseitig helfen, lebenswichtige Dinge und Erfahrungen austauschen oder handeln. Die Menschheit hatte schon viele Rückschläge in ihrer Geschichte erlitten, aber sich dennoch immer weiter entwickelt. Und ein wenig hoffte er noch auf ein kleines Wunder. Irgendwo auf dieser untergegangenen Welt gab es bestimmt noch eine funktionierende Zivilisation. Sie mussten nur lange genug durchhalten. Er wollte sein Bestes dazu beitragen.

÷

Alexander lag, den Kopf zur Seite gedreht, im Schlamm. Völlig ausgepumpt, zitternd vor Erschöpfung und Kälte, wollten und konnten Körper und Geist nicht mehr. Die Umgebung nahm er nur noch wie durch einen dunklen Schleier war. Füße und Hände fühlte er schon seit einer ganzen Weile nicht mehr, ihn überkam ein Gefühl von innerer Zufriedenheit und Gleichgültigkeit. Das war also das Ende, sein Ende. Und es fühlte sich irgendwie gut an. Schluss mit den andauernden, übermenschlichen Anstrengungen, Schluss mit dem endlosen Kampf gegen die übermächtigen Naturgewalten. Er hatte es nun hinter sich. Aber irgendetwas stimmte nicht. Er konnte es spüren, etwas war gänzlich anders als in den vergangenen Wochen. Dann nahm er es war. Die Sonne, sie war wieder da, wärmte und weckte ihn. Langsam drehte er den Kopf, dann sah er sie. Die Sonne stand schon weit oben am Himmel, hatte ihren Zenit erreicht und erwärmte mit ihrer ganzen spätherbstlichen Kraft die Erde. Und ihn. Dann geschah ein zweites Ereignis, von dem er später mal sagen würde, dass es ihm das Leben gerettet hatte. Nur wenige Zentimeter vor ihm hüpfte aufgeregt eine schwarze Amsel hin und her und begann voller Inbrunst zu zwitschern. Alex schloss seine Augen wieder und lauschte. Der fröhliche Gesang des Vogels drang in seine Seele, begann die Lebensgeister zu wecken. Es fühlte sich gut an. Dann verstummte die Amsel und er wollte sich schon enttäuscht wieder in seine Ohnmacht flüchten, als eine zweite Amsel in unmittelbarer Nähe ebenfalls zu zwitschern begann. Kurz darauf verfielen beide Vögel in ein aufgeregtes Duett. Immer im Wechsel, immer inbrünstiger und aufgeregter wurde der Gesang. Alexander blinzelte in die Richtung der Amseln und beobachtet das fröhliche Treiben. Je länger er zusah, desto mehr Energie floss in seinen geschundenen Körper. Das musste ein Zeichen sein! Er war nicht gläubig, Religion hatte in seiner Familie keine Rolle gespielt, aber in diesem Moment fühlte er wieder Hoffnung. Das Amselpärchen freute sich über die Sonne, genoss das Leben. Die Beiden hatten sich gefunden. Alex begann sich zu regen, langsam und mühsam richtete er sich ein wenig auf, woraufhin die beiden lustigen Gesellen, weiterhin aufgeregt zwitschernd, davonflogen, sich aber nicht weit von ihm wieder niederließen. Ab und zu warfen sie einen neugierigen Blick in seine Richtung, waren aber ansonsten mit sich und ihrem Liebesspiel beschäftigt. Alexander schaffte es, komplett auf die Beine zu kommen, schlurfte mühsam ein paar Schritte, angelte sich einen knorrigen Ast, den er notdürftig als Stütze verwenden konnte. Langsam, mit wackligen Beinen aber fest entschlossen machte er sich auf den Rückweg. Sein vorläufiges Ziel: Der Bauernhof und Ottos Familie. Er wusste nicht, wie ihn die Menschen dort aufnehmen würden, ob sie es überhaupt wieder taten. Schließlich hatte er sie enttäuscht. Aber es waren gute Menschen, er musste es einfach versuchen. Die Amseln hatten sich gefunden, Annika und er würden es auch schaffen! Die Sonne über ihm spendete Wärme, Licht und zeigte ihm die Richtung an. Voller Hoffnung im Herzen, seine Gedanken bei Annika, den Amseln und der Sonne, setzte er langsam Schritt für Schritt. Die blutigen Füße spürte er nicht mehr, jeder Meter war eine Qual. Durstig und hungrig, keinerlei Energiereserven mehr spürend, schaffte er es dennoch unter Aufbietung seiner ganzen Willenskraft, nicht hinzufallen und die Richtung zu halten.

÷

„Langweilig wird es bei uns nicht", dachte sich Otto. Er saß mit seiner Frau auf der kleinen Holzbank vor dem

Eingang ihres Bauernhauses. Früher hatten sie sich nach getaner Arbeit oft hier ausgeruht und den Feierabend und die Ruhe genossen. Erstmals seit Monaten spendete die Sonne wieder ihre wärmende Kraft vom schier endlos blauen Himmel, die beiden Enkelkinder spielten auf dem Hof, ein friedliches Bild. Fast wie in alten Zeiten. Sie hatten wieder Zuwachs bekommen. Seit gestern lagen ein junger Soldat und seine ebenso jüngere Begleitung schwer verletzt im Gästezimmer. Katharina und Isabella kümmerten sich hingebungsvoll um die Beiden, die noch im Koma lagen. Wie bereits damals bei Alexander, war es auch gestern ihr Enkel Tobi gewesen, der auf einer seiner „Kundschaftertouren" rund um den Bauernhof die Verletzten entdeckte. Er hatte sogar beobachtet, wie das Geländefahrzeug an das Steilufer getrieben wurde und umstürzte. Er hatte gesehen, wie der Soldat das Mädchen aus dem Fahrzeug gezogen und unter Aufbietung seiner letzten Kräfte an Land schleppte. Kurz darauf war die alarmierte Familie herbei geeilt. Otto musste sich einige Meter am Steilufer abseilen und war zweimal unter höchster Anstrengung mit jeweils einem der Verletzten wieder nach oben geklettert. Seine beiden Töchter hatten ihn von oben unterstützt und am Seil gezogen, eine wahre Herkulesaufgabe.

Die Familie hatte zusammengestanden und ohne zu zögern geholfen. Otto war stolz darauf, auch wenn er ahnte und wusste, dass sie in Zukunft vermutlich nicht jedem helfen konnten. Dazu waren ihre Möglichkeiten einfach zu begrenzt. Sie hatten dieses Thema nie wieder angesprochen und er hoffte einfach, dass dieser Moment noch weit vor ihnen lag. Er vermisste den Jungen. Gewiss, Alexander war einfach verschwunden, aber er hatte keinen schlechten Charakter. Der Kerl war in seinen Augen voll in Ordnung und vor etwas davon gelaufen. Otto seufzte und drückte seine Frau fester an sich. Die Zeiten waren schwierig und kompliziert, alte Maßstäbe galten nicht mehr viel oder mussten über Bord geworfen werden. Seine Frau und er sorgten sich um die Familie. Sie brauchten dringend männliche Unterstützung. Alex hätte in seinen Augen perfekt zu ihnen gepasst. Schade eben.

Der Tag neigte sich dem Ende zu, ein schöner Tag. Sonnig, warm und ruhig. Keine schrecklichen Ereignisse und böse Überraschungen.

Bis Tobi, der auf den alten Apfelbaum im Hof geklettert war, plötzlich rief: „Seht doch, da!".

÷

Er wachte auf und war sich nicht sicher, ober er nicht doch noch träumte. Ein weiches Bett, warm und kuschelig. Neben sich auf einem kleinen Nachttisch sah er ein Glas Wasser und einen Teller mit Brot. Gierig griff er danach. Alex trank das Glas in einem Zug aus, nicht darauf achtend, dass er den einen oder anderen Tropfen dabei verschüttete. Als er nach dem Brot greifen wollte, huschte ein kleiner Schatten aus dem Zimmer und rief

„Mama, Opa, Oma, Alex ist erwacht, Hurra, Alex ist wieder da!“. Diese Stimme kannte er, das war doch die aufgeweckte Kleine, Ottos Enkeltochter! Er hatte es tatsächlich geschafft, konnte sich aber überhaupt nicht mehr erinnern. Das war ihm in diesem Moment aber so etwas von egal. Erleichtert ließ er sich wieder zurück in das Kissen sinken. Die Ruhe war ihm aber nicht lange vergönnt. Einer nach dem anderen stürmten sie in das Zimmer. Zuerst Tobi, gefolgt von seiner aufgeregten kleinen Schwester, danach Otto mit seiner Frau und Katharina. Zuletzt betrat, etwas zögerlich, Isabella den Raum. Alle redeten sie aufgeregt durcheinander. Kein Wort des Vorwurfs oder der Enttäuschung. Endlich ließ man Alex zu Wort kommen. Er konnte noch nicht laut sprechen. Es wurde mucksmäuschenstill, als er seine Erlebnisse schilderte.

Dann gellte ein kurzer, schriller Schrei durch das Haus. „Alex!“ – „Alex, bist du das?“ Die Stimme kam aus dem Nachbarzimmer. Überrascht und fassungslos richtete sich Alexander im Bett auf. Das konnte nicht sein. Und doch war es die Stimme seines Mädchens. Wie von der Tarantel gestochen sprang er auf und rannte, seine wunden Füße ignorierend, in das Zimmer nebenan.

Als ihm die restlichen Bewohner einen kurzen Moment später folgten, sahen sie einen hemmungslos weinenden Alexander am Bett des geretteten Mädchens knien. Überglücklich streichelte er immer wieder über ihr Gesicht und bedachte sie mit Küssen. Annika, extrem schwach, konnte kaum einen Arm heben. Über ihr Gesicht rannen ebenfalls Tränen. Tränen unfassbaren Glücks.

Epilog

Wochen später. Der Regen, die dicken Wolken und Stürme waren verschwunden. Jeden Tag schien die Sonne, jeden Tag mit etwas weniger Kraft. Der Winter schien kurz vor der Tür zu stehen, die nahen Berge am Horizont waren bereits weiß gepudert. Kleinere Pfützen und Seen lösten sich langsam ins Nichts auf, aber die großen Wasserflächen, allen voran der nicht mehr wieder zu erkennende Forggensee hielten ihren Wasserpegel. So blieb die neue Seenlandschaft mit den vielen kleinen Inseln dem Ostallgäu erhalten. An manchen Stellen hatten sich bereits dünne Eisflächen gebildet.

Otto, seine Familie und die „Zugereisten" hatten beschlossen, auf dem Bauernhof zu überwintern. Die Vorräte sollten ausreichen, man war einigermaßen vorbereitet. Spätestens im Frühjahr wollte man Kontakt zur TG40 aufnehmen und sich den Menschen dort anschließen.

Annika und Alexander genossen das Zusammensein. Nie wieder würden sie sich voneinander trennen, soviel stand für die beiden unwiderruflich fest.

Den anderen war es nicht verborgen geblieben, dass Isabella Jens „schöne Augen" machte und dieser schien nicht abgeneigt zu sein. Jedenfalls wirkte der junge Soldat, der schon so viel harte Zeiten erlebt und überlebt hatte, in ihrer Gegenwart immer verdächtig unsicher. Aber Isa würde das „hinbekommen", da war sich ihre ältere Schwester Katharina, die das Ganze zufrieden beobachtete, ziemlich sicher.

Auch die Menschen in der TG40 bereiteten sich auf die kalte Jahreszeit vor. Robert, Paul, Doktor Claudia Weber, der Oberleutnant, der Schlaks und die vielen anderen Bewohner waren fest entschlossen, auch die nächsten Herausforderungen gemeinsam zu meistern.

Weit ab von ihnen hatten es Tim und Mac geschafft, durch das unterirdische Labyrinth im Erzgebirge einen Ausgang zu finden. Mit Entsetzen mussten sie feststellen, dass die Welt da draußen, so wie sie sie einmal gekannt hatten, nicht mehr existierte. Mit eisernem Willen befanden sie sich nun auf dem langen, beschwerlichen und gefährlichen Weg ins Allgäu. Aber das ist eine eigene Geschichte …

Über den Autor

Jörg Börner, 1962 geboren, studierte Informationstechnik und arbeitete in verschiedenen Firmen in der IT-Entwicklung, als IT-Systembetreuer und als IT-Manager. Seine Wahlheimat ist seit über zwanzig Jahren das Allgäu. Er verbringt viel Freizeit mit seiner Lebenspartnerin in den nahen Bergen. Wandern, Mountainbiken, Schneeschuhtouren, Ski-Alpin und Ski-Langlauf gehören zu seinen Hobbys. Er mag es zu reisen und andere Länder und Gebräuche kennenzulernen.

Diese Buch ist sein „Erstlingswerk" und alle jenen gewidmet, die ihn dabei unterstützt haben.

Danke!